신데렐라는
내가
아니었다

I

I WASN'T
THE CINDERELLA

신데렐라는 내가 아니었다

과앤 장편소설

I Wasn't the Cinderella

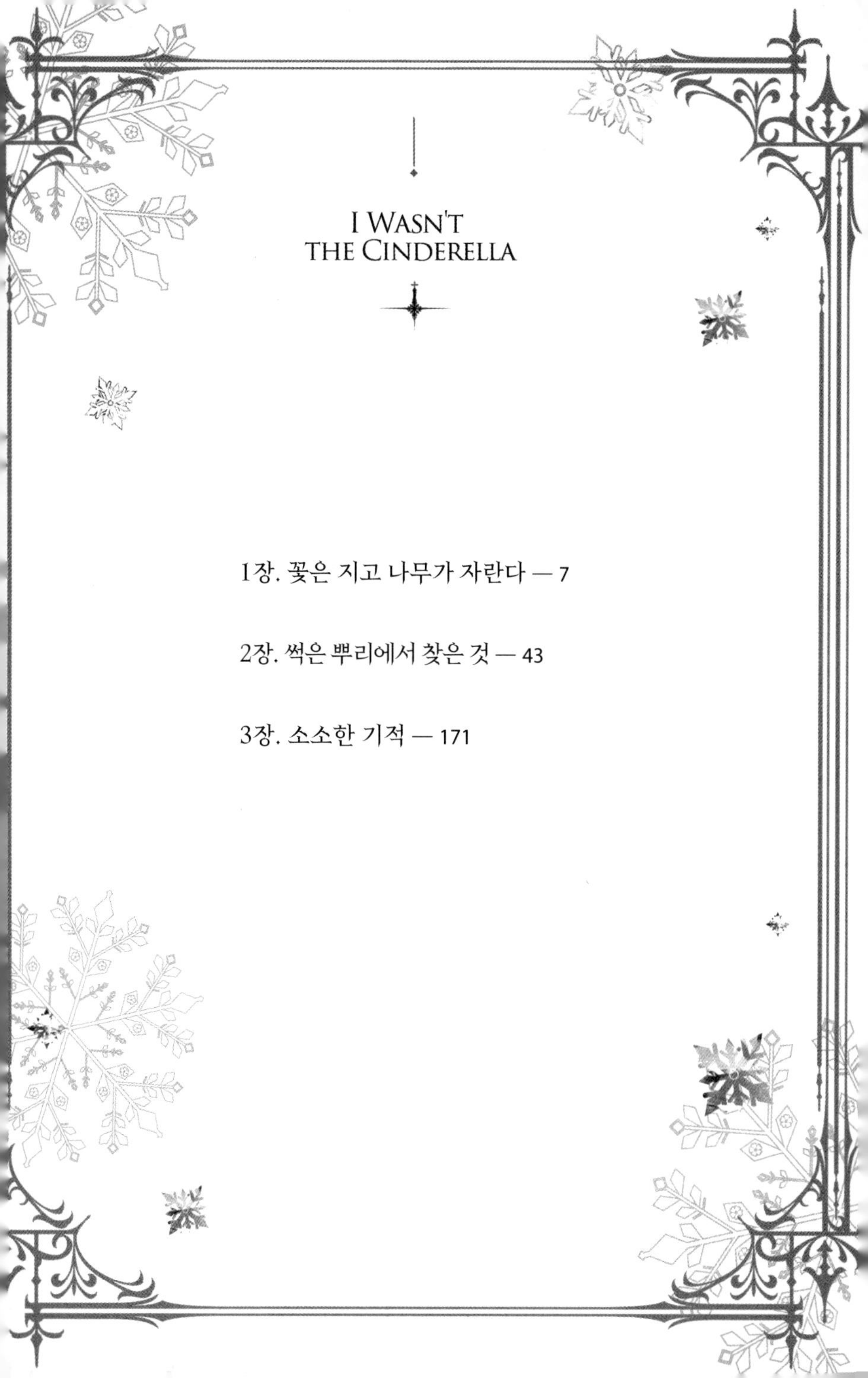

I WASN'T THE CINDERELLA

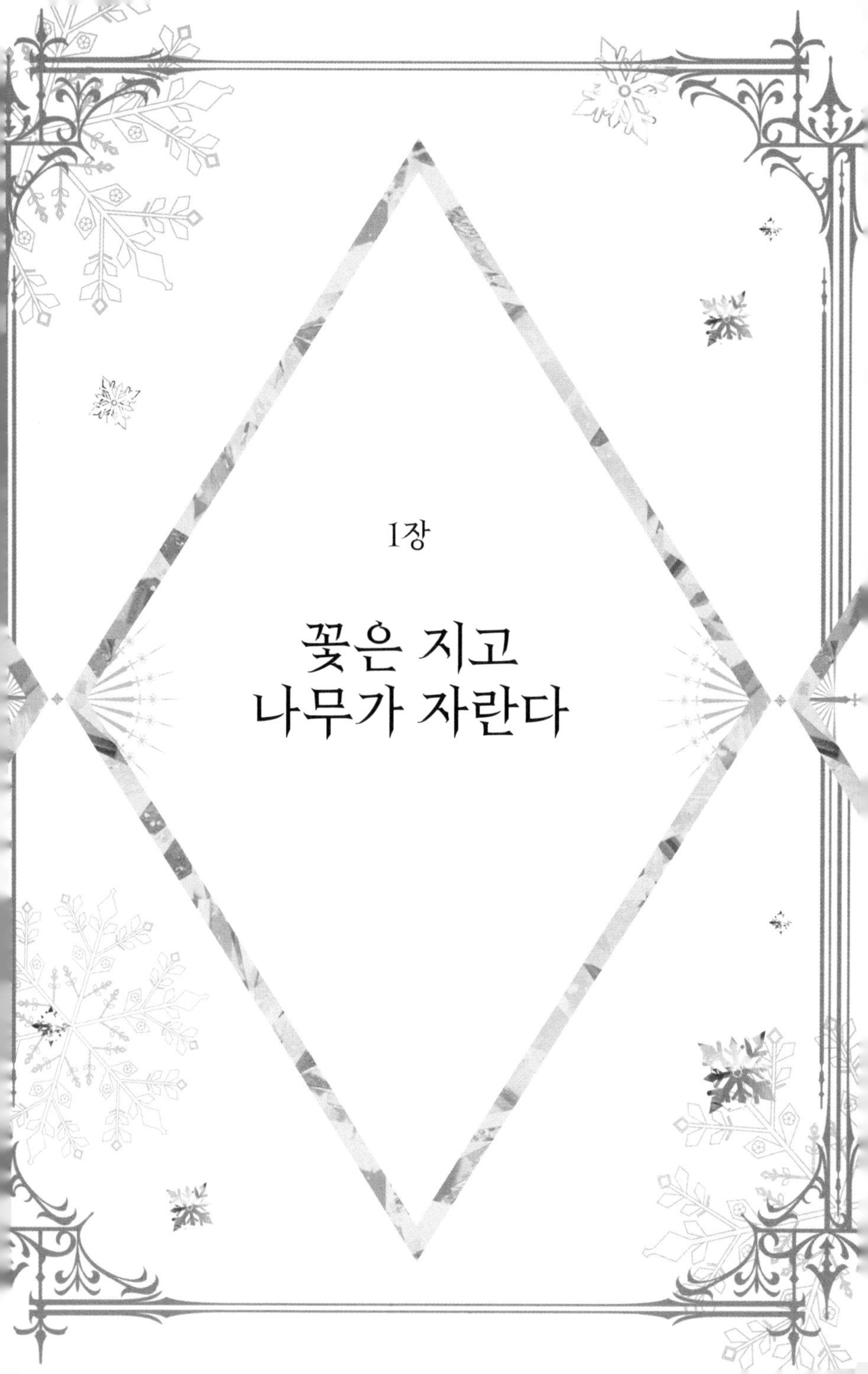

1장

꽃은 지고
나무가 자란다

사람들은 나를 신데렐라라고 불렀다. 내 연인, 제론 데이브릭이 무려 후작가의 차남인 덕이다. 그의 부드러운 금발과 맑은 벽안은 동화 속 왕자처럼 화려했고, 데이브릭이라는 배경은 그를 정말 왕자로 만들었다.

반면 나는 이름만 귀족일 뿐, 아무것도 가진 게 없다. 왕자의 곁에 선, 예쁘기만 한 여자는 그야말로 신데렐라였다. 그러면 신데렐라도 동화가 결말지어진 뒤, 이런 에필로그를 맞았을까.

"유감스럽게 됐어, 테릴."

그런 말을 하면서도, 제론의 얼굴은 무덤덤했다. 가을 하늘 같은 청명한 눈동자에, 거리낌이나 죄책감은 한 점 찾아볼 수 없다.

정말 염치도 좋지.

"뭐가."

그는 앞에 놓인 것을 그저 가리켰다. 글렌사의 신문 1면, 적힌 내용은 나도 이미 알고 있었다.

「데이브릭 후작가의 차남, 롭티나 그레텔 공녀와 약혼 성사. 그
동안 끼고 다니던 신데렐라는 어디에?」

입이 아파 직접 말할 수는 없나 보지?

무례한 통보에 화가 치밀었다. 침착하려 애쓰며, 나는 흘러내린 머리칼을 쓸어 넘겼다.

"그래서 이 여자와 결혼할 거라고?"

"당장은 약혼이지만, 몇 년이 지나면 그럴 거야."

"그럼 난."

"내 말이 무슨 의민지 알잖아."

"네 입으로 말해! 내가 왜 이런 소식을 신문으로 먼저 알아야 해?"

기어이는 참지 못한 분노가 터져 나왔다. 저 신문을 보기 직전까지, 그러니까 오늘 아침까지도 난 아무것도 몰랐다. 제몬에게 혼담이 들어왔다는 사실도, 그가 나와 헤어지려 마음먹은 것도.

어쩌면 이렇게 무례할까. 이따금 제몬과의 결혼을 그려 보면서도, 현실적으로 불가능하다는 건 내가 제일 잘 알았다. 그에 비하면 나는 너무 볼품없었으니까.

직계여도 대단치 않은 남작가의 방계. 아버지가 누군지도 모르는 편모 가정의 딸. 황실 관리 시험에도 몇 번이나 떨어졌다. 돈, 권력, 명예, 떳떳한 출생마저 없다. 그게 솔직한 내, 테릴 윈터글라스의 상황이었다.

자존감은 진작에 늪 속으로 가라앉아서, 어느 날 그에게 이별을 통보받아도 받아들일 수 있었다. 제몬이 내게 예의를 지켜 주기만 했다면.

"미리 말하지 못해 유감이야. 갑자기 찾아온 기회라 여유가 없었어."

"기회라고?"

"그래, 후작 후계 자리를 굳힐 기회."

제몬이 습한 한숨을 내쉬었다. 그 숨결에는 누군가를 향한 분노가 섞여 있었다. 그는 언제나처럼 자기 연민에 휩쓸려, 제 얘기를 늘어놓았다.

"알잖아, 테릴. 어머니와 내가 얼마나 힘들었는지. 그 자식 때문에, 어머니는 미치광이 취급을 받았고 난 언제 밀려날지 몰라 늘 불안에 떨어야 했어."

"지긋지긋하게 들었는데 모를 리가. 그래서 그게 무슨 상관인데."

"작위를 빼앗기지 않으려면 힘이 필요해. 그레텔 공작가는 날 후작으로 만들어 줄 거야."

역시.

움켜쥔 손에 힘이 들어갔다. 그의 입으로 듣기 전부터 예상한 이유였다. 제몬 데이브릭은 내게 항상 같은 말을 해 왔으니까.

그에게는 형이 하나 있다. 제몬이 태어나기도 전에 후작이 가문에 입적했다는 친척의 아이, 이름은 세시오 데이브릭이다. 그는 걷지도 말하지도 못했기에 후계가 될 수 없다는 건, 모두가 아는 이야기였다.

그럼에도 후작부인만큼은 그를 몹시도 경계했다. 그의 성정이 조용하고 온화했음에도 제몬의 모든 걸 훔쳐 갈 거라 비명을 지르곤 했다. 어려서부터 어머니에게 그런 소릴 듣고 자랐기에, 제몬도 언제나 피가 섞이지 않은 형을 견제했다. 단 두 사람만이 그랬다.

이해할 수 없는 경계심이었으나 나는 제몬을 사랑했기에 그동안은 적당히 맞장구쳐 왔다. 그런데 결국 그게 화근이 되었다.

구질구질하단 걸 알면서도, 나는 물었다.

"……나를 사랑한단 건 다 거짓말이었어?"

"그런 건 아니야, 테릴. 여전히 네가 소중해, 하지만……."

최후의 양심은 남았는지, 제몬이 내 눈을 피했다. 그의 눈동자가 일렁거렸다.

"우리 어머니보다 소중하지는 않아. 나는 후작이 돼서 어머니를 지켜야 해."

그 말이 잔인하게 심장에 틀어박혔다.

나는 왜 여기 와서 이런 말을 듣고 있을까. 신문이 발행된 순간부터 모든 사실을 추측했고, 이제는 돌이킬 수 없다고 직감했는데도. 희망인지 미련인지, 혹시나 하는 감정에 발목을 붙들린 스스로가 어리석었다.

내가 밉고 제몬이 미웠다. 들끓는 감정 때문에, 도저히 점잖고 이성적인 대처는 할 수 없었다. 나는 제몬 앞의 찻잔을 들고, 그의 머리에 그대로 홍차를 부어 버렸다.

"망해 버려, 제몬."

당황한 그가 나를 불렀으나, 난 뒤도 돌아보지 않고 응접실을 나섰다. 쾅, 문이 닫히는 소리가 요란했다.

복도는 조용하나, 내게 쏟아지는 시선은 시끄럽다. 후작저의 사용인들은 겉으로 감정을 드러내지는 않았지만, 속내는 다를 것이 분명했다. 분수도 모르고 저희 공자님을 만난다며 비웃던 이들이니 몹시도 즐겁겠지.

심장이 쿵쿵 뛰었다. 나는 애써 표정을 굳히고 똑바로 걸었다. 비참하고 수치스러웠다. 새까만 덩어리가 가슴 안쪽에 달라붙는 것 같아 속이 메슥거리기도 했다. 결국 이별을 입에 담을 거면서, 나를 여기까지 불러낸 제몬에 증오심마저 들었다. 그러면서도 슬픔이 그 모든 감정을 압도했다.

결국 우리는 헤어졌구나. 제몬에게 나는 이렇게 한순간에 버릴 수 있는 사람이었구나.

눈이 뜨겁게 달아올랐다. 웃음거리가 될 걸 알면서도, 눈물을 참기 버거웠다. 내 기분과는 달리, 저택 밖의 하늘은 맑았다. 꼭 제몬 데이브릭의 눈처럼 시원스레 새파란 색이다.

그 가운데를 가로지르는 강렬한 햇살에 눈을 찡그리다가, 나는 뒤늦게 앞에 누군가가 있다는 사실을 깨달았다.

"……아."

정원을 산책하던 걸까.

특수 제작한 의자에 앉은 사내와 눈이 마주쳤다. 햇살을 그대로 삼킨 백금발과 그 옆은 색을 찬란하게 응축한 황금빛 눈동자. 일순간 비참함마저 잊을 만큼, 성결한 색채였다.

세시오 데이브릭이었다.

잠시 멍해졌다가, 나는 그의 표정이 이상하단 사실을 깨달았다. 기이한 시선이 내 뺨에 달라붙어 떨어지지 않았다. 그제야 나는 내 얼굴이 눈물범벅이 되었다는 걸 알았다. 서둘러 물기를 닦아 내려 해도, 손등으로 얼굴을 훔칠수록 더 많은 눈물이 쏟아졌다.

당황해 어찌할 바를 모르는데, 사내가 손수건을 내밀었다. 그러나 나는 받지 않았다.

입에서 허탈한 웃음이 흘러나왔다.

"멍청해 보이죠? 신문 기사를 보고도 찾아와 기어이 차이고, 눈물이나 줄줄. 이렇게 될 줄 몰랐던 것도 아닌데, 바보같이……."

자조적인 하소연이 우스울 만도 한데, 그는 그저 고개를 저었다. 울컥하고 무언가 치밀어 올랐다.

"내가 불쌍해요?"

이번에는 고갯짓도 없이, 세시오는 물끄러미 나를 바라봤다. 여전히 손수건을 내민 채였다. 말은 없었다. 지금 글씨를 적을 만한 건 없으니 당연하다. 그러나 가만히 나를 보는 그 말간 시선만으로 조금은 진정할 수 있었다.

애먼 데 신경질을 부리다니, 바보 같은 테릴 윈터글라스.

억눌린 숨을 토해 내고 나는 손수건을 받아 얼굴을 닦았다.

"화풀이해서 미안해요. 손수건, 잘 썼어요."

천은 금세 홍건해졌다. 물기를 흠뻑 머금어서 이제는 돌려주는 게 실례가 된 모양새였다. 이걸 어째야 하나 머뭇거리는 동안, 세시오는 내게 고개 숙여 인사하고 몸을 돌렸다. 굳이 돌려주지 않아도 괜찮다는 말 같았다.

멀어지는 그 뒷모습을 보며, 나는 입술을 달싹이다가 돌아섰다.

올해 여름은 유독 뜨겁다. 원래도 더위를 심하게 탔지만, 이번 계절은 어느 때보다 지독했다. 머리가 어지러울 정도다.

어쩌면 제몬에게 차였다는 낭패감에 어딘가 고장 난 건지도 모르지.

자조하며, 나는 집으로 돌아왔다. 빈말로도 저택이라 칭할 수 없는 자그만 집에는 어머니와 나, 단둘이 살고 있다. 사용인은 전혀 없고 집조차도 숙부의 소유였지만, 그 안에는 세상에서 날 제일 귀히 여겨 주는 사람이 있다.

어서 어머니를 보고 싶었으나, 그제야 내 얼굴이 여전히도 엉망일 거란 자각이 들었다. 눈물은 닦아 냈지만, 눈은 여전히 뜨거운 것이, 붓기가 남아 있을 게 분명하다.

가까이서 보면 티가 날 텐데. 어지간해서는 울지 않는 딸이 눈물 바람으로 돌아가면 어머니는 분명 걱정하시겠지.

별수 없이, 나는 슬픈 연극을 보고 왔다는 적당한 핑곗거리를 준비했다. 믿어 주실 것 같진 않았지만. 그러나 집 앞에 도착한 순간, 준비해 둔 변명은 하얗게 지워졌다.

분위기가 이상했다. 허술한 담장도, 잡초가 무성히 자란 마당도 여전했으나, 그 앞에는 본 적 없이 커다란 마차가 서 있었다. 데이브릭에서 보던 것보다 크고 화려하며, 옆면에는 어디선가 본 듯한 가문의 문장이 새겨져 있었다. 여러 마리의 흑마는 내가 알던 말보다 덩치가 두 배는 컸고, 그 옆으로 선 기사단은 처음 보는 제복을 입고 있다.

저 사람들은 대체 누구야. 안에 어머니가 계실 텐데, 뭐가 어떻게 된 거지?

불안감에 온몸의 솜털이 곤두섰다. 생각 같아서는 저들을 밀치고 들어가 그녀의 안위를 살피고 싶었으나, 일단은 상황을 파악해야 했다. 나는 눈치를 보며 조심스럽게 뒷걸음질 쳤으나, 그 순간 저택 앞에 선 모든 이의 눈이 내게로 향했다.

열댓 명의 시선에 나는 숨을 들이켰다. 그러나 뭔가 착오가 있던 걸까. 나를 쳐다본 순간, 그들의 눈이 하나같이 커졌다. 나 못지않게 당황한 기세에 긴장감이 조금은 느슨해졌다.

"당신들 누구야."

입 밖으로 나오는 목소리는 내 것 같지 않게 떨렸으나, 알아듣지 못할 정도는 아니었다.

그때, 기사들 사이를 헤집고 누군가 내게로 다가왔다. 잿빛 단발머리에 모노클을 쓴, 30대 후반 정도의 사내는 귀족 같았다.

"가까이서 보니 정말 놀랍도록……. 아, 실례했군요. 저는 대닐 론타르라고 합니다. 테릴 윈터글라스 영애, 맞습니까?"

"제 이름을 어떻게 아시죠? 당신들 누구예요. 여기서 뭐 하시는 거예요?"

"너무 놀라지 말아 주십시오. 저희는……."

콰직, 무언가 뜯어지는 소리가 사내의 말을 삼켰다.

놀라 고개를 돌리자, 뜯겨 나간 문에서 두 남녀가 걸어 나오는 게 보였다. 하나는 커다란 덩치의 사내였고 그에게 팔을 붙들린 여자는…….

"어머니!"

비명처럼 외치며, 나는 그녀에게 달려갔다. 어머니의 낯빛은 새파랗게 질려 있었는데, 그건 나도 처음 보는 표정이었다.

심장이 터질 듯 뛰었으나, 나는 애써 그녀를 붙든 사내를 노려봤다. 대닐 론타르라고 밝힌 이와 비슷한 나이대의 사내. 머리 색은 짙고, 얼굴은 무서울 만큼이나 차갑고 단단하게 벼려져 있었다. 분명 처음 보는 이였으나, 이상하게도 기시감이 들었다.

그러나 그의 눈이 나를 향한 순간, 더는 아무 생각도 할 수 없었다. 위압감에 입술이 덜덜 떨려서, 입을 여는 것만도 용기를 내야 했다.

"당장 그 손 놔. 어머니한테 무슨 짓이야."

"어머니라."

사내의 눈이 설핏 가늘어졌다. 재보듯 나를 위아래로 훑는 시선에, 등에 식은땀이 흘렀다. 맹수 앞에 맨몸으로 선 것처럼, 나는 떨림을 가눌 수 없었다.

"정말로 모르는 모양이군. 난—."

"이 애는 아니에요!"

얼음장처럼 굳어 있던 어머니가 그의 손을 뿌리쳤다.

"우리 릴리는 당신이랑 전혀 상관없어! 다른 남자의 딸이라고 말했잖아! 이 애를 건들면 당신이라도 가만있지 않을 거야!"

그녀의 처절한 외침에는 숨길 수 없는 동요가 묻어났다. 돌아가는 상황을 이해하지 못하고, 나는 내 앞을 막아선 어머니와 사내를 번갈아 쳐다보았다.

나와 달리, 그는 조금도 놀라지 않은 듯했다. 겨울 호수처럼, 시린 푸른빛 눈동자는 소리치는 어머니를 가만히 바라보다가 불현듯 내게로 향했다. 다시금 온몸을 옥죄는 압박감이 들었다.

정말 운이 나쁜 날이다. 애인에게 버림받듯 차인 직후, 누군지도 모를 사람에게 위협받는 꼴이라니. 입안이 바싹 마르고 심장이 너무 뛰어 온몸이 울리는 것 같다. 머리 위의 햇빛이 더 지독하게 느껴졌고, 눈앞이 어지럽게 울렁였다.

정도 이상의 공포에 오기가 치민다. 나는 사내의 눈을 피하지 않고, 있는 힘껏 노려봤다.

남의 집에서 행패를 부리면서 뻔뻔스럽기 짝이 없지.

그 순간, 내게 쏟아지던 기세가 사라지고, 사내의 입가가 만족스러운 듯이 늘어졌다.

뭐지.

"정말로 상관없다고 주장하려거든, 좀 더 너만을 닮게 했어야지."

의미를 알 수 없었으나, 그 이상한 말에 어머니는 동요했다. 정곡을 찔린 사람처럼 벌벌거리는 몸이 안타까운 한편으로 의아했다.

도대체 무슨 말을 하는 거야.

"머리 색에 얼굴, 심지어는 마나의 형질까지. 의심할 부분은 단 하나도 없는데 말이야."

"아니야! 릴리는 당신과는, 리한과는 전혀—."

"아무리 부정해도 의미 없어."

리한? 북부의 리한 공작가? 수도와 한참 먼, 혹한의 땅에 있음에도 제국민이라면 누구나 아는 이름이다. 들리는 말로는 그랬다. 마수가 들끓는 험지에서 살아남기 위해 일반 사병도 마나를 다룰 줄 알았고, 기사 하나하나가 모두 단장급이며 그들의 정점에 선 공작은 가히 괴물이라 칭할 만한 실력자라고.

그 막대한 무력으로, 그들은 여러 전쟁에 참여해 공을 세웠다. 리한은 제국에서 가장 많은 작위와 영지를 가진 가문이었다. 그 때문인지, 그들에겐 우선순위는 낮아도 황위 계승권이 있었고, 다른 공작가와 달리 '각하'가 아닌 '전하'로 칭해졌다. 은밀하게는 황제도 발아래 둔다는 소문이 돌 만큼, 대단한 가문이다. 그런데 그 이름이 왜 여기서 나온단 말인가.

혹 잘못 들은 게 아닐까, 되짚어 보려는 찰나, 사내가 손을 뻗어 내 어깨를 잡았다. 의외로 거친 손짓은 아니었지만 나는 놀랐고, 뒤이은 말에는 경악했다.

"테릴 윈터글라스는 내 딸이야. 그건 내가 제일 잘 알지."

"뭐?"

딸? 테릴 윈터글라스, 그러니까 내가…… 누구의 딸이라고?

머릿속에 끓는 물을 들이부은 듯 정신이 아연했다. 생각이 제대로 돌지 않는다. 말의 본의를 이해하지 못하고, 나는 어머니에게로 고개를 돌렸다. 그녀의 낯빛은, 피가 다 빠져나간 사람처럼 창백했다.

그 표정을 보고 알아차렸다. 종전에 들은 말이, 그저 헛소리는 아니었다는 것을. 그럼 정말로 이 남자가 내 생부…….

"아니, 잠깐. 잠깐만요."

그럴 리가. 어머니한테 듣기로는 분명.

삐걱거리던 머릿속이 조금씩 움직이기 시작했다. 조금 전 들은 단서들이 재조합되었다.

"릴리는 당신과는, 리한과는 전혀—."

"테릴 윈터글라스는 내 딸이야."

스치듯 보았던 마차의 문장도 떠올랐다. 어디선가 본 것 같더라니 설마.

"그럼 당신이, 그쪽…… 댁…… 귀하가……."

"리한 공작 전하가 맞습니다."

대닐 론타르라고 스스로를 소개한 남자가 답했다.

"이제야 알아차리다니 둔하기 그지없군."

한심하다는 투로, 당사자 역시 동조했다. 그리고 그 말이 거짓처럼 들리지도 않았다. 눈앞의 사내는, 북부의 왕이라는 그 오만한 칭호가 놀랍도록 잘 어울렸으니까.

솔직히는 심장이 떨어질 만큼 놀랐으나, 나는 침착함을 가장했다.

"그렇단 말은, 당신이 리한 공작인데 내 아버지라고 생각해서 여길 찾아왔다는 말이죠?"

"유감스럽지만, 망상이 아닌 진실이다."

"아니요, 잘못 알았어요. 절대 그럴 리는 없으니까."

난 딱 잘라 말할 수 있었다. 어머니에게 들었던 생부의 이야기가 한 자 한 자 머릿속에 떠올랐다. 나는 눈썹을 까딱이며 불쾌해하는 사내, 리한 공작에게 내가 아는 이야기를 죄 퍼부었다.

"제 생부는 전 애인과 어머니 사이에서 갈팡질팡한 주제에 질투심은 엄청나서 어머니께 다른 남자가 접근하니까 그 사람을 발코니에서 밀어 버리고 분을 못 이겨 고백한 짐승이에요."

"……뭐?"

"허세도 지나쳐 영지는 척박한데 사치품을 사지 않으면 자길 무시하느냐며 윽박지르기 일쑤에, 약혼 직전까지도 아무 말 않다가 아이는 생각도 말라며 일방적으로 통보한 쓰레기."

"……."

"어머니가 임신한 후로도 입이 닳도록 같은 소리를 하는 바람에, 결국 어머니가 아이를 지키기 위해 도망치듯 떠나게 만든, 그런 쓰레기 중의 쓰레기, 제일 밑바닥의 인간인걸요."

그냥 몇 마디만 할 생각이었는데, 말하다 보니 분이 차서 그만.

감정을 꾹꾹 담아 터뜨리자, 리한 공작의 얼굴이 멍해졌다. 정말 본인이 내 생부이고, 20년 만에 찾은 딸에게 폭언이라도 들은 듯한 표정이었다.

"놀라울 만큼 틀린 얘기는 없군요."

"닥쳐라, 대닐."

"그리고 죽었다고 들었어요."

생각해 보니 가장 중요한 말을 잊어, 나는 슬그머니 덧붙였다. 사기꾼이나 미치광이가 아니라면 리한 공작일 사내가 한쪽 눈썹을 일그러뜨렸다.

"정정해야 할 게 많지만, 나중으로 하지. 그런 이야기까지 들었다면, 네 어머니도 더는 부정하지 못할 테니."

"그러니까…… 그 밑바닥 인간이 본인이라고 인정하시는 건가요?"

"외려 부정하는 이유를 모르겠군. 평소에 거울도 안 보고 사나?"

기분이 상한 밑바닥 인간이 손가락을 튕겼다. 대닐 론타르가 다가와 내게 손거울을 내밀었다.

왜 거울을 들고 다니지. 어이가 없었으나 무심코, 나는 거울을 받아 안을 들여다봤다.

너무나 당연하게도 내 얼굴이 보였다. 남색 머리칼에 은회색 눈동자, 올라간 눈매에 차가운 인상의 여자. 젖살이 다 빠지지 않아, 아직은 애티가 남은 얼굴을 보고 나는 눈을 찡그렸다. 그래서 내 얼굴이 어쨌다고.

그 순간, 그가 거울을 치웠다. 다시 리한 공작이 보였다.

남색 머리칼에 은색은 아니라도 옅은 색의 눈동자. 올라간 눈매에 차가운 인상의…….

나도 모르게 입이 벌어졌다. 분위기가 긴박했다지만 왜 눈치채지 못했나 싶을 정도로 나와 닮은 얼굴이 바로 앞에 있었다. 백 마디의 말보다 강력한 설득이었다.

"어머니, 정말로 이 사람이……."

"아니야, 릴리! 네 아버진 죽었어. 저 사람은 그저 닮은 사람일 뿐이야."

"네 딸을 바보 취급하는 건가?"

"라셰드!"

"드디어 내 이름을 부르는군. 기쁜 일이다만 회포는 나중에 풀자고."

공작이 손짓하자, 마차의 문이 열렸다.

"숨바꼭질이 끝났으니, 이제는 제자리로 돌아갈 시간이야."

대처할 틈도 주지 않고, 그가 어머니를 들어 올렸다. 나는 공작을 막아서려 했으나, 그의 눈길 한 번에 손끝조차 움직일 수 없게 되었다. 그 기이한 경직은, 공작이 어머니를 마차에 태우고서야 풀렸다.

몸이 자유로워진 내 앞으로 붉은 머리의 기사가 다가왔다. 그녀는 정중하게 허리를 구부리고 말했다.

"처음 뵙겠습니다, 아가씨. 안도라 그리넬이라고 합니다, 마차로 모시겠습니다."

언행은 공손했으나, 실상은 협박과 다름없었다. 어머니가 이미 마차에 올랐으니, 나도 따라야 했다.

나는 표정을 굳힌 채 두 번째 마차에 올랐다.

"어디로 가는 거죠."

"도착지는 화이트폴입니다."

화이트폴……이면 제국 최북단의 리한 공작령? 미친 거 아냐?

항의하려고 다급히 입을 벌렸으나, 그러자마자 마차의 문이 닫히고 이미 늦었다는 듯 말이 달리기 시작했다.

뭐가 어떻게 돌아가는 거야, 대체?

"꿈인가."

창밖으로 새하얗게 얼어붙은 대지가 보였다. 큼직하게 자란, 잎이 뾰족한 나무들과 꽝꽝 얼어붙은 호수. 여름이라는 것이 믿기지 않게, 눈 닿는 곳 전부가 겨울이었다.

난 지금, 화이트폴의 리한 공작성에 와 있었다.

제국의 중심에서 최북단까지로의 여정이었으나, 마차에 오른 지 겨우 네 시간 만에 도착했다. 포탈인지 뭔지, 마법적인 통로를 이용했다는데 믿을 수 없는 속도였다. 현실감이 없었다.

“하루아침에 이게 무슨 일이야.”

나는 제몬이 다른 여자와 약혼한다는 기사를 본 뒤, 그에게 차이고 돌아왔을 뿐이다. 그랬더니 살아 있는 줄도 몰랐던 생부가 찾아와서는, 나와 어머니를 화이트폴로 끌고 왔다. 쥐고 있던 손수건이나 겨우 들고 올 만큼, 급하게 벌어진 일이었다.

“게다가 리한 공작이라니.”

말로만 듣던 제국 제일의 권력가가 내 아버지란다. 어린아이의 꿈에서나 나올 법한 설정이었다. 도착 직후, 어머니와 공작 사이에 있던 일을 듣기는 했지만, 그 내용이 너무 소설 같아서 더 받아들이기 힘들었다.

나는 한숨을 내쉬었다. 가벼운 입김에 서리가 달라붙었다. 그 순간, 내 시야 한구석에 연갈색 머리칼이 잡혔다.

울면서 성을 뛰쳐나가는 사람과 그녀를 뒤쫓는 이. 어머니와 공작이다.

삽시간에 머리가 차가워져서, 나는 당장 창문을 박차려 했다.

그러나 여긴 3층이었다. 층고도 제법 높았다. 하는 수 없이, 나는 방을 나서 계단을 타고 내려가기로 했다. 결심한 순간, 어머니를 결국 따라잡은 공작이 그녀를 뒤에서 끌어안았다.

분노가 치밀어, 나도 모르게 입이 벌어졌다.

“어머……!”

그러나 내 외침은 중간에 힘을 잃었다. 공작에게 끌어안긴 즉시, 어머니가 돌아서 그의 뺨을 때렸다. 아니, 후려쳤다. 성격은 온화해도 힘은 상당히 세셔서, 소리가 여기까지 들렸다. 한 대도 아니었다.

"……니."

모골이 송연해지는 소리가 나는데도 공작은 눈 하나 찡그리지 않았다. 그는 절박해 보이는 몸짓으로 계속 어머니를 끌어안으며 무어라 떠들어댔고, 그녀의 기세는 점차 누그러졌다.

울며 소리치는 걸 멈춘 어머니가, 공작의 양 뺨에 손을 올렸다. 두 사람의 얼굴이 점점 가까워졌다.

"음……."

그리고 나는 조용히 창문을 닫았다. 봐서는 안 될 걸 본 기분이 들었다.

"잘못 봤나 보다."

글자 책을 읽듯 어색하게 말하며 나는 커튼을 단단히 여몄다.

그러나 그날 밤, 나는 그 광경을 잘못 본 것이 아니라는 비극적인 사실을 깨달았다. 수줍게 웃는 어머니와 마왕처럼 킬킬거리는 리한 공작이, 내가 보고 들은 모든 게 진실이라고 인정해 버렸으니까.

테릴 윈터글라스는 너무도 급하고 허무하게, 테릴 리한이 되었다.

하룻밤 새, 나는 볼품없는 남작가의 방계에서 공작가의 외동딸이 되었다. 솔직히 행복하진 않았다. 내 인생에 아버지가 필요하던 시기는 진작 지났고, 어머니가 힘들어하던 시간만 박제되어 남았다.

제대로 된 도움 없이 아이를 기르는 건 결코 쉬운 일이 아니었다. 웃는 날보

단 우는 날이, 배부른 날보다는 배고픈 날이 많았다. 그 힘겨운 시간 동안, 쓰레기 같은 생부를 얼마나 욕했는지 모른다.

그런데 이제 와서 갑자기 오해가 있었을 뿐, 공작이 계속 어머니를 사랑해 왔다니. 와닿지도 않고, 믿기지도 않았다. 그러나.

"미안해, 릴리. 내가 착각하는 바람에 널 이렇게나 힘들게 만들었어."

본인의 것이 아닌 죄책감에 시달리며, 어머니는 공작의 품에 안겨 울었다. 사내는 쩔쩔매며, 당신의 잘못이 아니라 제 죄라고, 어머니의 책임은 한 톨도 없다고 당연한 말을 퍼부었다.

그리고 어머니는, 그 별거 아닌 말에 위로를 느꼈다.

어떤 말도 더할 수가 없었다. 공작을 향해 원망을 쏟아 내면, 그게 어머니의 죄책감이 될까 두려웠고, 그녀가 우는 모습이 낯설기도 했다.

내 앞에서는 한 번도 드러내 놓고 운 적 없는 이가 모든 책임감을 내려놓고 누군가에게 기대고 있었다. 그 자연스러운 모습에서, 나는 사랑과 신뢰를 읽었다.

그게 끝이었다. 내가 받아들이든 받아들이지 않든, 두 사람의 일은 이미 해결된 것이다. 내 생부이기 이전에, 어머니가 사랑하는 이를 더는 거부할 수 없었다. 다소 시간이 걸렸지만, 나는 결국 공작을 내 생부로 인정했다.

그러나 여러모로 순탄치는 않았다. 내 뒷말을 하지 않는 사용인들은 낯설었고, 그들의 극진한 태도도 부담스럽다. 환경이 완전히 달라진 것도 반갑지 않았다.

그리고 솔직히, 생활이 좋아진 걸 체감할 여유도 없었다.

"리한 공작은 미쳤어."

연무장의 한복판에 드러누워, 나는 멍하니 중얼거렸다. 북부로 오는 과정도

정신없었지만, 그 이후의 일정은 더했다.

내가 그를 받아들인 직후, 리한 공작이 제일 먼저 한 말은 이랬다.

"그럼 오늘부터 후계 수업을 진행해도 되겠군."

"네?"

"내일부터 연무장에 나와라. 안도라 그리넬이 안내해 줄 거다."

이성적으로 생각해 보면, 공작에게 다른 자식이 있는 것도 아니니 당연한 말이었지만, 쉽게 따를 수 없었다.

지금 제정신인가. 공작 후계? 소공작? 아무리 독학이었다지만, 황실 관리 시험도 떨어진 내가 그런 중책을 잘 해낼 리 없다. 다른 건 억지로 배우더라도, 검은 정말로 불가능했다.

제대로 된 기사 가문에서는 아무리 늦어도 열 살부터는 검을 가르친다고 했다. 신체가 유연하고 마나를 잘 받아들일 때 시작해야 쓸 만한 기사가 될 수 있다고.

그러나 이런 논리 정연한 반박에도 불구하고 그는.

"걱정하지 마라. 앞으로 3년 동안 300년 치 수련만 하면, 스무 살이 아니라 200살에 시작해도, 검에 통달할 테니까."

제 가문을 무너뜨리는 게 일생의 숙원이라도 되는 걸까. 성의조차 없는 적당한 답변이었다.

그 말을 들은 뒤로는 정말 쉴 틈도 없었다. 새벽에는 검을 배웠고 오전에는 학문을 배웠다. 오후에는 검을 배웠고 저녁에는 학문을 배웠다. 밤에는 시험을 봤고, 다시 새벽이 되어서야 기절하듯 잠들었다.

그 미친 일정을 버텨 내는 스스로가 대견했지만, 공작은 그걸로는 부족했던 모양이다.

"3일이나 기본기를 배웠으니, 이제 대련을 해도 되겠군."

그의 머릿속에는 중간 단계란 개념이 없는지, 나는 4일 차부터 대뜸 기사와 대련을 시작했다. 처음에는 봐주는 시늉이라도 했지만, 공작이 엄포를 놓자 그마저 사라졌다.

그렇게 한 달을 꼬박 채우니 상대가 아무리 무서운 사람이래도 반항할 의지가 샘솟았다. 오늘 새벽, 나는 목검을 연무장에 내팽개치고 배짱을 부렸다.

"두 분, 금실이 좋으시던데요. 안 되는 절 붙잡고 괴롭힐 바에야 차라리 동생을 만드시는 게 어때요."

"어림없는 소리. 이즈는 아이를 갖기에 너무 연약해. 후계는 이미 있는데 뭘 하러 두 번의 위험을 감수한단 말이냐."

"하지만 무능한 리한 공작 같은 건 각하께서도 싫으실 거 아니에요."

"무능?"

공작에게 제일 잘 먹힐 듯한 말을 골랐는데도, 돌아오는 웃음은 불길했다.

"가엾게도 여태 그런 걱정을 할 여유가 있었구나. 머릿속이 다 날아가 버리도록 단련시키지 않은 내 죄가 크다."

그렇게 말한 공작은 기사를 물러서게 하고, 몸소 내 대련 상대가 되었다. 그리고 기어이는 내 몸에서 마나인지 영혼인지, 이상한 게 빠져나올 때까지 멈추지 않았다.

미친 인간. 미친 리한. 미친 생부 같으니.

20년 만에 잃어버린 자식을 찾고 한다는 짓이 이따위다. 그래, 나는 어머니한테 딸려 오는 부속품 같은 거라 이거지. 어머니가 행복해하지만 않았어도, 내 인생 목표는 공작 암살이 됐을 것이다.

"수업을 들으러 가실 시간입니다, 아가씨."

속으로 욕을 퍼붓다 보니 시간이 빠르게 지났나 보다. 나는 비틀비틀 일어나며 답했다.

"네, 갈게요."

허리고 다리고, 쑤시지 않는 곳이 없다. 아무리 생각해도, 기사보다 시체가 되는 게 빠를 것 같은데 왜 혼자 신나서 나를 괴롭힐까. 균형을 잡지 못하고 몸을 한 번 비틀거리자 기사, 그리넬 경이 날 부축해 주었다.

"검을 잡으신 지, 한 달 정도 되었군요."

"그렇죠."

"정말 한 달이 맞습니까?"

엄밀히 말하면 34일이지만, 그런 걸 물어보는 건 아니겠지.

"수도에서 지낼 땐 형편이 어려웠거든요. 마법만큼은 아니지만 검을 배우는 데도 돈이 드니까요."

"그렇다면 정말 순수한 재능이란 말이군요."

두들겨 맞는 데도 재능이 필요한가.

순간적으로 억울함이 치밀었으나, 그 말에 굳이 반박하지는 않았다. 화이트폴의 사람들이 리한에 기이한 환상을 품고 있는 건, 지난 한 달간 질리도록 실감했다.

내가 뭐라고 말하더라도, 저들 듣고 싶은 대로 듣겠지.

나는 적당히, 어깨를 으쓱이고 넘어갔다.

"수업은 여기까지입니다. 내일부터는 오지 않으셔도 됩니다."

역사 분야를 가르쳐 주던 카르탄 자작이 책을 덮으며 말했다.

급작스러웠으나, 놀라진 않았다. 처음 겪는 일이 아니었으니까. 정치학, 예절, 춤, 사교를 비롯하여 나를 가르치던 스승들은 이미 같은 말을 하고 떠났다. 순번으로 따지자면, 카르탄 자작이 마지막이었다.

"다른 선생님들도 같은 말을 하시더군요. 혹시 제가 뭘 잘못했나요? 아니면 더 수업을 진행할 수 없는 사정이 있으신가요?"

"이 이상의 진도가 필수적이지는 않다는 이야기입니다. 예정된 목표는 모두 나갔으니까요."

이번에도 똑같은 이유다. 똑같이, 납득할 수 없는 이유. 고작 한 달 만에 후계 수업이 끝났다? 차라리 내가 소공작으로 마음에 차지 않아, 수업을 거부한다는 게 현실성 있었다.

하나 그렇게 생각할 수도 없었다. 그들은 언제나 내게 조심스러웠고, 불만스러운 기색 한 번 내비치지 않았다. 그리 눈치가 없는 편은 아니었으니, 열 명이나 되는 스승이 나를 마땅치 않아 했다면 적어도 한 번은 알아챘을 것이다.

그런데 왜.

혹시 북부에서는 학문보다는 무술에 치중을 두는 건가. 주기적으로 마수가 들끓는 곳이니, 요구하는 학문의 수준이 낮은 거라면 이해할 수 있었다.

"북부의 학문이 짧은 게 아니라, 아가씨의 습득 수준이 빠른 겁니다."

겨우 그럴싸한 이유를 찾았는데, 그걸 어떻게 꿰뚫어 봤는지 자작이 단호히 부정했다.

"환경의 차이라고 생각했을 뿐, 모욕하려던 건 아니었어요. 그냥…… 저는 황실 관리 시험도 계속 떨어졌으니까요. 별로 머리가 좋은 편은 아니거든요."

"그걸 아가씨의 탓으로 돌리지 마십시오. 황궁의 부패가 하루 이틀 일은 아니잖습니까."

"그건……."

"히브라테스어로 '찬란한 광영'을 작문하는 게 무슨 의미가 있겠습니까, 이미 수백 년 전 사장된 언어인데 말입니다."

자작의 말에 나는 움찔 놀랐다. 그녀가 입에 담은 건, 최근 본 관리 시험 문제였다. 카르탄 자작은 리한의 사람이니, 문제를 유출하는 것쯤은 손쉽겠지만 머리로 아는 것과 체감하는 건 달랐다.

알면서도, 생활이 나아질 길은 그것뿐이라 외면해 오던 현실이 뇌리를 파고들었다. 화이트폴로 오지 않았어도, 내가 시험에 붙는 일은 없었겠구나. 입맛이 썼다.

수업을 마친 카르탄 자작이 몸을 일으켰고, 나는 스승을 문 앞까지 배웅했다. 방을 나서기 직전, 그녀는 조금 망설이다가 입을 뗐다.

"학자가 되시려는 게 아니라면, 당장 아가씨께서 높여야 할 건 지식수준이 아니라 자존감입니다."

"……네?"

"아가씨는 북부의 작은 주인이십니다. 북부인을 대표하여 감히 청컨대, 세상에서 스스로가 제일 귀하다는 생각으로 본인을 아껴 주십시오."

그녀가 내게 허리를 숙이며 하는 말에, 나는 아무런 대답도 할 수가 없었다.

수업의 절반이 사라졌기 때문에, 나는 모처럼 만에 자유를 얻었다. 그렇더라도 딱히 할 일은 없었다. 북부로 와서 새로 생긴 취미도 없고, 뭔가 할 의욕이 나지도 않았다.

나는 터덜터덜 방으로 돌아왔다. 안으로 들어서자 책상 위에 무언가가 눈에 들어왔다. 곱게 접힌 손수건이었다.

"왜 이런 게 여기에……. 아, 세시오 데이브릭."

엉망으로 젖고 구겨진 모습만 기억에 남아 알아보는 게 늦었다.

내가 제몬에게 차이고 후작저를 나서던 길에, 그의 형인 세시오에게 받은 손수건이었다.

"아직 있었네."

일상이 바빠지면서 까맣게 잊고 있었는데, 누군가 세탁해 둔 모양이었다. 그게 언제인지는 모르겠지만.

그 손수건을 보니 생각은 연결 고리를 타고 흘러가, 과거의 연인에게로 닿았다. 종전에 카르탄 자작에게 들었던 주제와 잘 어울리는 사람이기도 했다.

제몬 데이브릭.

원래도 자존감이 높을 수 있는 환경은 아니었지만, 그걸 더 진창으로 끌어내린 주범은 제몬이었다. 엄밀히는 그와 한 연애 자체라고 해야겠지만.

그를 만난 건 2년 전의 봄이었다. 관리 시험을 준비하느라 드나들던 도서관에서, 나는 처음으로 제몬을 만났고 그는 내게 관심을 보였다. 당시 나는, 이미 한 번 시험에 떨어졌고 생활고에도 지친 상태였다.

어머니가 걱정하실까 감췄으나, 온 마음이 피로와 외로움으로 좀먹히던 날. 제몬의 온기는 날 위로하는 것 같았다. 스스로도 당혹스러울 만큼, 나는 금세 그에게 마음을 내주었다.

그가 후작가의 사람임을 알고는, 솔직히 속물적인 기대도 들었다. 어쩌면 그때까지의 불행은 앞으로의 행복을 위한 거름이 아니었을까 하고.

순진했고 어리석었고 어렸다. 잔인한 현실은 금세 체감할 수 있었다.

제몬을 따라 참석한 무도회에서는 조롱거리가 되었고, 그를 왕처럼 섬기는 후작가의 사용인들도 나를 우스워했다.

그리고.

"네가, 한날 남작가의 아이가 감히 데이브릭을 사랑해? 네까짓 게 여기 들어와, 행복해질 수 있을 것 같아! 나가, 나가!"

나를 미워하는 사람 중에는 제몬이 가장 사랑하는 사람도 있었다. 제몬의 어머니인 데이브릭 후작부인이. 그녀는 내게 찻물을 끼얹기도 하고, 뺨을 때리기도 했다.

시간이 흐를수록 그녀를 향한 감정이 나빠졌으나, 억지로라도 이해할 수는 있었다. 후작부인의 전적 가문인 웨거가 그녀를 하도 괴롭혀, 감정 조절이 서툴러졌다는 걸 알고 있었으니까.

하지만 제몬의 그 말은.

"우리 어머니가 뭔가 오해하신 것 같은데, 이해해 줬으면 해."

곤란한 듯, 무감하게 내뱉은 그 말만큼은 내게 커다란 상처가 됐다. 나는 그 언행으로, 나를 향한 제몬의 마음이 어느 정도인지 분명히 알았다. 그때부터는 내 사랑의 결말을 짐작하는 것도 어렵지 않았다.

그리고 내가 예상한 것보다도 더 급하고 잔인하고 무례하게, 끝이 찾아왔다.

"차라리 만나지 않는 게 나은 사람이었지."

제몬과의 연애는 시작부터 끝까지 잔인했다. 내 주제를 뼛속 깊이 알게 하는 나날들. 자존감이 떨어지는 건 당연했다.

갑자기 북부로 온 뒤에는 일상이 정신없이 흘러가 그의 존재조차 잊고 있었다. 손수건을 보지 않았다면 더 오랫동안 그럴 수 있었을 텐데.

물건을 버릴까 잠시 고민했으나, 고개를 저었다. 그래도 호의로 받은 물건을 화풀이로 버릴 수는 없었다. 이걸 내게 준 사람은 손수건을 찢든 버리든 관심도 없겠지만.

그러고 보니, 세시오 데이브릭은 지금 괜찮으려나.

원래도 그를 향한 제몬의 증오가 보통은 아니었는데, 그레텔 공작 영애와 약혼까지 했으니 상황은 더 나빠졌을 것이다. 그러다 제몬이 후작이라도 되는 날에는 어쩌면…….

"이제 다시 만날 것도 아닌데, 무슨 상관이야."

그리 가깝지도 않은 이를 염려하는 스스로가 바보 같아졌다. 나는 픽 웃으며 손수건을 서랍에 넣었다.

"우리 어머니가 뭔가 오해하신 것 같은데, 이해해 줬으면 해."

제몬의 방은 난장판이었다. 테이블은 쓰러지고 찻잔은 엉망으로 깨졌다. 내 머리채를 움켜쥐었던 후작부인은, 뜯긴 머리칼을 손에 얽은 채로 흐느껴 울었다.

급하게 달려온 제몬은, 내게 시선 한 번 주지 않고 바로 제 모친에게 향했다.

그녀를 겨우 달래 울음을 그치게 하고, 흐트러진 옷매무새까지 정돈해 주고서야 내게 나누어 준 말이 그랬었다.

"뭐?"

"많이 놀랐을 거 알아. 하지만 너도, 어머니의 상태는 알고 있잖아."

"……난 아직 아무 말도 안 했어."

"테릴. 어머니는 내게 가장 소중한 사람이야. 네가 만에 하나라도 어머닐 나쁘게 말하면, 나는 우리 관계를 다시 생각할 수밖에 없어."

나는 아직 한 마디도 내뱉지 않았는데, 제몬이 후작부인을 진정시킬 때까지 잠자코 기다렸을 뿐인데도, 그는 경계하는 눈으로 내 입을 틀어막았다.

숨통이 콱 조여 왔다. 나는 정말 아무런 말도 할 수 없었다. 내 침묵을, 제몬은 저 좋을 대로 해석했다.

"이해해 줘서 고마워. 어머니를 좀 달래고 갈 테니, 응접실에서 기다려 줘."

등이 떠밀리고, 나는 그대로 제몬의 방에서 쫓겨났다.

머리가 멍했다. 지금 무슨 일이 일어난 거지. 제몬은 언제나 내게 다정했는데. 내가 제일 먼저인 것처럼 행동했는데. 그녀에게 엉망으로 뜯긴 내 머리칼을 봤을 텐데, 온몸에 끼얹어진 찻물을 봤을 텐데, 괜찮냐는 물음 한번 없다.

동화 같던 환상은 조각나고, 그 순간 나는 그저 재투성이가 되었다. 맨발로 거리에 내쫓긴 것처럼 비참하고 마음이 아팠다. 그리고 하필이면 그때, 누군가의 시선이 느껴졌다.

큰소리가 나서 와 본 걸까. 특수 제작된 의자에 앉은 세시오가 이쪽을 보고 있었다. 놀란 눈이 차례로 내 머리와 옷으로 향했다.

"……아."

덜컥 심장이 내려앉았다.

"아니, 전 괜찮……."

나는 서둘러 스스로의 처지를 변명하려 했으나, 울컥 밀려온 감정에 미처 말을 맺지 못했다.

"내가 불쌍해 보여요?"

"……."

"동정할 거 없어요. 그냥, 당연한 거잖아요. 연인이라고 해도 남인데, 당연히 어머니가 더 중요하죠. 제몬은 그냥 놀란 거예요. 후작부인은 그냥, 오해가 있으셨던 거고……."

세시오에게 변명하는 건지, 아니면 스스로를 설득하려는 건지. 횡설수설 말을 이을수록 마음이 더 안 좋아져서, 나는 끝내 입을 다물었다.

그는 내 괴이한 혼잣말을 가만히 듣다가, 겉옷을 벗어 내게 건넸다. 어차피 저걸 입으나 입지 않으나 사용인들의 웃음거리가 되기는 마찬가지일 것이다.

그래도 속이 비치지 않는 쪽이 낫겠지. 나는 입술을 꾹 깨물었다가 고맙다고 말하며 겉옷을 받았다.

내가 수치스러워하는 걸 알았는지, 그는 고개를 까딱여 인사하고 나를 지나쳐 갔다. 그 이상의 참견은 없었고, 어설픈 동정도 없었다. 그 배려가 고마웠다.

제몬의 증오심을 알았기에, 세시오를 억지로라도 안 좋게 생각하려 했는데, 생각만큼 나쁜 사람은 아닌 것 같았다. 어쩌면 뭔가 오해가…….

"아니, 무슨 생각을 하는 거야."

한 번 도움을 받았다고 마음이 이렇게까지 흐물흐물해지다니.

나는 고개를 크게 가로저으며 계단으로 향했다. 쓸데없는 생각을 할 시간에 빨리 1층 응접실로 가야 했다. 제몬에게 화를 내든, 따지든, 아니면 사과를 듣더라도 내려가 기다리고 있어야 뭐라도 가능할 테니까.

그러나 계단을 밟으면서 앞을 제대로 보지 않은 탓에, 발을 헛디디고 말았다. 아직 찻물이 묻은 구두가 죽 미끄러지고, 눈높이가 급격히 달라졌다. 비명도 지르지 못하고 나는 눈을 질끈 감았다. 몸이 막 계단을 구르려는 차, 누군가 내 팔을 잡아 끌어당겼다.

"아, 가, 감사합니다."

놀란 가슴을 부여잡으며, 나는 고개를 들었다. 제대로 감사를 표하려 했다. 나를 도와준 사람은, 당연히 지나가던 사용인일 줄 알았다. 근처에 있는 사람은 나와 세시오뿐이었으나, 그는 걸을 수 없었으니까. 주변을 지나던 다른 누군가가 도와줬겠거니. 당연히 그럴 거라 생각했는데.

"당신이 어떻게……."

내 눈에 보인 건, 두 다리로 선 세시오와 그 뒤를 구르는 의자였다. 나를 붙들어 지탱해 주는 것 역시 그의 팔이었다.

이 사람이 어떻게 서 있는 거지? 걷지 못한다고 했는데. 분명히 조금 전까지만 해도, 특수 제작한 의자에 앉아서…….

아, 알겠다.

"개꿈이구나."

알아차리는 즉시, 나는 꿈에서 깨어났다.

데이브릭 후작저의 복도는 의식 저편으로 빨려 들어가고, 깨어난 내 눈앞에 새파란 하늘과 연무장이 보였다. 이제는 데이브릭보다는 이쪽이 훨씬 눈에 익다.

"놀랍구나, 딸아. 연무장 한복판에서 잘 수 있다니."

아버지의 감탄 어린 비아냥도 익숙해졌다. 이런 게 익숙해진 건 좀 슬펐지만.

"저, 여기 온 지 3년 된 거 맞아요?"

"갑자기 무슨 소리냐?"

"이상해서요. 이 정도 지났으면, 이제는 딸 바보가 되어 있어야 하잖아요. 아버지는 왜 이리 발전이 없어요?"

"헛소리였군."

그래, 내가 북부에 온 지도 어느새 3년이 지났다. 체감하기로는 30년쯤 지난 것 같았지만. 필요한 학문을 다 떼고 난 뒤로는, 온종일 검술 수련만 해서 1분 1초가 그렇게 길었다. 중간에 기사 서임을 받을 땐, 그래도 검을 배우기 잘했다고 뿌듯했으나 그건 잠깐이었다. 이후 수련이 더 지독해져서, 할 수 있으면 리한 경이라는 알량한 호칭도 가져다 버리고 싶었으니까.

그 시간 동안, 많은 것이 변했다. 나라는 인간에 한정 지어서 하는 소리는 아니다. 제일 큰 변화는 수도에 있었다.

"황제가 암살당했다."

아버지께 들은 이야기가 머릿속에 떠올랐다.

"병사로 위장했지만, 뻔하지. 타니타르 공작이 일을 친 게 분명하다."

"새로 즉위한 황제가 아니라요?"

"그놈은 타니타르의 꼭두각시일 뿐이야. 핏줄 빼고는 아무 능력도 없는 놈을, 용케도 찾아냈더군."

"수도로 내려가 보셔야겠네요."

"급하게 처리해야 할 일이 있어서, 난 바로 못 내려간다. 그러니 네가 먼저 가야겠다. 어차피 다음 대 리한의 얼굴도 한번 비춰야 하니까."

선대 황제의 죽음과 새로운 황제의 즉위. 수도에서, 무언가 움직이고 있었다. 그 여파가 화이트폴에까지 미칠지는 알 수 없었지만, 이 땅의 주인으로서 우리는 확인해야 했다.

그리고 오늘이 수도로 출발하는 날이었다.

나는 자리에서 일어나 길게 기지개를 켰다. 수도로 내려가 있는 동안은 수련을 쉴 게 뻔하니, 몇 주치를 몰아서 하겠다는 아버지의 억지 때문에 온몸이 비명을 내질렀다.

밤새도록, 쉴 틈도 없이 검을 휘둘렀고 해가 뜨고서도 멈추지 않았다. 그래서 결국, 조금 전에는 기절까지 했었다.

"생각해 보니 진짜 너무하시네. 제가 수도에서 한 1년 놀고먹는 것도 아닌데, 어떻게 기절할 때까지 대련을 시킬 수 있어요."

"기절은 무슨. 방전돼서 잠든 거지. 기절한 인간이 어떻게 꿈을 꾼단 말이냐."

"그 말, 어머니께 그대로 전해도 괜찮죠?"

"……."

약점을 찔린 맹수가 나를 노려봤다.

이르면 안 될 행동이면, 애초에 하질 마시든가.

"어머니 감기는 좀 어떠세요."

"평소와 같아. 신관을 불렀으니 오늘 중 나을 거다."

어머니가 너무 연약하다는 아버지의 말이 과장은 아니었는지, 그녀는 아직 북부 땅에 적응하지 못했다. 심각한 정도는 아니라도 잔병이 끊이지 않아서, 농담으로라도 동생을 바라지는 못하게 됐다.

요즘도 단단히 감기에 걸리셔서, 어떻게든 날 배웅하시겠다는 것도 겨우 말렸다. 멀쩡한 몸으로도 북부의 추위에 힘들어하시는데, 감기에 걸렸을 땐 오죽

할까. 신관을 불렀지만, 그래도 조심하셔야 했다.

그러고 보니 어머니가 푸딩보다 연약해 보이게 된 것도 3년간의 변화라면 변화였다.

"나도 금방 내려갈 거지만, 수도에 가서도 서신은 꾸준히 보내라."

"네네, 어머니, 걱정 안 하시게 잘할게요."

바깥에서 말 울음소리가 들렸다. 출발해야 할 때였다.

"그럼 나중에 봬요, 아버지."

지금으로부터 22년 전인, 498년의 여름.

화이트폴에 마수가 덮쳐 왔다. 영지민에게 피해가 미치지는 않았으나, 리한 공작부인의 시녀 대부분이 죽거나 크게 다쳤다. 북부에는 귀족이 드물기에, 급하게 그 공백을 메우기는 힘들었다. 하는 수 없이, 리한 공작가에서는 황실에 시녀를 차출해 달라고 요청했다.

춥고 혹독한 겨울의 땅이다. 자원하는 이는 아무도 없었다. 황실에서 막대한 보상을 약속하고서야, 등을 떠밀린 귀족 영애 몇이 공작가로 여정을 떠났다. 개중 한 사람이 윈터글라스 남작가의 이즐릿이었다.

"춥고 험난한 땅까지 와 주어 고맙소. 내가 엘리자베스 리한이오."

"만나 뵙게 되어 영광입니다. 윈터글라스의 이즐릿입니다."

인사가 마음에 차지 않았던 걸까. 아니면 겨우 남작가의 여식이라 불쾌한 걸까.

엘리자베스가 제 얼굴을 물끄러미 바라보자, 이즐릿은 긴장하여 침도 삼킬 수 없었다. 다행히도 공작부인은 금세 다시 입을 열었다.

"걱정은 마시오. 내가 병을 앓고 있는 건 윈터글라스 영애도 알겠지. 이 목숨은 머잖아 끊길 테니, 수년 내에 영애는 수도로 돌아갈 수 있을 게요."

"말씀은 감사하지만 괜찮습니다. 평생을 각오하고 왔습니다."

"유감이지만, 영애들은 내가 죽으면 필요 없는 인력이지. 돌려보내는 건 결정된 사안이오."

차갑게 떨어지는 공작부인의 말은 무척이나 단호했다.

"말만으로는 믿을 수 없겠지. 그래, 계약서를 한 장 써 주겠소. 유효 기간은 22년이지만, 그만하면 충분할 게야."

혼잣말로 중얼거리고는, 엘리자베스 리한이 서랍에서 무언가를 꺼냈다. 귀퉁이에 마탑의 인장이 박힌 계약서였다. 직접 본 것은 처음이었으나, 이즐릿은 그게 무언지 알 수 있었다. 서명한 내용에 따르지 않으면 목숨을 잃을 수도 있는, 마법 계약서다.

그녀는 멍하니 계약서에 적힌 내용을 읽어 내렸다. 엘리자베스 헤이즐 리한의 사망 시점부터, 이즐릿 메이 윈터글라스는 북부에 종속되지 않는다. 리한은 이즐릿을 쫓지 않는다.

그리고 막 엘리자베스가 계약서의 하단에 서명하려는 차, 노크도 없이 문이 열리고 사내 하나가 들어왔다. 엘리자베스의 아들이며 성의 주인인, 라셰드 리한이었다.

"어머님, 이깟 일에 마법 계약서를 쓰지 말라고 말씀드리지 않았습니까."

"헛소리 말게, 라셰드. 이 사람은 목숨을 걸고 북부에 온 거야. 나를 위해 온 이를 함부로 하는 건, 나를 함부로 하는 것과 다름없어."

"거짓말하지 마십시오. 다른 시녀들에게는 써 주지 않으셨잖습니까."

"내가 처음 만난 이를 편애라도 한다고 말할 셈인가?"

"죽은 시녀를 닮아 죄책감에 그러신다고 솔직히 말씀하시면, 차라리 이해라도 하겠습니다."

냉담한 말에 그녀는 멈칫했다가 한숨을 내쉬었다. 입 밖으로 나는 숨결에 회한이 묻어났다.

"그래, 이 영애는 에이비를 닮았지. 나 대신 마수의 발톱에 목숨을 잃은 그 아이를 말이야."

슬픔에 잠긴 공작부인의 목소리에, 이즐릿은 어찌할 바를 모르고 두 모자의 눈치를 살폈다.

"내가 서명하는 게 싫다면 자네가 해. 내 시녀들이 전부 마수 먹이가 된 건, 성 주인인 자네 탓이 아닌가."

"알겠습니다."

기함할 만한 대화를 아무렇지 않게 나누고는, 라셰드 리한이 모친에게서 계약서를 넘겨받았다. 이즐릿은 그제야 정신을 차리고 그의 손을 붙들어 만류했다. 사람의 목숨이 걸린 계약서라니, 그런 무서운 건 필요 없었다.

"아, 아니요, 전하. 말씀해 주신 것만으로도 충분히 믿을 수 있어요."

"말 몇 마디만으로 처음 보는 사람을 믿는다? 너, 이름이 뭐지."

"이즐릿 메이 윈터글라스라고 합니다."

"그래, 이즐릿."

라셰드는 태연하게 이즐릿의 손을 떼어 내고, 서명을 마무리했다.

"충고 하나 해 주지. 사람을 함부로 믿지 마."

그게 이즐릿과 라셰드의 첫 만남이었다.

엘리자베스는 언제나 이즐릿을 가까이에 두어서, 그녀는 라셰드와도 자주 마주쳤다. 서늘한 외모에 거친 말씨와 달리, 그는 제법 다정한 사람이었다. 두 사람은 잘 맞아서, 막대한 신분 차에도 친구가 될 수 있었다.

사실, 말로는 친구라고 해도 이즐릿의 감정은 우정 이상이었다. 이즐릿은 혹독한 추위에 좀체 적응하지 못하고 자주 앓았는데, 몸이 아프니 마음의 외로움이 더 크게 느껴졌다. 라셰드의 온기는 그녀의 감정을 다른 색으로 물들였다.

그건 라셰드 역시 마찬가지였지만, 그의 마음을 모르는 이즐릿은 혼자 괴로워했다.

'라셰드에게는 혼담이 오가는 사람이 있는데.'

실제, 약혼식을 치르지는 않았어도 그에게는 약혼녀라 칭해지는 사람이 있었다. 상대가 있는 사람을 마음에 품다니, 말도 안 되는 일이다. 설사, 약혼녀가 없었다고 한들 이즐릿이 품어도 될 사람은 아니었다. 그는 이 성의 주인이었고, 이즐릿은 할 일을 마치면 북부를 떠나야 할 시녀였으니까.

그녀는 필사적으로 제 마음을 싸매고, 새어 나가지 않도록 애썼다.

그러나 황당하게도 이즐릿의 고민은 한순간에 해결됐다. 공작성을 방문한 어떤 남성이 이즐릿에게 집적거리자, 눈이 돌아간 라셰드가 그를 2층 발코니에서 밀어 버렸다.

그러고는.

"저딴 놈에게 기회를 줄 바엔, 차라리 나를 선택해."

이즐릿은 얼떨떨하게 원하던 것을 거머쥐었다.

하나 그것으로 모든 문제가 사라진 건 아니었다. 리한의 원로회는 아직 어린 공작을 쥐락펴락하려 들었고 끊임없이 혼담을 들이밀었다. 결국 라셰드가 참아 줄 수 없는 지경까지 넘어서, 그는 강제로 원로회를 해산시키고 이즐릿과 약혼식을 치렀다.

그리고 가장 행복해야 할 그날에.

"혹시나 해서 묻는 건데 아이 같은 걸 바라진 않겠지?"

"……네?"

"난, 그런 번거로운 건 필요 없어."

라셰드의 눈에, 이즐릿은 더없이 허약했다. 하루가 멀다고 감기에 걸렸고, 잠을 설치기만 해도 비틀거렸다. 이런 체력으로 아이를 가지면 그녀는 어딘가 잘못될지도 몰랐다. 실제로 북부에서는, 아이를 낳다가 죽은 외지 출신이 몇 있었으니까.

그러나 그러한 이유는 쏙 빼먹었기에, 라셰드의 말은 이즐릿에게 미래를 내주지 않을 거란 뜻으로 들렸다. 그녀는 애써 웃으며 답했다.

"네, 조심할게요."

그리고 그즈음, 이즐릿에게 더 잔인한 일이 생겼다. 그녀에게 태기가 나타나기 시작했다. 아니길 바랐으나, 그 증거는 날이 갈수록 분명해졌다.

불안해진 이즐릿은 라셰드의 정확한 뜻을 알기 위해 아이에 대한 의중을 계속 떠봤고, 그럴수록 라셰드는 더 단호해졌다.

'아이와 라셰드 중, 선택해야 해.'

이즐릿이 포기하기로 한 건, 제게 미래를 내어 주지 않는 사내였다. 마침 우연히도, 이즐릿이 임신한 사실을 알아채고 도와주는 이가 있었고 또 마침 우연히도, 엘리자베스의 숨이 끊어졌다. 잠을 자듯 조용한 죽음이었다.

이즐릿은 장례를 치르는 내내, 힘들어하는 라셰드를 정성스레 위로하고는 그 이튿날, 북부를 떠났다.

라셰드가 그 사실을 알아차렸을 때 이즐릿은 이미 수도로 향한 뒤였다. 마법 계약서에 속박되어 그녀를 쫓지 못하고, 그는 유효 기간이 20년 남은 계약서를 거칠게 움켜쥐었다.

"그래, 그깟 20년. 얼마든지 기다려 주지."

혈안이 된 눈으로 라셰드는 그렇게 중얼거렸다.

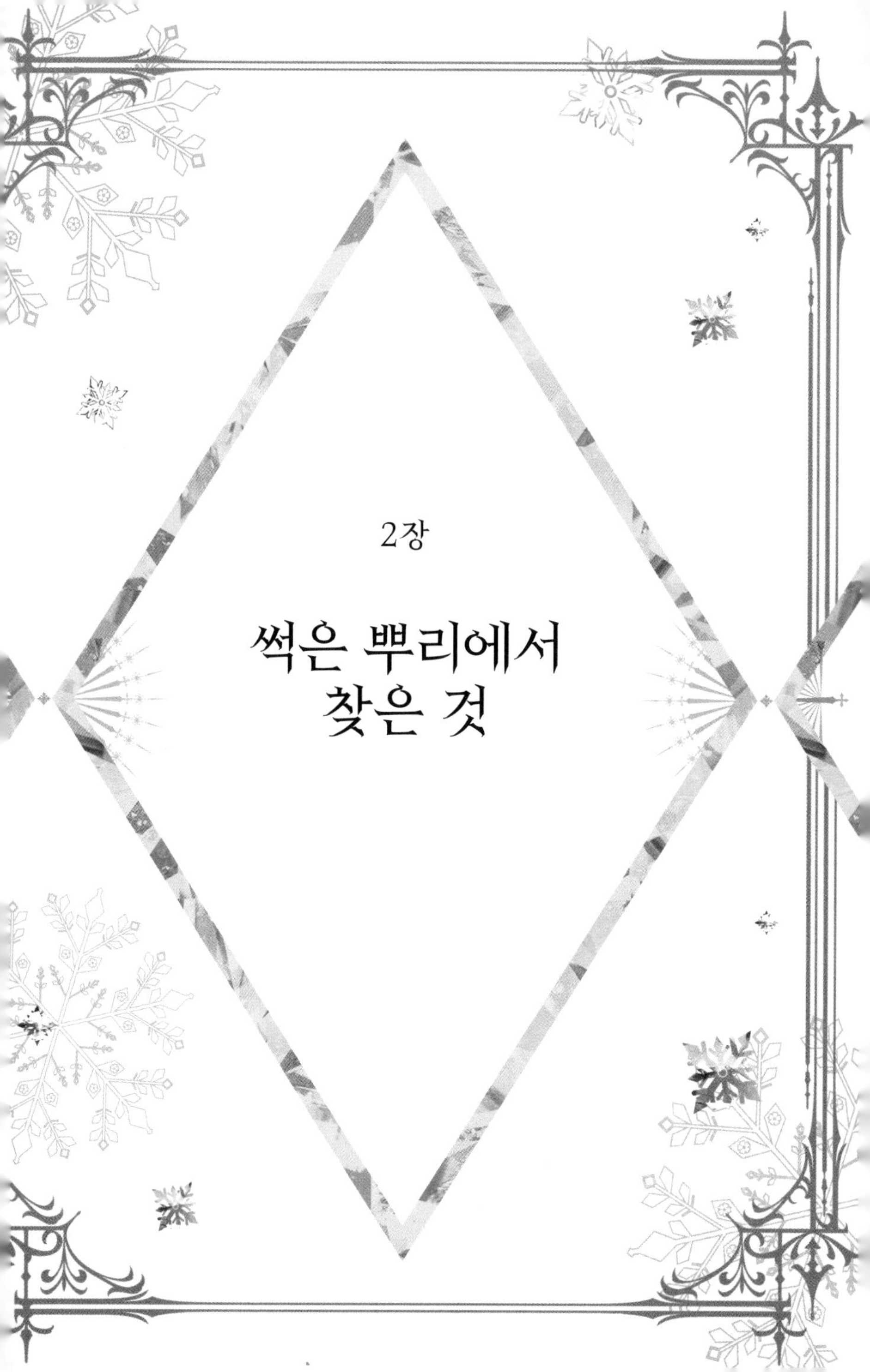

2장

썩은 뿌리에서 찾은 것

수도를 떠난 테릴 윈터글라스는 테릴 리한이 되어 돌아왔다. 달라진 위상에 따라, 거처도 변했다. 겨우 2층을 채우던 이전 집과 달리, 수도의 리한 공작저는 4층짜리 대저택이었다.

북부의 성과는 다른 느낌이라, 나는 이곳이 제법 마음에 들었다. 이 훌륭한 저택을 제대로 둘러보기도 전에, 나갈 준비부터 해야 하는 건 좀 안타까웠지만. 새 황제의 즉위를 기념하는 무도회가 오늘 밤에 열리니, 할 수 없는 일이다.

시녀 아이들이 옷을 고르고 머리를 매만지는 동안, 그리넬 경이 다가왔다.

"피곤하진 않으십니까?"

"네 시간 정도 마차 탔다고 피곤할 거면, 성을 바꿔야지."

"무도회는 다음에도 있습니다. 굳이, 수도에 오자마자 참석하실 필요는—."

"소문 다 돌고 나면, 아무도 놀라지 않을 거 아니야."

"예?"

붉은 머리의 기사는 내 말을 알아듣지 못하고, 눈을 깜박였다.

"내가 윈터글라스일 적에 어떻게 지냈는지, 경도 대강은 알잖아. 그 사람들이 날 보고 어떤 표정을 지을지 궁금해서 그래."

가진 것도 없는 아이가 데이브릭 소후작을 만난다고, 조롱당하던 별칭이 신데렐라였다. 험담이나 비웃음은 예사였고, 면전에서 비웃음을 들은 적도 있었다. 심지어는 테릴 윈터글라스가 언제 버림받을지를 내깃거리로 삼은 이들도 있을 정도다.

그런데 그 신데렐라가 리한이 되어 돌아오면, 그들은 어떻게 반응할까. 유치한 기대라는 걸 알았지만, 나는 그리 고상한 사람이 아니라 할 수 없었다. 막상 입 밖에 꺼내 놓으니 어린애의 치기 같아 조금은 머쓱했지만.

"너무 유치한가?"

"명하신다면 죽이겠습니다."

"진짜 유치한 사람은 따로 있었군."

"농담이었습니다."

이상한 농담이다. 그녀는 웃었지만, 나는 좀 떨떠름해졌다.

"하나, 보고드릴 게 있습니다. 소공작님께서 북부로 향하시고 얼마 뒤, 거처하시던 곳에 누군가 찾아왔다고 합니다."

"계속해 봐."

"금발, 장신에 20대 초반의 남성입니다. 주위에 '테릴 윈터글라스'의 행방을 수소문하기도 했다더군요."

잠깐. 인상착의를 듣다 보니 느낌이 안 좋아졌다.

"수상해서 사람을 붙여 보니, 데이브릭 후작저로 들어갔다고 합니다."

"아, 역시."

예상한 사람이 맞았지만, 정답을 맞힌 쾌감은 없었다.

제몬 데이브릭이 날 찾아왔었다고? 왜? 롭티나 그레텔과 약혼까지 해 놓고 전 애인을 찾아온다니, 범인의 머리로 이해할 수 있는 행동은 아니었다.

그녀는 그레텔 공작이 끔찍이 사랑하는 막내딸이다. 적어도 몇 년은 지켜본 뒤 결혼을 허락해 주겠다고 할 정도니, 그때까지는 롭티나에게 벌벌 기어야 했다. 세시오가 제 자리를 위협한다고 생각해서, 날 버리고 약혼해 놓고 그런 무모한 짓을 벌이다니.

"미친 거지."

애당초 나를 왜 찾아왔는지도 모르겠다. 설마 제가 버려 놓고 미련이 남았다거나 하는 건 아니겠지. 괜히 마음이 찝찝해졌지만 크게 중요한 문제는 아니었다. 만에 하나 그가 정신이 나가 내게 집적거려도, 거절하면 그만이니까.

내가 제몬을 사랑하고, 그와의 이별을 슬퍼한 건 벌써 3년도 전의 일이다. 그때의 감정은 그토록 무거웠는데도, 지금은 그를 떠올리는 게 아무렇지 않았다. 사랑이라고 그럴싸하게 말해 봐야, 결국 한때의 감정인 건지.

만약 그가 날 배신이라도 했다면 달랐을지 모르겠으나, 혼담이 들어오자마자 이별을 고한 게 바람은 아니었다. 마무리가 무례했을지언정, 그냥 재수가 없었다고 넘어가 줄 정도는 되었다.

"그래도 별로 보고 싶은 얼굴은 아니지. 오늘 오나?"

"예, 즉위 기념 무도회이니 아무래도……. 제몬 데이브릭이 참석하는 게 싫으시다면, 다리를 부러뜨리겠습니다."

"상처를 주려는 건 아닌데, 경의 농담은 별로 내 취향은 아니야."

"이번에는 농담이 아닙니다만."

"……."

"자연스럽게 할 자신 있습니다."

"그냥 농담이었던 걸로 해."

18대 황제, 카트리예가 죽은 지는 불과 보름도 지나지 않았다. 그 짧은 시간 동안, 황실은 그녀의 장례를 치렀고 에이빌로스가 새 황제로 즉위했다. 간소화된 절차 덕에, 선황제의 죽음은 빠르게 묻히고 있었다.

그러나 에이빌로스는 덩달아 조급하게 치러진 제 즉위식이 초라하다고 느낀 모양이다. 단순히 선황제의 죽음을 빨리 지우기 위해서일지도 모르지만. 즉위를 기념하는 무도회는 더할 나위 없이 크고 화려하게 꾸며졌다.

꼭두각시에 불과한 황제의 처지를 떠올리면, 번쩍거리는 모양새는 우습기까지 했다. 무도회장에 들어서며, 내가 느낀 감상은 그뿐이었다.

함께 들어온 그리넬 경이 시종에게 리한에 온 초대장을 건넸다. 그는 눈에 띄게 몸을 떨다가 더듬거리며 호명했다.

"테릴 라셰드 리, 리한 소공작님과 안도라 펜릴하트 그리넬 자작님 입장하십니다!"

무도회장에 정적이 내려앉았다. 그 때문에 나와 그리넬 경의 발소리가 유독 선명하게 울렸다. 대부분은 '리한'의 등장에 놀랐으나, 몇몇은 달랐다. 제몬 데이브릭의 신데렐라를 조롱하던 이들이 '테릴'을 알아보고 숨을 들이켰다.

희한하지. 장소도, 사람도 별로 달라진 게 없는데, 나를 무섭도록 위축시켰던 이곳이 더는 아무렇지 않았다. 리한의 위세에 올라타 고개가 뻣뻣해진 건지, 그간 검을 배워서인지, 아니면 아버지에게 세뇌라도 당한 건지. 뭐가 됐든, 나쁘지 않은 변화다.

몇몇 하이에나들이 내게 다가오려다가, 그리넬 경의 살기에 몸을 물렸다.

황제가 올 때까지 무얼 하면 좋을까. 고민하며, 나는 지나가던 시종의 트레이에서 잔을 집어 들었다. 그러고는 스파클링 샴페인을 들이켜는데, 낯이 익은 얼굴이 발코니로 향하는 게 눈에 들어왔다. 대단한 친분이 있던 것도 아닌데 반가운 마음이 들었다. 막 걸음을 떼던 순간, 뒤쪽에서 익숙한 목소리가 들렸다.

"위, 윈터글라스?"

멍하니 내뱉고는 입을 다무는 게, 의도하고 부른 건 아닌 듯했지만 아는 얼굴이다. 이쪽도 나름대로 반가운데. 나는 반색하며 웃었다.

"오랜만이네요, 탄테 자작 영식. 그간 잘 지냈습니까?"

"그, 그, 네."

그는 긴가민가한 얼굴로, 애매하게 답했다. 시종이 호명해 들어온 리한 소공작이 정말로 나인지, 확신하지 못하는 기색이었다.

새로 들어온 사람은 없는지, 그의 시선이 뒤쪽을 바쁘게 힐끔거렸다. 눈치를 살피는 모양새가 우스워, 나는 몸소 친절을 베풀어 주었다.

"개인적인 사정이 있어, 성이 좀 바뀌었습니다."

"헉, 그렇다는 건 정말 영애가 리한……."

확신을 얻고 나자, 이번에는 그의 두 눈에 교활한 빛이 돌았다. 그는 안면을 싹 바꾸고, 부드러운 톤으로 말했다.

"도대체 그동안은 어떻게 지내신 겁니까. 3년 전, 갑자기 사라지셔서 얼마나 걱정했는지. 제가 당시, 좀 짓궂게—."

"걱정?"

한 마디 되물었을 뿐인데, 알랑거리던 얼굴이 굳었다. 솔직히 말하면, 말에 기세를 좀 싣기도 했지만.

"3년이나 저를 잊지 않고 걱정해 주시다니, 정말 친절하시군요. 믿을 수 없을 만큼."

"아, 하하, 예, 좀 걱정했습니다, 예."

"참, 탄테 자작 영식. 축하드립니다."

"예? 축하요?"

"내기에 이기셨잖아요. 제몬 데이브릭은 2년 내로, 테릴 윈터글라스를 버린다. 그쪽에 배팅하셨었죠?"

웃으며 잔을 돌리자, 샴페인이 빙글 돌며 사색이 된 남자의 얼굴을 비추었다. 본인이 내 앞에서 자랑스레 떠들어 놓고는 잊은 척하긴.

"어떻게 2년을 정확히 맞히셨는지, 신기할 따름이네요."

"아, 아니, 그게, 저는 그러니까 그런 내기는 그냥 장난으로!"

나는 그대로, 잔에 든 액체를 모조리 들이켰다.

"축하 선물은 천천히 할게요."

돌처럼 굳은 그의 손에, 빈 잔을 쥐어 주고 나는 몸을 돌렸다.

무도회가 시작된 지는 그리 오래되지 않아서, 발코니는 한 곳만 차 있었다. 들어가는 걸 봤으니, 여기에 있겠지. 손을 들어 문에 노크하려던 순간.

"데이브릭이 뭐라고, 응? 그래 봐야 후작가 나부랭이잖아! 열등한 걸 열등하다고 말도 못 하나? 왜 대답이 없어!"

안쪽에서 고함이 들렸다. 심상치 않은 기색에, 나는 바로 문을 열었다.

"네깟 것도 날 무시하는 거냐?"

만취해 행패를 부리는 사람과 그에 곤란해하는 이. 내가 찾던 사람은 후자였다.

바퀴 달린 의자에 앉은 백금발의 장신, 세시오 데이브릭.

발코니의 문이 열린 걸 모르는지, 그는 앞에 선 남자를 물끄러미 보고 있었다. 공교롭게도 그 순간, 소리치던 사내가 손찌검을 하려는지 팔을 쳐들었다.

세시오가 입 모양을 움직였다. 말을 하지 못하는 사람인데, 무언가 말하려는 것처럼 보였다.

난간……. 뛰어?

아니, 이럴 때가 아니지.

뒤늦게 정신을 차리고 그 남자의 팔을 낚아채려는 순간, 내 의사를 읽은 그리넬 경이 먼저 주정뱅이의 손목을 틀어쥐었다. 세시오를 후려치는 데 실패한 사내가 벌건 얼굴로 뒤를 돌아봤다.

"이건 또 뭐야. 이거랑 한 패냐? 대신 맞으려고 붙잡은 거지? 당장 안 놔!"

그의 말은 듣는 척도 않고, 그리넬 경이 나를 돌아봤다. 무슨 의미인지는 뻔했다.

"부러뜨리진 마."

"알겠습니다."

그녀는, 이름 모를 주정꾼의 팔을 놓아주는 대신 그의 멱살을 잡아채어 끌고 나갔다. 잠시 요란한 소리가 났지만, 발코니의 문을 닫자 금세 사라졌다.

이제 남은 사람은 나와, 내가 들어온 걸 알아차린 세시오 데이브릭뿐이었다.

"오랜만이네요. 세시오 공자. 인사나 하러 왔어요."

그는 조금 놀란 듯했다. 말간 눈동자가 황금빛으로 반짝인다.

3년 만에 보는 세시오 데이브릭은 크게 달라지진 않았다. 얼굴이 좀 야위었고, 눈매는 더 깊어졌다. 섬세한 붓질로 공들여 그려 낸 것처럼, 여전히 아름다운 얼굴이다. 이해할 수 없으나, 나는 그 얼굴이 몹시 반가웠다. 오랜만에 수도에 와서 들뜬 건지. 아니면 데이브릭을 떠날 때 받은 손수건이 그토록 고마웠던 건지. 알 수 없는 일이지만, 가슴 안쪽이 묘한 감정에 젖어 들었다.

「도와주셔서 감사합니다, 윈터글라스 남작영애.」

세시오가 수첩에 글을 적어 감사를 표했다.

"더는 윈터글라스가 아니지만요. 그러니까…… 아버지를 찾았거든요. 이제는 테릴 리한입니다."

놀란 듯 손을 멈추었다가, 그가 잠시 뒤 다시 펜을 놀렸다.

「좋아 보이셔서 다행입니다.」

담백한 축하였다. 탄테 자작 영식처럼 낯빛이 바뀌지도 않았고, 횡재했다며 추켜세우지도 않았다. 예상 못 한 반응이었지만, 그 담담함이 마음에 들었다.

우리는 몇 마디 더 안부 인사를 나누었으나, 분위기는 곧 어색해졌다. 가볍게나마 나를 도와줬던 사람이 보여, 무작정 인사를 나누러 왔으나 우리는 애당초 별로 가깝지 않았다.

이 사람에게 북부에서 내가 얼마나 시달렸는지를 말할 수도 없으니, 이야깃거리는 금세 동이 났다. 어중간한 사이였기에, 세시오가 수첩에 글씨를 적을 때의 공백이 더 어색하기도 했다. 어떻게든 소재를 찾으려다 보니, 급기야는 제몬에까지 말이 닿았다.

"제몬이랑 같이 오신 건가요?"

말하고서야, 내가 얼마나 미련스러워 보일지 알았다. 하나 다행히도 그는 여느 때처럼 담담히 반응했다.

「저는 아버지와 함께 왔습니다. 일이 생겨, 그분은 먼저 돌아가셨지만요.」

"뭐, 저로선 다행이네요."

대놓고 나를 박대한 사람이 후작부인이었다면, 대놓고 나를 벌레 보듯 한 건 데이브릭 후작이었다. 험한 말을 쏟지는 않으나 시선에는 언제나 경멸이 가득했다. 자라 온 환경 탓에 나는 눈치가 빨랐고, 그가 나를 어떻게 보는지도 훤히 보였다. 이제 와 평가하자면, 기분 나쁜 가족이었다. 눈앞의 이 남자는 빼 줘야겠지만.

공교롭게도 그 순간, 바깥에서 호명이 울렸다.

"제몬 알버트 데이브릭 소후작님, 롭티나 메리데이 그레텔 영애님 입장하십니다!"

말을 하자마자, 바로 들어오는군.

무의식적으로 미간을 찡그렸다가, 나는 세시오를 의식하고 표정을 풀었다.

"그럼 전 이만 가 보겠습니다. 쉬시는데 방해해서 죄송합니다."

「괜찮으시겠습니까.」

사족이 더 붙지는 않았으나, 무슨 의민지는 분명했다. 제몬과 마주할 걸 염려해 주는 거겠지. 더군다나 그레텔 공녀도 함께 있으니까.

친절한 사람이다. 나는 일부러 장난스럽게 웃었다.

"왜요, 제가 제몬을 죽일까 봐 걱정되세요?"

「데이브릭의 소후작입니다. 사라지면 곤란해요.」

"그러면 공자께서 다음 대 후작이 되면 되지 않습니까."

「변하셨군요.」

"더는 남 눈치를 볼 필요도 없으니, 본성이 나왔죠."

반쯤은 진심이었지만, 남자는 가볍게 웃었다. 나는 그를 따라 웃다가, 무심코 생각나 물었다.

"그런데 데이브릭 후작영식. 혹시 절 도와주신 적이 있습니까? 제가 계단에서 떨어질 뻔한 걸 잡아 주셨다거나……."

영문을 모르겠다는 얼굴이 눈을 깜박였다.

"역시 그런 일은 없었죠? 그냥 이상한 꿈을 좀 꿔서요."

하기야 내가 기억하기로도 그날, 세시오 데이브릭을 만나지는 않았으니까.

제몬에게 선을 긋는 말을 들었던 날, 나는 응접실에서 한 시간을 기다리다가 집으로 돌아왔다. 제몬이 오늘은 어머니의 곁에 있어 드려야겠다고 전해 온 탓이었다. 나는 우중충한 기분으로 돌아갔고, 그 과정에서 만난 사람이라곤 대놓고 비웃음을 터뜨리던 사용인 몇뿐이었다.

지나치게 사실감 있는 꿈이라, 잠시 혼동했나 보다.

그에게 가 보겠다고 말하고 나는 몸을 돌렸다. 그러나 바로 발코니의 문을 열지는 못했다.

"리한 소공작은 알고 있는 걸까요?"

누군가 내 이야기를 수군거리는 것이 문밖에서 전해져 들어왔으니까.

중요한 이야기일 것 같다는 막연한 직감이 들었다. 나는 들리는 소리에 집중했다. 마나를 운용하자 희미하던 목소리가 또렷하게 귀에 새겨졌다.

"알았으면 데이브릭을 내버려 뒀겠어요? 리한 사람들 악명은 대단하잖아요."

"하긴, 그 피가 어디 갔을 린 없겠죠. 윈터글라스일 적에도, 성격이 고분고분하지는 않았고."

"그런데 정말 어떻게 된 걸까요. 남작가의 직계도 못 되던 사람이 어떻게 리한의—."

"쉿, 템브릴 영애. 말조심해요."

"아, 죄송해요. 무심코."

젊은 여자 두 명이 대화를 나누는 소리였다.

"지금 모른다면, 앞으로도 계속 모르길 바라야겠어요. 데이브릭 소후작이 소공작을 만날 때부터, 그레텔 영애를 유혹한 걸 알면 무슨 일이 벌어질지."

"네? 가문에서 정식으로 혼담을 넣은 게 아니었어요?"

"모르셨어요?"

"전 그냥, 소후작이 떠들어대던 이야길 말씀하시는 줄 알았어요. 테릴 양이 본인을 하도 좋아해 잠깐 어울려 주는 것뿐이라고. 진지한 관계는 아니라고 못을 박던 때요."

"아, 그러고 보니 경망스럽게 입을 놀린 전적도 있군요. 하지만 제 이야기는 다른 쪽이에요."

그녀들이 소곤거리며 소리를 낮추었다.

"실은, 소공작과 헤어지기 반년 전부터, 그레텔 영애를 꾀어 낸 거예요. 꽃을 바치고 연서를 쓰고, 뭐에 눈길만 줬다 하면 선물로 떠넘기던걸요."

"세상에, 하지만 소공작과의 연애는 좀 유명했잖아요. 그레텔 영애도 알면서 그런 거예요?"

마냥 순수한 사람인 줄 알았는데.

실망감이 밴 목소리에 상대가 즉시 부정했다.

"아니요. 롭티나 공녀는 좀, 둔한 구석이 있잖아요. 소문에도 어둡고. 그래서 몰랐던 모양이에요."

"하기야. 남의 남자를 탐낼 만큼, 없는 조건은 아니죠. 그래서 넘어간 건가요?"

"처음엔 심드렁했는데, 언제부턴가 그걸 또 받아 주더라고요. 게다가, 이 이야긴 정말 다른 데 가서 하시면 안 돼요."

그들이 속삭이는 목소리가 조금 더 작아졌다.

"제 하녀 아이의 친척이 글렌사에서 일을 해요. 그래서 말을 좀 들었는데, 그레텔 영애가 소후작을 받아 주자마자, 소후작이 선수 쳐서 신문 기사를 냈대요, 글쎄."

"네? 정식 혼담을 넣기도 전에요?"

"그레텔 각하가 반대할까 봐 불안했겠죠. 각하가 그 영애를 오죽 아끼나요."

"세상에. 그러면 그 이야기는 결국…… 데이브릭 소후작이 바람을 피웠단 거예요?"

나도 모르게 입에서 헛웃음이 나왔다. 그걸 알 리 없는 두 사람은 이야기를 계속했다.

"그것도 리한 소공작을 상대로?"

"그땐 윈터글라스였으니까요. 일이 이렇게 될 줄 알았으면, 감히 그런 짓을 상상이나 했겠어요."

"……소공작이 알면 한바탕 난리가 나겠네요."

"그러게요. 다른 사람도 아닌 리한을 상대로 바람이라니, 상상만으로도 무섭……."

들을 건 전부 들었지. 심지어는 제몬 데이브릭이 바람을 피웠다고, 한 줄로 요약해 주기까지 했다.

찐득해져 오는 속을 달래려, 나는 가늘게 숨을 내쉬었다. 그러고는 발코니의 문으로 손을 뻗다가 고개를 돌렸다. 생각해 보니 같은 공간에 세시오 데이브릭이 남아 있었다. 수군거리는 소리를 함께 들은 걸까, 그의 얼굴에는 당혹스러운 기색이 얼룩져 있었다.

"실례했습니다."

나는 가볍게 인사하고, 발코니를 나왔다.

나를 주제로 떠들어대던 두 명이 바로 눈에 들어왔다. 목소리만 들을 때는 몰랐는데, 얼굴을 보니 기억난다. 남들의 비밀을 알기 좋아하지만, 근거 없는 허언을 일삼지는 않는 이들이었다. 나와 눈이 마주치자, 그들의 얼굴은 백지장보다 희게 질렸다.

"리, 리, 리한 소공작님."

조용히 하란 의미로, 나는 검지를 입에 대고 웃었다. 화낼 생각이 없다고 한 몸짓이었으나, 두 사람의 안색은 오히려 더 나빠졌다.

내 얼굴이 무서웠나, 딱히 겁줄 생각은 없었는데 말이야. 애써 웃은 보람이 없어, 나는 억지로 끌어 올린 입꼬리를 내리고 두 사람을 지나쳐 걸었다.

가볍게 만나다가 좋은 기회가 와서 헤어진 것과 처음부터 장난감 삼아 가지고 놀던 것.

"그 둘은 얼마나 다를까."

제몬이 좋은 사람이 아니라는 건 진작부터 알았는데, 새삼스러운 분노가 해일처럼 덮쳐 왔다.

바람을 피웠다. 아니, 그에겐 어쩌면 그런 인식도 없었을지 모르겠다. 제몬은 내게 이별을 고할 때만 잠깐 머뭇거렸을 뿐, 그 외에는 뻔뻔스러울 만치 태연했다. 연인으로 만난다고 생각한 것도 나뿐일지도 모른다. 그도 그런 게.

"테릴 양이 본인을 하도 좋아해 잠깐 어울려 주는 것뿐이라고. 진지한 관계는 아니라고 못을 박던 때요."

사랑하는 사람을 상대로, 그런 말을 지껄이고 다니진 않았을 테니까.

후작부인보다 우선순위가 한참 밀린다는 걸 알았을 때, 나는 제몬과 내 마음의 차이를 충분히 알았다고 생각했다. 착각이었다. 애초에 그의 마음속에는, 내 무게라고 할 만한 게 없었던 거다.

그래 놓고는.

"테릴. 여전히 네가 소중해. 하지만 우리 어머니보다 소중하지는 않아."

"잘도 지껄였지."

속이 엉망으로 뒤틀렸다.

좀 전의 이야기가 틀렸을 거란 생각은 들지 않았다. 오히려, 나는 스스로도 이해 못 할 정도로 확신하고 있었다. 제몬 데이브릭이 그런 사람이라는 걸. 내가 그에게 받은 것은 단순한 이별이 아니라 기만이고 조롱이었다는 걸.

제몬이 무도회장에 들어왔다고 했지. 나는 그를 찾아 두리번거렸고, 머잖아

불쾌하도록 새파란 눈과 시선이 마주쳤다. 그것도 제법 가까이에서.

유령이라도 본 사람처럼, 제몬의 눈이 크게 흔들렸다. 나는 고개를 삐딱하게 틀고, 먼저 알은체했다.

"안녕, 제몬."

"테릴 윈터글라스……?"

아직 리한에 대해서는 모르는 모양이다. 하기야 무도회장에 들어온 지 얼마 되지도 않았으니까.

그는 주위 사람들의 얼굴이 사색이 되는 것도 모른 채, 내게 성큼성큼 다가왔다.

"이게 어떻게 된 거야. 네가 왜 여기에, 아니, 3년 전에는 어떻게 된 거고 대체."

"너무 유려한 말솜씨라, 알아듣기가 힘든데."

가벼운 비아냥에 제몬이 얼굴을 일그러뜨렸다. 그러나 분노를 터뜨리기보다 앞서, 그의 시선은 내게서 이상한 걸 발견했다. 제몬의 시선이 퍽 노골적으로 나를 훑었다.

"내가 걸친 게 너무 비싸 보여서 궁금해?"

"……어떻게 된 거야."

"별거 아니야. 다른 남자 돈으로 샀어."

우리 아버지 돈으로. 대단찮은 농담이었지만, 제몬은 경악하여 외쳤다.

"너, 결혼이라도 한 거야?"

"아. 네 기준에는 결혼이나 해야 사 줄 정도로 엄청난 장신구들이구나. 이런 게 말이야."

"물정 모르는 소리 마. 네가 걸친 게 얼마짜린지나 알아? 그래서 결혼을 했다는 거야, 안 했다는 거야."

"나도 궁금한 게 있어서 말이야. 제몬, 너 몇 년 전부터—."

"어, 젬젬이 모르는 여자랑 얘기한다!"

갑작스레, 경쾌한 목소리가 끼어들었다.

화려한 인상의 여자였다. 둥글게 말린 머리칼은 채도 높은 분홍빛이었고, 통통한 뺨에도 발그레한 복숭앗빛이 돌았다. 눈에 띄는 색감이었으나, 키가 작고 눈꼬리가 쳐져 인상은 호감형이었다. 가까이서 본 적은 없었으나, 그리넬 경이 준 보고서 덕에 누군지는 금방 알아챘다. 그녀의 이름은 롭티나 그레텔, 제몬의 약혼녀였다. 그건 그런데.

"젬젬……?"

희한한 어감에, 나도 모르게 들은 소리를 따라 했다. 제몬을 부른 거 맞지? 설마 애칭인 건가. 나는 할 말을 잃고 눈앞의 젬젬을 바라봤다. 창피함을 견디기 힘든지 그가 아랫입술을 긁듯이 깨물었다. 가만 보니 귀도 빨갛게 물들었다.

그가 애써 성질을 죽인 목소리로 말했다.

"롭티나, 아드윈을 찾아본다고 하지 않았나요?"

"몰라요. 찾아봐도 안 보이던데. 오라버니는 술만 마시면, 남한테 시비를 걸거나 어디 널브러져 자니까, 어딘가에 잘 있겠죠. 그런데 이분은 누구예요?"

"……그냥 친구예요."

"거짓말! 젬젬은 잘난 척이 심해서 친구 없잖아."

참아야겠다는 생각도 들지 않아, 나는 대놓고 웃음을 터뜨렸다. 차마 제 약혼녀에게 화를 내지는 못하겠는지, 그는 이제는 목덜미까지 달아올라 있었다.

"그런 농담 하지 말아요. 사람들이 진짜 줄 알잖아요."

"젬젬한테 정말 친구가 있으면, 사람들이 진짜 줄 알겠어요?"

"제발, 롭티나."

천진난만하게 제몬을 놀리던 롭티나 그레텔이 시선을 내게 주었다. 놀란 토끼처럼 눈이 동그랗게 커져서, 그녀는 빤히 나를 들여다보았다. 내가 그의 옛 연인이었다는 걸 알아본 걸지도 몰랐다. 무도회장에서 나와 제몬의 옛날 일을 떠들어대는 사람이, 겨우 둘뿐은 아닐 테니까.

"롭티나, 이 사람은……."

제몬이 변명하듯 입을 열었으나, 말꼬리는 여물지 못했다.

할 말도 없겠지. 나와 헤어지지 않은 채로 그레텔 영애를 유혹했다. 그 사실을 털어놓았을 리 없으니, 그녀 또한 피해자였다. 그러나 내 예상과 다르게, 그녀는 돌연 손뼉을 치며 웃었다.

"정말 미인이시네요!"

완전 뜬금없는 소린데.

"한겨울의 얼어붙은 호수 같아요. 처음 뵙는 분인데, 영애의 이름은 뭔가요? 아니다. 제가 맞혀 볼게요."

칭찬도 이상했다.

"영애가 리한 소공작님이 맞죠!"

"뭐?"

"그렇죠? 저, 리한 공작 전하의 초상화를 본 적이 있어요. 그분이랑 똑 닮았으니까요."

"무슨 말도 안 되는 소리예요, 롭티나. 테릴은—."

"맞습니다."

제몬은 그녀를 한심해하며 사실을 정정하려 했으나, 내가 그 말을 끊었다. 나는 웃으며 인사했다.

"반갑습니다, 그레텔 공작 영애. 테릴 리한이라고 합니다."

짤막한 소개말에 제몬의 눈이 커졌다. 단순히 놀란 정도를 넘어서, 피가 다 빠진 것처럼 그의 얼굴이 희게 질렸다.

"무, 슨 소리야, 테릴. 너는 분명……."

"거봐, 맞잖아요! 혹시나 했는데 정말 친구도 아니었나 봐. 젬젬은 어떻게 친구 이름도 몰라요? 혹시 혼자만 친구라고 생각한 거예요?"

"조용히 해 봐요, 롭티나! 지금 상황이 말이—."

"지금 나한테 소리 지른 거예요?"

그녀가 눈을 동그랗게 뜨고 물었다. 화가 난 것 같진 않았으나, 지적하는 바는 명백했다. 제몬이 금세 주춤했다.

"아니, 미안해요. 소리를 지른 게 아니라 조금 놀라서……. 테릴, 네가 이상한 거짓말을 하니까 그렇잖아."

"내가 거짓말을 했다고?"

"내가 네 성을 모르는 것도 아닌데, 그럼 그게 거짓말이 아니라고?"

"주위를 봐, 제몬. 사람들이 어떤 표정으로 널 보고 있는지."

그는 인상을 찡그리면서도, 내 말을 따라 주위를 둘러봤다. 우리 셋을 감싸고 있는 건 싸한 정적이었다. 사람들의 표정은 하나같이 얼어 있었고, 한 사람을 미친 사람 보듯 하고 있었다. 그리고 그 한 사람은 당연히 제몬이었다.

"뭐? 아니, 그럴 리가. 리한이라니……."

그는 얼이 빠져, 멍하니 중얼거렸다. 그 틈을 타, 나는 공녀에게 물었다.

"그레텔 공작 영애, 실례가 안 된다면 하나 물어도 되겠습니까?"

"음, 제가 대답할 수 있는 거라면요."

"제몬 데이브릭이 언제부터 영애께 마음을 고백하던가요."

"잠깐, 롭—."

"4년 전 겨울이니까, 약혼하기 반년 전부터죠? 그런데 그건 왜요?"

명랑한 말소리에, 분위기는 한결 싸늘해졌고 내 가슴에도 냉기가 서렸다.

그래, 놀랄 일도 아니지. 소문을 주워들은 순간부터, 나는 기이하리만치 확신하고 있었으니까.

나는, 얼굴에 노골적으로 낭패감을 드러낸 이를 쳐다봤다. 입술을 잘근잘근 씹으며, 제몬은 식은땀마저 흘리고 있었다. 눈이 마주치자 움찔하는 그의 어깨를 보며, 나는 문득 궁금해졌다. 이 자리에 선 내가 여전히 볼품없는 남작 영애였어도 너는 그런 표정을 지었을까. 답은 뻔했다.

나는 그의 눈을 똑바로 노려보며, 입매를 비틀어 웃었다.

"그 이유는 제몬이 잘 알 겁니다. 말씀해 주신 답례로 권해 드리자면, 약혼자가 저와 어떤 관계였는지 꼭 들으시길 바랍니다. 본인의 입이 아니라면, 다른 입을 통해서라도요."

뭔가 항변하려는 듯 제몬이 입을 벌렸으나, 타이밍 좋게도 시종이 소리쳤다.

"템그리아의 영원한 태양, 위대하신 황제폐하와 템그리아의 찬란한 달, 존엄하신 황후폐하께서 입장하십니다!"

호명을 듣고, 무도회장에 자리한 모든 귀족이 고개를 숙였다. 초조한 얼굴의 제몬도 마찬가지였다. 목이 뻣뻣한 건 나뿐이었다. 고개 숙인 사람들 틈 사이에서, 나는 그의 정수리를 내려다보다가 발걸음을 떼었다.

중년 남녀 둘이 무도회장으로 천천히 입장했다. 처음 보는 얼굴이었으나, 종전의 호명만으로 그들의 신분은 확실했다. 이전이었다면 벌벌 떨었을 거고, 지금 입지로도 조금은 신기한 상황이었으나, 황제에게 조금도 눈길이 가지 않았다.

뜨겁고 차가운 것이 번갈아 마음을 뒤엎어서 다른 생각을 할 여유가 없었다.

그때, 주정뱅이를 처리하고 온 건지 그리넬 경이 조용히 합류했다. 어딘가 거북한 얼굴이었다. 표정 변화가 크지 않은 사람이라, 분노한 와중에도 조금 신경 쓰였다.

설마.

"……죽였어?"

"아니요, 명을 어기지 않았습니다. 다만……."

"뭔데."

"조용히 처리하려고, 사람이 없는 다른 발코니로 끌고 가던 중이었습니다만, 그자가 갑자기 난간을 뛰어넘더니 아래로 떨어졌습니다."

뭐?

"그래서 부러뜨리지 말라는 명은 지키지 못했습니다. 층고가 높아 뼈 반절이 부러졌으니까요. 죄송합니다."

"잠깐만. 갑자기 혼자 난간을 타 넘고 떨어졌다는 말인가?"

"예. 아마도 제게 도망치려고 무작정 달리다가, 만취해 실수한 것 같습니다."

그렇게까지 취했던가. 떠올리려 해도, 별로 신경 쓰지 않은 탓에 기억이 흐렸다.

"목격자도 몇 명 있습니다. 발코니 문을 열자마자, 뛰어들었습니다."

"경을 의심하진 않아."

워낙 술버릇이 해괴해서 당황했을 뿐이다. 그리넬 경에게 몇 가지를 더 확인하려는 때, 황제가 크게 외쳤다.

"오오, 리한의 새로운 사자가 왔구나!"

먼 곳에서 나를 발견하고는, 그가 손짓하여 귀족들을 일으켰다.

"무도회에 자리해 줘서 고맙네. 얼굴을 보고 싶으니 가까이 와 주겠나?"

하는 수 없이, 나는 황제 부부에게 다가가 고개를 숙였다.

"황제 폐하를 뵙습니다. 리한의 테릴입니다."

간단한 인사였으나, 그는 내 무례를 탓하지 않았다. 오히려 한층 더 반색하며, 잔에 술을 따라 주었다. 아무리 꼭두각시라 한들, 황제가 보이는 반응으로는 지나쳐서, 나는 새삼 리한의 권력을 실감했다.

아버지의 지시대로, 나는 적당히만 예의를 갖추고 황제를 상대했다. 나는 성의 없는 축하를 건넸고, 그는 아버지의 안부를 물었다. 재미없는 이야기였다.

그러던 중, 황제는 무언가가 생각난 듯이 탄성을 냈다.

"곧 황실 주도로 사냥대회를 열 예정이라네. 이제라도 가을의 즐거움을 누려야 하지 않겠나."

"그러시군요."

"소공작 자네도 리한이니 검 솜씨가 대단하겠지. 참가해 보는 건 어떤가? 우승자용 상품도 준비해 두었다네. 재미로는 괜찮을 걸세."

아직 선대 황제의 죽음이 다 지워진 건 아니니 이런저런 일을 벌여 사람들의 눈을 가리려는 건가.

마침 가을은 사냥대회를 열기 좋은 계절이다. 리한의 소공작이 대회에 참가한다면, 사람들의 관심은 선대의 죽음에서 더 멀어질 것이다. 어쩌면 그저, 리한과 관계를 돈독히 하고 싶을 뿐인지도 모르겠지만. 그러나 사냥이라면 북부에서 질리도록 해서, 별로 내키지 않는 제안이었다.

내 마음을 알아챘는지 그가 다급히 덧붙였다.

"대회에 참가하는 청년들은, 다른 이에게 사냥감을 바친다네. 대단한 의미가 있는 건 아니지만, 꽤 괜찮은 볼거리지. 흥미가 없나?"

그게 무슨 재미인지도 모르겠는데. 바로 거절하기 위해 입을 열었다가, 문득 어떤 생각이 떠올랐다.

"그리 권해 주신다면, 한번 참가해 보겠습니다."

"오오! 리한이 참석해 준다니 몹시도 호화로운 대회가 되겠구나. 혹시 사냥감을 바치고 싶은 상대가 있는 건가?"

나는 바로 답하는 대신, 제몬에게로 고개를 돌렸다. 황제를 비롯한 많은 이들의 시선이 내 것을 따라, 그에게로 향했다. 곳곳에서 숨을 들이켜는 소리가 났다.

그 진실을 3년 전에 알았다면 어땠을까. 내게 이별을 고하던 순간 제몬이 모든 걸 고백했다면, 그와 내 처지를 비교하며 어쩔 수 없는 상황이라고 자기 합리화를 했을지도 모르겠다.

사람의 감정 대부분은 아무리 강렬해도 시간의 장벽을 넘지 못한다. 파도에 바위가 깎여 나가듯, 마모되고 만다. 제몬 데이브릭이 내게 무례한 마지막을 건넸을 때, 온갖 감정을 느꼈으나 지금 남은 건 짜증뿐인 것처럼. 그러니 그가 나를 기만했다는 진실이 예전에 드러났다면, 화이트폴에서 머무르는 3년간 그 감정을 지워 냈을 수도 있다.

"괜찮다면."

하나, 내가 제몬의 본심을 알게 된 건 지금이었다. 윈터글라스보다는 리한이, 낡은 집보다는 성과 저택이 더 익숙해진 오늘에.

북부에서 지내는 동안 내 자존감은 높아졌다. 나는 조금이나마 화이트폴을 사랑하게 됐고, 리한을 아끼게 됐다. 그리고 이 순간, 제몬이 테릴 윈터글라스에게 보낸 기만을 테릴 리한이 받았다. 그를 향한 사랑은 진즉 재가 되어버린 뒤에. 분노, 수치심, 모욕감은 한계를 모르고 솟아났고, 감정이 한데 뭉쳐져 복수심이 되었다.

"데이브릭 후작영식께 바치고 싶습니다."

내 말에 제몬은 멍한 표정을 지었고, 황제는 곤란한 기색을 내비쳤다. 그는 그레텔 공작의 눈치를 살피듯, 은근히 눈을 굴렸으나 곧 표정을 바꾸었다.

"그렇군, 약혼자가 있는 사람에게 사냥감을 바치는 건 보편적인 일은 아니네. 하지만 모든 참가자가 사냥감에 연정을 담는 건 아니니 그럴 수도 있겠지."

"그쪽이 아닙니다."

"그게 무슨 말인가."

황제보다 앞서, 내 말의 본의를 알아차린 듯 제몬의 얼굴이 서서히 일그러졌다. 입매를 비틀어 그를 비웃으며, 나는 고개를 돌렸다. 제몬에게서 그의 바로 옆에 있는 이에게로. 역겨울 만치 사랑스러운 예전의 애인에게서, 그가 더없이 증오하는 그의 형제에게로.

놀란 얼굴의 세시오 데이브릭과 눈을 맞추며, 나는 힘주어 말했다.

"제가 사냥감을 바치려는 건, 세시오 공자입니다."

나를 기만한 그 모든 행동이, 후작위를 얻기 위해서라는 건 말이 되지 않는다. 그럼에도 난 기꺼이 그 변명을 믿어 주기로 했다.

후작이 되어 어머니를 지키고자 나를 배신했다면, 그 자리를 빼앗아 주겠다. 세시오 데이브릭에게 모든 걸 빼앗길지 모른다는 그 과대망상을 현실로 옮겨 주겠다. 내게는, 이제 그럴 힘이 있었다.

사냥대회까지는 조금이나마 여유가 있었다. 그동안 나는 그리넬 경에게 데이브릭의 조사를 지시하고, 쉬면서 기다렸다. 내 이름으로 초대장은 쏟아졌고, 저택을 기웃거리는 이들도 있었으나 전부 모르는 척했다.

다만, 도대체 무슨 할 말이 남은 건지 제몬 데이브릭에게서 자꾸 만나자는 서신이 와서 한 번은 펜을 쥘 수밖에 없었다.

「한 번만 더 서신을 보내면, 그레텔 공작가로 반송할 거야.」

다행히 내 진심을 알아줬는지, 더는 서신이 오지 않았다.

오래지 않아 그리넬 경이 내게 보고서를 건넸다.

"지시하신 조사 결과입니다."

서류의 첫 장에는 데이브릭의 대략적인 사정이 적혀 있었다.

알버트 데이브릭, 지금의 후작은 결혼을 앞둔 어느 날 돌연, 먼 친척의 아이를 입양했다. 이유도 말하지 않고 급작스레 벌인 일에, 당시의 약혼녀는 파혼을 선언했다. 하는 수 없이, 그는 지금의 후작부인인 달란트 웨거와 결혼한다.

후작은 제 부인의 출신이 마땅치 않아 그녀를 냉대했고, 달란트의 가문은 세시오의 존재가 거슬려 그녀에게 아이를 죽이라 부추겼다.

그런 세월이 하루 이틀 쌓여 20년이 흘렀다. 안팎으로 시달린 후작부인은 정신이 이상해졌고, 가문에 세뇌받은 대로 세시오를 증오하게 된다. 그녀의 손에 자라난 제몬 역시도 마찬가지였다.

"이유가 없진 않았네."

본격적인 이야기는 다음 장부터 시작됐다. 그렇게 말해도, 내가 무도회장에서 엿들은 소문이 좀 더 상세하게 적혔을 뿐이었지만.

새로 알게 된 것도 있었다. 제몬이 주위에 나를 속물이라 칭하던 것. 데이브릭의 사용인이 나를 조롱하던 걸 알면서도, 피곤해지기 싫어 묵인한 이야기. 그가 롭티나 공녀를 유혹할 때, 내 이야기가 흘러 들어갈 것을 우려하여 입에 달고 살았다는 말.

「나를 정말 좋아해서 누이처럼 지내는 사람이 있는데 너무 곤란해요. 아무리 거절해도 통 떨어지질 않아서, 그 애가 제 연인인 줄 착각하는 사람들도 있다니까요.」

작정하고 연막을 치는 말에, 헛웃음이 나왔다.

제몬 데이브릭은 상상 이상의 쓰레기였다. 어머니를 지킨다는 명목에 도취

하여, 기만한 사람이 한둘이 아니다. 그레텔 공작 영애에게 연민마저 들 정도였다.

나는 서류의 마지막 장을 넘기고 한숨을 내쉬었다. 그리넬 경이 곧바로 입을 열었다.

"사흘 이내에 사고사로 처리할 수 있습니다."

암살 얘기를 왜 이리 담담히 한담.

살벌한 말이었으나, 나는 좀 웃음이 났다. 내가 당한 일에 분노해 주는 것이 위로처럼 느껴졌으니까.

하지만.

"죽이는 건 곤란해."

"아무도 모르게 하면—."

"그건 너무 호사스럽잖아."

그녀가 멈칫한 사이, 나는 말을 이었다.

"그리넬 경도 서류를 봤으니 알겠지만, 그 남잔 후작위에 욕심이 상당하거든. 반쯤 세뇌당하며 자라선지, 세시오에게 피해망상도 심하고."

"그 말씀은……."

"그런 형제에게, 후작위를 빼앗기면 볼만할 거야."

한때는, 과도한 그의 증오가 거북했는데 이제서는 반가웠다. 제몬이 세시오를 미워하면 할수록, 복수의 결실은 달아질 테니까.

내 말에 공감했는지, 그리넬 경이 고개를 끄덕였다.

"아무튼, 사실이 달라지진 않았네. 계획을 바꿀 필요는 없겠어."

제몬의 얼굴이 그려진 서류를 벽난로에 집어 던지고, 나는 자리에서 일어났다.

"세시오를 만나고 싶다고, 데이브릭 후작저에 서신을 넣어 줘."

세시오의 일정에 여유가 있어, 약속은 빠르게 잡혔다. 당사자를 제외한 데이브릭 일가 전원이 저택을 비우는 날이었다.

시간 계산을 잘못해서 조금 이르게 도착했으나, 기다릴 만한 정도였다. 마차가 데이브릭 저택의 대문 앞에 멈추었다. 땅에 발을 디디자, 진작부터 기다리고 있었는지 저택의 집사장이 다가왔다.

"데이브릭 후작저의 집사장, 니콜라스 코르보 남작입니다. 리한 소공작님을 뵙게 되어 영광입니다."

낯이 익은 얼굴이었지만, 태도는 기억하던 것과 완전히 달랐다. 언제나 흘기듯 째려보던 눈매가 아첨을 담아 휘어졌고, 몸짓 하나하나가 공손하고 조심스럽다. 그의 눈은 나를 쳐다보지도 못해서, 내가 누군지도 알아채지 못한 모양이었다. 실소가 나는 꼴이다.

"새삼스러운걸. 남작은 이미 그 영광을 수차례 누리지 않았나."

"그게 무슨……. 헉!"

의아함에 고개를 들었다가, 집사장이 숨을 들이켰다. 죽은 사람이 살아 돌아오기라도 한 것처럼, 파랗게 질린 얼굴에 품위라고는 없다.

그가 마차에 새겨진 문양을 다시 확인했다. 그런다고 흑사자 문양이 고양이가 될 리는 없었지만.

"리한 소공작님을 얼마나 더 기다리게 할 셈이오!"

얼이 빠진 사내를 기다려 주지 않고, 그리넬 경이 소리쳤다. 소스라치게 놀란 집사장이 허겁지겁 손짓했다.

저택의 문이 열리고, 익숙한 저택이 모습을 드러냈다. 그제야, 다시 데이브릭에 온 것이 실감 났다.

목뼈가 부러지기라도 한 건지 안으로 들어서면서 본 사용인은 죄, 목이 굽어 있었다. 낯빛은 파랗고 손은 바들바들 떨려서 단체로 중독된 것처럼 보이기도 했다. 웃기는 한편으로 약간의 동정심이 들었으나, 그도 잠시였다.

"세시오 님의 준비가 미처 끝나지 않았으니, 차라리 올라가서 기다리시는 게 좋을 듯합니다."

제 주인을 함부로 부르는 걸 보니, 여전한 인간들이다. 기분이 좋진 않았지만, 일단은 참고 나는 집사장이 안내하는 대로 올라갔다. 그리고 방에 들어가 세시오를 본 순간, 얼굴이 굳었다.

외모는 화려해도 차림새는 언제나 수수하던 사람이 오늘만큼은 달랐다. 얼굴과 머리칼에서는 윤이 흘렀고, 입은 옷도 재질이 좋고 화려했다. 머리 모양도 세련되게 만져 놓았으며 사용인 몇이 달라붙어, 그의 옷에 장식을 더하고 있었다.

단출한 차림으로도 빛이 나던 얼굴을, 제대로 꾸며 놓으니 확실히 태가 산다. 그러나 그 사실을 인지한 순간, 기분이 급격히 나빠졌다.

"좋을 대로 박대하다가, 잘 포장해 팔아넘기고 싶단 건가."

단지 만나고 싶다고 서신을 넣었을 뿐인데, 그걸 뭐라고 생각한 걸까. 잘되면 좋고, 아니면 말고 식의 판단이었겠지. 데이브릭이 이렇게까지 염치없을 줄은 몰랐던 내 실수다.

"죄송합니다만, 소리가 작아 못 들었습니다."

"이야기는 둘이 하고 싶군."

"하지만 아직 옷에 장식을 덜 달았—."

"두 번 말해야 하나?"

위협을 담아 말하자, 집사장이 허둥지둥 방을 나섰다. 사용인들도 눈치를 살피며 그를 뒤따랐고, 그들을 다 몰아낸 그리넬 경이 문을 닫았다.

이제는 둘만 남은 공간에서, 세시오는 무슨 생각인지 모를 표정으로 나를 봤다.

"또 뵙네요."

입을 달싹이다가, 나는 한숨처럼 인사를 건넸다. 그가 고개를 숙여 인사를 받았다. 그러고 나니 할 말이 떨어졌다.

나는 이야깃거리를 찾아 방을 둘러봤다. 깔끔하게 잘 정돈된, 세시오 데이브릭을 닮은 공간이었다. 피아노와 이젤이 있을 줄은 몰랐지만.

"피아노를 칠 줄 아시나 봐요."

「시늉뿐입니다.」

"그림도 그리시는 것 같고."

「소소한 취미 정도입니다.」

"좀 봐도 되나요?"

세시오가 선뜻 허락해 줘서, 나는 한구석에 놓인 이젤로 다가갔다. 데이브릭의 정원을 그린 풍경화였다. 그림을 깊이 배운 건 아니었지만, 취미치고는 괜찮은 솜씨로 보였다.

그러다가 문득, 캔버스 뒤쪽에서 무언가 튀어나온 것이 보였다.

이게 뭐지.

별생각 없이 그 끄트머리를 잡아당기자 스케치북이 나왔다. 그걸 막 넘겨보려는 순간, 요란한 소리가 났다.

"데이브릭 후작영식!"

세시오가 의자에서 쓰러졌다. 무의식중에 손을 뻗다 무게 중심이 쏠려 넘어진 모양이었다. 그의 얼굴에는 고통스러운 기색보다 당혹감이 강하게 돌았고, 그의 눈은 어딘가에 고정돼 있었다.

다급히 다가가서는, 그를 부축해 의자에 앉혔다.

"갑자기 왜 그러신 거예요. 제가 보면 안 되는 거라도—."

말하며, 나는 세시오의 시선을 좇아 눈을 돌렸다. 그곳에 있는 건, 내가 놀라서 팽개치고 오다시피 한 스케치북이었는데 공교롭게도 활짝 펼쳐진 채 바닥에 떨어져 있었다.

콩테로 그린 인물화였다. 서늘한 눈매에 옅은 색 눈동자.

머리를 쓸어 넘기며 생각에 잠긴 듯한 그림 속 여성은 나였다. 정확히 말하자면, 며칠 전 무도회장에 참석했을 때의 내 모습이었다.

"아."

방 안에 정적이 맴돌았다.

나는 다시 세시오에게로 고개를 돌렸다. 그의 얼굴은 터질 듯 붉었고, 펜을 움켜쥔 손은 어찌할 바를 몰라 바들거리고 있었다. 나는 바닥에 펼쳐진 그림을 가리키며 물었다.

"이거 설마, 전가요?"

「죄송합니다.」

유려하던 필체는 어디에 갔는지, 지렁이가 기어가는 것처럼 잉크는 번지고 획은 떨렸다. 유심히 보지 않으면 알아볼 수도 없는 글씨에 그의 심경이 그대로 녹아 있었다.

나는 조용히 스케치북을 주워 들고, 종이를 넘기기 시작했다. 그는 나를 말리고 싶어 보였지만, 곧 포기하고는 두 손으로 얼굴을 덮었다.

종이에 그려진 사람은 전부 나였다. 그러나 최근 그림은 한 장뿐이었고, 나머지는 다 데이브릭을 드나들 적 그려진 것들이었다. 당혹스럽던 내 심경은 차차 흥미로 변해 갔다.

전문 화가만큼은 아니어도 상당히 잘 그린 그림이었고, 제삼자의 시선으로 본 내 모습이 신기하기도 했다. 한 번도 따뜻한 인상이라고 느껴 본 적 없는 내 얼굴이 그림에서는 온기를 품고 있었다.

자의식 과잉일지도 모르겠으나, 그런 생각이 들었다. 이 남자가 보는 나는, 이런 사람이구나. 그리고 그 모든 것 이상으로, 세시오 데이브릭의 반응이 재미있었다.

내가 스케치북에 그려진 그림을 모두 확인했을 때, 그의 수첩에는 체념이 적혀 있었다.

「뭐라 하셔도 할 말이 없습니다. 처벌하셔도 달게 받겠습니다.」

"그렇게까지 할 생각은……. 그런데 저를 왜 그리신 건가요?"

문득 궁금해져 물었으나, 그는 오랫동안 침묵했다.

여기서 얼굴이 더 붉어질 수도 있구나. 평소에 표정 변화가 크지 않던 사람이 이만큼이나 부끄러워하는 게 좀 귀여웠다. 입꼬리가 간질거렸다. 그래서 나는 모르는 척 넘어가 줄 수 있었음에도 굳이 답을 재촉했다.

그러자.

「아름다워서요.」

"……네?"

「그래서 그리고 싶었습니다. 다른 뜻은 없었습니다.」

괜히 물어봤다.

다른 사람이 했더라면 허접한 수작질로만 보였을 말이, 세시오의 입에서 나오니 다르게 느껴졌다. 그럼에도 치솟는 민망함은 어쩔 수 없었다.

"아, 음. 좋게 봐주셔서 감사……."

얼굴이 화끈거려서, 나는 채 말을 마무리할 수도 없었다. 얼굴이 빨간 건 그도 마찬가지였으나, 그래서 더 이 적막을 견딜 수가 없었다.

나는 움찔거리는 손가락을 말아 쥐고, 바쁘게 머리를 굴렸다. 화제를 돌려야 하는데 적당한 것이……. 아. 안 돼, 이 분위기를 어떻게든 바꿔야 한다.

머리를 굴리다가, 잊고 있던 것이 떠올랐다.

"참, 선물을 하나 가져왔습니다."

일부러 밝은 목소리를 내며, 나는 가져온 것을 꺼냈다. 데이브릭에 오기 전, 의상실에 들러 산 행커치프였다.

"전에 빌려 주셨던 손수건에 대한 답례입니다."

세시오는 다소 미묘한 표정으로 물건을 받고, 감사하다고 적었다. 분위기는 다시 어색해지려 했으나, 다행히도 감사 인사 밑으로, 한 문장이 더 적혔다.

「이것 때문에 오신 겁니까?」

"물론 아니죠. 오늘 온 건 제의드리고 싶은 게 있어섭니다."

드디어 본론을 꺼낼 타이밍이다.

소파로 자리를 옮기고, 나는 마나를 풀어 소리가 새어 나가는 걸 막았다. 본격적인 이야기는, 그러고야 시작되었다.

"제몬이 소후작이 됐다는 소식을 들었습니다. 시간이 지나면 무리 없이 후작이 되겠지요."

「당연한 일입니다.」

"확언하기 조심스러운 문제입니다만, 제몬이 가주가 되면 공자께 안 좋은 일이 생길 겁니다. 가문에서 제적당할 수도 있고, 어쩌면 목숨을 잃을지도 모릅니다."

「......」

"그래서 묻고 싶습니다. 만약."

그가 어떻게 반응할지 예상할 수 없었기에, 나는 한 번 숨을 가다듬었다. 그러고는 말했다.

"만약 후작이 될 수 있다면, 작위를 받으시겠습니까?"

세시오는 고개를 들고, 물끄러미 나를 봤다. 별로 놀란 기색은 없었다. 내가 무슨 말을 할지, 조금은 짐작했던 걸까.

「왜 그런 제안을 주시는 겁니까?」

“이유라면 아시잖아요.”

「제몬에게 복수할 방법은 다른 것도 있습니다.」

“하지만 영식을 이용하는 것만큼 효과적이진 않겠지요.”

내가 말하고도 차갑게 들리는 내용이었다. 그러나 말을 정정할 생각은 없었다.

“단도직입적으로 말해, 저는 당신을 제 복수에 이용하고 싶습니다. 후작영식께도 나쁜 일은 아니라고 생각합니다.”

「아버지께서는 이미 후계자를 확정하셨습니다. 그게 아니라도, 저는 말할 수도 걸을 수도 없는 몸이지요. 데이브릭의 성을 단 이들은 모두 제몬을 지지하고 있습니다.」

“리한의 힘을 동원하면 간단한 문제입니다.”

「원로들은 외부의 간섭에 어떻게든 저항할 겁니다. 억지로 가문을 장악해도—.」

“‘외부’의 간섭이 아니면, 상관없잖아요?”

바로 알아듣지 못하고, 사내가 느리게 눈을 깜박였다. 기다란 속눈썹이 나비의 날개처럼 흔들렸다.

“말은 이렇게 했어도, 가문의 힘을 노골적으로 쓰고 싶지는 않습니다. 장기적으로 보면, 안 좋은 선택이 될 테니까요.”

「그 말씀은…….」

“세시오 영식과 약혼하고 싶습니다.”

그의 눈꺼풀이 두어 번 더 오르내렸다. 조금 놀란 듯 보였다.

“물론 결혼하자는 말은 아닙니다. 제가 끼어들기 위한, 적당한 명분이 필요

할 뿐이니까요. 약혼하면, 영식의 외부 활동도 더 자유로워질 겁니다. 독자적인 세력을 구축하기에도 좋겠죠."

물론 제일 큰 이유는, 이 방법이 가장 제몬의 속을 잘 뒤집어 놓을 것 같아서였다. 굳이 그 목적까지 입에 담지는 않았지만, 세시오는 알아챈 것 같았다.

그는 복잡해 보이는 얼굴로 생각에 잠겼다. 펜촉을 종이에서 떼어 내지 않았기에, 수첩에 잉크의 검은 얼룩이 계속해서 커졌다. 얼마나 그러고 있었을까, 펜촉이 다시 움직였다.

「생각할 시간을 주십시오. 오래 걸리지 않을 겁니다.」

예상했던 답변이다.

"그럼 연락 주시길 기다리겠습니다. 수첩은 잊지 말고 태워 주세요."

고개 숙여 인사하고 나는 그의 방을 나왔다.

누군가 들이닥칠 것을 염려했는지, 그리넬 경이 문을 지키고 서 있었다. 제몬은 롭티나 그레텔과 데이트를 하러 갔으니, 한동안 돌아오지 않을 텐데도 경계심이 대단했다.

그녀와 함께 저택을 나서다가, 나는 문득 걸음을 멈추었다.

제몬의 방이 있는 기다란 복도와 그 길을 따라 걸으면 나오는 계단. 눈앞의 광경은 꿈에서 본 그대로였다. 제몬의 말에 상처 입고 계단을 내려가다가 미끄러져 넘어질 뻔하던, 누군가의 도움을 받아 가까스로 위험을 피했던.

"당신이 어떻게……."

"소공작님, 왜 그러십니까."

"아니야. 그냥 좀."

별것도 아닌 꿈인데, 왜 이리 신경 쓰이는지. 머리가 조금 지끈거려, 나는 고개를 젓고 계단을 내려갔다.

이번에는, 아무 일도 일어나지 않았다.

세시오에게서 연락이 온 건 사흘 만이었다.

나는 바로 후작저를 찾았다. 전번과 달리, 오늘은 후작 부부가 저택에 머무르고 있었다. 후작부인은 아프다는 핑계로 얼굴을 내비치지 않았으나, 후작과는 간단한 인사를 나눴다.

그러나 이번에도 제몬은 없었다. 롭티나 그레텔과 데이트를 하러 갔다고. 원래 저택을 자주 비우지도 않던 이가 두 번 연속으로 부재중이라니, 아무래도 마주치지 않게 후작이 빼돌리는 모양이었다.

어쨌거나 나쁜 일은 아니었다.

이번에는 세시오의 방이 아니라 응접실에서, 우리는 찻잔을 앞에 두고 마주 앉았다. 나는 전처럼, 마나를 장벽으로 내둘러 소리를 차단했다.

「일이 바쁘실 텐데, 바로 찾아 주셔서 감사합니다.」

"저야말로, 빨리 결정을 내려 주셔서 감사합니다."

그러고는 다른 인사말을 꺼내려고 머리를 굴렸으나, 생각나는 것이 없었다. 별수 없이 나는 바로 본론으로 들어갔다.

"그래서 어떤 결론을 내리셨는지, 들을 수 있을까요?"

「같은 생각을 하고 있었습니다. 제몬이 가주가 되면, 저는 목숨을 보전하기도 힘들어지겠지요. 살아남을 방법은 직접 후작이 되거나 도망치는 것뿐입니다.」

누군가 돕지 않는다면, 어느 쪽이든 불가능한 선택지였다. 새삼 세시오 데이브릭의 환경이 얼마나 잔인했는지를 체감할 수 있었다.

「혼자서는 어떤 것도 불가능한 일이지요. 그래서 반쯤은 포기하고 있었습니다. 데이브릭의 은혜를 입고 이어 온 목숨이니, 그걸 앗아 가더라도 하는 수 없다고요. 하지만.」

괴로운 듯, 그는 잠시 눈을 감았다가 떴다. 그러나 펜을 쥔 손에 망설임은 없었다.

「방도가 생기니, 결국 이기적인 선택을 하게 되더군요.」

“그 말은.”

「소공작님과 약혼하고 싶습니다. 저를 마음껏 이용하시고, 후작위에 올려 주십시오.」

세시오의 눈동자가 결연하게 빛났다. 예상 이상으로 깔끔한 답이다. 결심이 선 모습에 나는 만족스럽게 웃었다.

그때, 노크도 없이 벌컥 문이 열렸다. 나는 데이브릭 일가를 떠올리며 경계했으나, 들이닥친 사람은 그들 중 하나가 아니었다.

“시, 실례합니다, 리한 소공작님. 실수로 다기가 바뀌는 바람에…….”

사색이 된 시녀 하나가 허둥거리며 다가왔다.

그 말에 나는 시선을 내렸다. 찻잔에 신경 쓰지 않아서 알아차리지 못했으나, 확실히 질이 낮은 물건이었다. 후작가에서 사용할 만한 수준이 아닌데, 세시오를 차별하기 위해 굳이 질 나쁜 물건을 들여온 걸까.

나도 데이브릭에서 열렬한 푸대접을 받았지만, 음식물에 뭔가 탔을지 모른다는 의심 때문에 뭘 먹거나 마신 적은 없었다. 그러니 이건 순전히 세시오만을 위한 물건이었다. 누군가를 괴롭히기 위해 이토록 열심이라니, 징그러운 사람들이다.

내가 아무런 말도 하지 않자, 그녀는 허겁지겁 찻잔을 바꾸기 시작했다. 한 모금도 마시지 않은 찻물이 엉망으로 흘러넘쳤다.

"진짜 다기로 바꿔 드리겠습니다."

"아니, 다시 내올 필요는—."

"악!"

막 사양하려던 참이었는데, 타이밍 나쁘게도 시녀의 손이 미끄러졌다. 지나치게 서두르더라니.

새로 가져온 두 개의 찻잔과 원래 있던 것이 한데 섞여 바닥에 떨어졌다. 잔이 깨지고 뜨거운 찻물이 사방으로 튀었다. 차가 아무리 뜨거워 봐야 내가 다칠 일은 없었지만, 세시오는 이야기가 달랐다.

나는 당황하는 사내를 보고, 내 손수건을 꺼냈다.

"괜찮아요, 데이브릭 영식?"

세시오가 괜찮다고 손짓했으나, 괜찮을 리 없다. 다행히 얼굴에 튀지는 않았지만, 다리 쪽은 찻물을 흠뻑 머금었다. 막 내온 찻물이니 살갗이 달아올랐을 것이다.

나는 손수건으로 그의 손에 튄 찻물 몇 방울을 닦아 내고, 곧바로 그의 허벅지에 엎질러진 찻물을…….

"죄송합니다, 죄송합니다, 소공작님! 제가 정말 손이 미끄러져서, 일부러 그런 건 절대 아닙니다! 너무 긴장해서……!"

"됐으니까 나가."

"네, 네! 죄송합니다, 소공작님!"

몇 번이나 허리를 숙이고는 시녀가 응접실을 튀어 나갔다. 문소리가 요란하게 난 뒤, 응접실에는 도로 나와 세시오만 남게 되었다. 나는 찻물을 닦아 내던 손수건을 테이블에 올려 두었다.

세시오가 글자를 적던 수첩은 찻물에 흠뻑 젖어, 한 글자도 알아볼 수 없었다. 만년필도 망가진 것 같았다. 글로 더 대화를 나누지는 못할 것이다.

눈으로 들어온 정보들을 기계적으로 처리하고, 나는 세시오 데이브릭에게 몸을 틀었다.

"뭐야."

다시 몸을 낮추고, 나는 손을 뻗어, 세시오의 허벅지를 짚었다. 당황한 사내가 내 손을 떼어 내려 했으나, 나는 밀려나 줄 생각이 없었다. 그의 다리를 눌러 짚은 채로 나는 고개를 들었다.

그와 눈이 마주쳤다. 숨결이 닿을 만큼이나 가까운 거리에, 목덜미를 빨갛게 물들인 사내가 나를 내려다보고 있었다.

남의 몸을 만진 채 얼굴을 가까이하는 건 확실히 무례한 일이다. 그걸 모를 나이는 아니었다. 하지만, 내가 저지른 일이 무례라고 한다면.

"걸을 수 있잖아, 당신."

이 단단한 허벅지 근육은 무어라 말해야 하는가.

세시오 데이브릭의 얼굴에서 표정이 사라졌다. 당황스럽고 창피한 듯, 혹은 부끄러워하듯 보이던 얼굴이 섬뜩한 무표정으로 변했다.

내 말을 인정한다고 말하는 것과 다름없었다.

손을 떼어 내고 물러나며, 나는 그의 동태를 살폈다. 황금빛 눈동자가 나를 가만히 따라왔다.

언제부터 걸을 수 있던 거지?

제론에게 듣기로 그의 장애는 선천적이라고 했다. 후작저에 온 네 살 때부터 걷지도, 말하지도 못했다고. 후천적인 장애도 시간이 많이 지나면 교황이나 돼야 고칠 수 있다. 선천적인 문제는 그녀조차 무리였다. 그렇다면, 이 남자는 어떻게 걸을 수 있다는 말인가.

답은 하나뿐이었다.

“처음부터, 그 어린 나이부터 숨겨 온 거였군.”

뭘 노리고 벌인 짓인지는 몰라도 분명…….

잠깐만. 세시오 데이브릭이 숨긴 것이 걸을 수 있다는 사실 하나뿐일까. 순간 든 가설에 소름이 돋았다. 검을 배운 뒤 날카롭게 벼려진 직감은, 내게 그것이 정답임을 알려 주고 있었다.

“대답하지 그래? 말할 수 있잖아.”

세시오 데이브릭.

그의 이름을 힘주어 말하자, 도자기 인형처럼 무표정했던 사내의 얼굴이 변했다. 눈매가 부드럽게 접히고, 입매는 즐겁게 휘어졌다.

상황과 몹시 어울리지 않았으나, 선량하다 못해 성스럽게 보이는 웃음이다. 마치, 수백 년 만에 다시 성자가 세상에 난 것처럼. 무표정할 때와 웃을 때의 괴리가 너무나 커서, 솜털이 곤두섰다.

그 순간, 세시오의 입이 벌어졌다.

“내가 걸을 수 있다는 게, 말할 수도 있다는 증거가 되진 않을 텐데.”

들어 본 중 가장 낮게 울리는 목소리로, 사내는 말하고 있었다. 세시오 데이브릭의 외모가 천사같이 성결하다면, 그의 목소리는 악마와도 같았다. 음정의 높낮이를 떠나, 마음을 건드는 기이한 무언가가 있었다.

“리한의 직감이 그토록 대단한 건지, 잘도 확신하는군.”

소파의 팔걸이에 턱을 괴고, 그는 얼굴을 비스듬히 기울이며 웃었다. 이상한 일이지만, 세시오 데이브릭은 지금 몹시 즐거워 보였다.

“그대의 말대로야, 리한 소공작.”

“단순한 감이라고 생각했으면 필담으로 이야기하지 그랬어? 굳이 목소리를 내어 자백해 놓고 비판하다니 우스운데.”

"종이가 다 젖었잖아. 그대가 눈물로 적셨던 내 손수건처럼."

이 자식이.

갑자기 나온 손수건 이야기에 울컥했으나, 그의 말은 다 끝나지 않았다.

"하지만…… 그래, 확실히 곤란해. 아직은 누구도 모르길 바랐거든."

세상의 어떤 황금보다도 순도 높은 금으로 이루어진 것처럼, 그의 눈동자에 찬연한 광채가 흘렀다.

"가능하다면 그대가 전부 잊어 주면 좋겠는데, 곤란할까?"

그 눈빛이 목소리와 어우러진 순간, 기묘한 감각이 솟구쳐 온 정신을 뒤덮었다. 내 마나가 그의 말을 따라 동요했다. 그 순간, 나는 확실히 깨달았다.

"언령이라니, 정말 가지가지 하네."

후계 교육을 받는 동안, 들은 이야기가 있다.

템그리아의 초대 황제는 말로 기적을 일으키는, 특별한 힘을 사용했다고 한다. 그러나 그 힘은 후대로 내려오던 중에 사라졌으며, 그 때문에 황권이 약해졌다.

그런데 그 사라졌다는 힘이 내 눈앞에 나타났다. 그것도 세시오 데이브릭에게서. 몹시도 기가 막혔으나, 일단은 지금 상황을 처리해야 했다.

나는 안쪽에 잠들어 있던 마나를 일깨워, 내 정신을 지배하려는 힘을 뿌리쳤다. 그 때문에, 계절이 바뀐 것처럼 주위의 온도가 낮아졌다.

동시에, 웃고 있던 세시오의 얼굴에도 금이 갔다. 이제야 좀 볼만하네.

"신기하긴 한데, 구경하라고 보여 준 건 아니지? 하나도 잊어버리지 않았는걸."

"……리한 공작이 그런 것까지 말해 주었나."

"감히 존칭조차 없이 리한 공작? 목숨이 한 열 개쯤 있나 봐."

"'감히'라니 지나치다고 생각하지 않나. 이 말이 언령이라는 걸 안다면, 내 정체도 알았을 텐데."

역시 황족이었군. 그래, 데이브릭 후작이 난데없이 친척의 아이를 입양했다는 데서 이상한 걸 눈치채야 했다.

좋은 혼처와 파혼하면서까지 아이를 데려온 건, 그럴 만한 이유가 있다는 뜻이다. 물론 이상하다고 생각했더라도, 언령을 가진 황족임은 알아낼 수 없었겠지만.

그의 정체를 알게 되자, 데이브릭 후작이 몹시도 수상해졌다. 설마 반란을 계획하고 있는 건 아니겠지.

"글쎄, 내가 끈 떨어진 황족까지 대우해 줘야 하나?"

조금 전까지 속고 있었다는 불쾌감에 잔뜩 비꼬아 말하자, 뜻밖에도 세시오가 웃음을 터뜨렸다. 무슨 말을 했다고 저렇게 웃는 건지. 웃는 얼굴이 청량해 보이는 점까지 더해져 한층 미친놈 같았다.

저런 사람에게, 복수 겸 살길을 열어 주겠다고 약혼을 제의했으니 내가 얼마나 우스워 보였을까. 속이 이리저리 뒤틀렸다.

팔아먹을 생각으로 꾸며 놨다고 데이브릭에 분노한 게 아까웠고, 오랜만에 봤다고 이 남자를 반가워한 것도 짜증 났다. 나를 그린 그림이 따뜻해 보였다고 착각한 스스로도 바보 같고, 얼굴이 빨개진 걸 보고 귀엽다고 생각한 것도 화가 났다. 약간이지만 배신감도 들었다.

무도회장에서도 도와주지 말걸. 주정뱅이한테 주먹질을 당하든, 난간에서 떠밀리든 내버려 둘 걸 그랬…….

잠깐만.

"그자가 갑자기 난간을 뛰어넘더니 떨어졌습니다."

아무렇게나 뻗어 가는 생각 속에서, 나는 어렴풋한 기억 하나를 건졌다. 설마 하는 생각에, 나는 입을 열었다.

"당신 혹시, 무도회장에서 그 주정뱅이한테 난간에서 떨어지라고 했어?"

"그땐, 누가 도와줄 거라고는 생각을 못 해서 말이야."

대놓고 언령을 쓰고 다녔다고? 어이가 없어 말이 안 나왔으나, 뒤이어 다른 것이 떠올랐다.

"그런데 데이브릭 후작영식. 혹시 절 도와주신 적이 있습니까? 제가 계단에서 떨어질 뻔한 걸 잡아 주셨다거나……."

꿨던 꿈이 찝찝해서 내가 그에게 물었던 말. 모르는 척 눈을 깜박이며 세시오가 넘겨 버렸던 그 질문. 나는 확신을 담아 물었다.

"발코니에서 모르는 척했던 거 거짓말이었지. 도와준 적이 있느냐고 물었을 때."

"아아, 계단을 잘못 밟아 미끄러질 뻔한 순간에, 팔을 붙잡아 도와준 적이 있느냐는 질문이었던가."

"그렇게까지 구체적으로 말하지는……."

않았는데. 말을 잇던 중에, 나는 그게 무슨 의민지 알았다.

그가 아무렇게나 지껄인 게 우연히 내 꿈과 맞아떨어질 리는 없으니, 그건 실제로 일어났다는 말이다. 그럼에도 내가 그 일을 기억하지 못한다는 건, 내 기억이 지워진 적이 있다는 뜻이다.

"언령을 쓰는 게 능란해 보이더니, 이미 내 기억을 가지고 놀았군."

화를 참지 못하고, 나는 검을 빼냈다. 밤하늘처럼 짙은 색의 마나가 칼날을 감쌌다. 살기를 느꼈을 텐데, 세시오 데이브릭은 두려워하지 않았다. 오히려 두 눈에는 황홀함이 떠올랐다.

"아름답군."

"……유언이 그것뿐이야?"

"리한이 된 지 3년 만에, 마스터가 되다니 대단해. 엄청난 재능이야."

칭찬해 달라는 말이 아니잖아. 기가 막혀, 절로 입이 벌어졌다.

"내가 당신을 못 벨 것 같아?"

"하려거든 거침없이 목을 자르겠지."

"알면서, 뭘 믿고 여유를 부려?"

"그 순간, 내가 그대를 잡아 주지 않으면 어떻게 됐을까."

또 어떤 헛소리를 할까, 삐딱하게 듣고 있다가 나는 멈칫했다. 세시오가 계단에서 날 돕지 않았다면, 무슨 일이 있었을까.

답은 단순했다. 나는 굴러떨어졌을 것이다. 3층에서, 어쩌면 1층까지도.

사내가 눈을 가늘게 하고 웃었다.

"나름대로는 그대의 은인이라고 생각하는데."

분하지만 틀린 말은 아니다. 기억을 지운 죄보다는, 목숨을 구한 은혜가 컸으니까. 검을 잡은 손이 부르르 떨렸으나, 나는 어쩔 수 없이 그걸 검집으로 되돌렸다.

"이해해 줬으면 해. 아무에게도 들키고 싶지 않았으니까."

"그럼 애초에 잡아 주질 말든가."

"곤란하지. 난 사람이 죽는 걸 내버려 둘 정도로 악인은 아니거든."

"잘도 지껄이네."

"화풀이 정도는 받아 줄 수 있어. 할 텐가?"

장난스럽게 말하며, 세시오 데이브릭이 허공에 팔 하나를 펼쳤다.

자르란 거야, 뭐야.

순간적으로 짜증이 치솟아, 나는 그가 앉은 의자를 걷어차 버렸다. 세시오는 몸을 크게 휘청거렸으나, 그러면서도 웃음을 터뜨렸다. 변태가 틀림없다.

"그대도 참 변덕스럽군. 조금 전만 하더라도 내게 친절하게 대해 주더니."

"그건 당신이 순수한 피해자일 때나 가능한 이야기고."

"딱히 죄를 짓진 않았는데 말이야. 아직은."

"모욕죄, 기만죄, 사기죄."

세 단어를 차례로 내뱉자, 그가 입을 다물었다. 그러나 잠시뿐이었다.

"이쪽이 마음에 든다면 좀 전과 비슷하게 해 드리겠습니다, 리한 소공작님. 제가 사정을 미처 말씀드리지 못한 것은……."

"기분 더럽게 하지 말고 닥쳐."

장난이라도 치는 모양새에, 진지하게 상대하는 내가 우스울 지경이다. 나는 짜증스럽게 머리를 쓸어 넘겼다.

"이런 얼간이 짓을 한 건 정말 오랜만이야. 우스운 제안에 장단 맞춰 주느라 고생했어, 아주."

"딱히 마음에도 없는데 고민한 건 아니었습니다."

"되지도 않는 흉내, 언제까지 할 거야? 정 하고 싶으면 필담으로 해."

"만년필이 젖었으니 목소리로 만족해 주시면 좋겠습니다. 듣기 싫은 소리는 아니잖아요."

뻔뻔스러운 또라이 같으니. 제몬에게 복수를 하고 싶었을 뿐인데, 어쩌다 숨겨진 황족과 말다툼을 하게 된 걸까. 운수가 나빴다고밖에는 할 말이 없었다.

됐다, 됐어. 세시오를 이용해 제몬에게 복수하는 건 끝났다. 이런 수상한 남자와 더 엮이고 싶지도 않았고, 복수할 방법이 그것뿐인 것도 아니다. 머리가 아플 정도로 모든 게 지겨워져서, 나는 이만 돌아가기로 했다.

아무런 말도 더 하지 않고, 나는 응접실의 문으로 향했다. 뒤쪽에서 세시오 데이브릭이 말했다.

"다음은, 사냥대회 때나 돼야 내 약혼녀를 보겠군."

돌아보지 않고, 나는 가운뎃손가락을 들어 올렸다.

그 순간, 어떤 기척이 응접실로 빠르게 다가왔다. 아까의 시녀에 비할 바 없이 선명하다. 일반인이 아니라 마나를 다루는 사람이다. 기척의 주인이 누군지 알아차린 순간, 문이 벌컥 열렸다.

바로 내 앞에서, 제몬 데이브릭과 눈이 마주쳤다. 놀란 듯 커진 눈을 보고, 나는 심드렁하게 말했다.

"안녕, 제몬. 데이트는 즐거웠니."

"……테릴."

그는 침음처럼 내 이름을 내뱉고는, 얼굴을 일그러뜨렸다.

"너 여기에 왜 온 거야."

"알고 온 거 아니야? 갑자기 달려왔잖아."

"네가 왔다는 것만 들었어. 세시오 데이브릭은 왜 만난 거야."

세시오를 왜 만났냐고? 나도 그걸 모르겠네. 이젠 진짜로 모르겠어.

나는 무심코 세시오 데이브릭에게 고개를 돌렸다가, 헛웃음을 터뜨렸다. 사람을 약 올리듯, 불쾌하리만치 선량한 웃음은 사라졌다. 그는 진정한 상식인처럼, 곤란하고 당혹스러우면서도 어찌 할 바를 모르겠다는, 그런 표정을 짓고 있었다.

황족이 아니라 연극배우 아니야? 이쯤 되면, 내가 좀 전에 겪은 일을 모두 털어놔도 외려 미치광이 취급을 받을 지경이다. 아주 어릴 때부터 연기를 해 오면, 저 정도 수준이 되는 건가.

나는 허탈하게 말했다.

"나도 몰라. 온 이유가 있었는데, 이제는 없어."

"장난하자는 거 아니야."

"아무렴, 내가 이제 와서 너랑 장난 같은 걸 하겠어?"

제몬은 못마땅한 표정을 짓다가, 무언가 깨달았다는 듯 손으로 입가를 덮었다.

"나한테 화가 났구나."

"그걸 3년 만에 알아차리다니, 정말 믿을 수 없이 영리하다."

"들어 봐, 테릴. 난 어쩔 수 없었어. 바람 같은 걸—."

"잊었나 본데 저기 네 형님 계신다."

제몬이 입을 다물었다. 그러면서도 답답해 죽겠다는 듯이 제 머리를 헝클어뜨렸다.

별로 봐줄 만한 몰골은 아니라서, 나는 그를 밀치고 응접실에서 빠져나왔다. 세시오 데이브릭은 못 걷는 척하는 중이니, 따라오진 못할 것이다. 하지만 제몬 데이브릭은 기어이 내 뒤에 달라붙었다.

"나랑 얘기 좀 해."

"안 해."

"저 자식한테 사냥감을 바친다는 건 뭐야. 연락도 없이 들이닥쳐서는, 대체 무슨 말을 한 거냐고."

"무슨 헛소리야. 올 때마다 제대로 말했거든."

제몬의 얼굴이 멍하게 변했다. 아무래도 몰랐나 보다.

"올 때마다…… 라고?"

"그래, 이번이 두 번째니까."

"난 못 들었어. 네가 온다는 말 같은 건…… 전혀. 왜 그걸 숨기신 거지. 역시 아버지는……."

"세시오 데이브릭을 차기 후작으로 생각한다고? 피해망상도 정도껏 해. 내가 온다니까 그 사람, 꾸며 놓은 걸 보고도 모르겠어? 리한에 팔아 치우려는 거잖아."

"알지도 못하면서 함부로 말하지 마!"

나는 한숨을 내쉬며 자리에 멈추어 섰다. 언성을 높이며 뒤따르던 제몬도 주춤, 내 앞에 멈추었다.

"내가 뭘로 보여?"

"뭐?"

그가 멍청하게 눈을 끔벅이는 동안, 나는 주위를 살폈다. 사용인 몇과 집사장, 그리고 제몬. 당연하게도 근처에 후작은 없다.

나는 제몬의 멱살을 잡고 벽면에 처박았다. 쿵 소리가 요란하게 났다. 데이브릭의 사용인들이 비명을 질렀으나, 차마 날 뜯어내지는 못했다.

"내가 누구로 보이느냐고."

"컥, 이게 무슨—."

"나는 이제 네 애인도 아니고, 윈터글라스 남작 영애도 아니고, 하다못해 친구도 아니야. 그 말이 무슨 의미게?"

그는 내 손을 떼어 내려고 발버둥 쳤으나, 가능할 리 없었다. 나는 제몬에게 얼굴을 바투 붙이고 이죽거렸다.

"내가 세시오와 뭘 하든 넌 닥쳐야 하고, 네 기분이 상했다고 내가 널 달래지 않는다는 말이야."

"크윽! 이거, 놔!"

"자기 성찰이 안 돼? 네 인성은 별로고, 네 권력은 탐낼 거리도 아니고, 네 껍데기는 세시오 발끝도 못 쫓아가. 널 상대해 줘야 할 이유가 하나도 없잖아."

"테, 릴!"

"이름으로 부르지도 마. 간섭하지도 말고. 네가 세시오를 증오한다고, 나까지 그래야 할 이윤 없어. 우린 이제 아무 사이 아니니까."

복수는 할 거지만.

이만하면 알아듣겠지 싶어, 나는 그의 멱살을 놔주었다. 그러나 그는 캑캑거리면서도 입을 놀렸다.

"왜 이러는 거야. 네 아버지를 찾았다고 내가 굽신대는 게 보고 싶어? 네 것도 아닌 권력에 올라타서?"

누구보다 작위에 집착하는 게 누군데. 기가 찬 헛소리다. 나는 그를 비웃으며 말했다.

"응, 그러고 싶어."

"뭐……?"

"너는 여태 그렇게 살았잖아. 네 아버지의 지위를 네 것처럼 여겨서 나를 속물이라 말하고 신데렐라라고 불렀잖아. 너는 되는데 나는 안 돼?"

뒤통수를 얻어맞은 것처럼 제몬의 얼굴이 멍해졌다.

그가 망연하게 중얼거렸다.

"너, 변했어."

"똑같길 바란 네가 머저리지."

"날 사랑했잖아. 테릴, 분명히 그랬잖아!"

"너도 답을 아네. 과거형이야."

"젠장, 다른 건 다 됐어. 네가 원하는 대로 해 줄게. 하지만 세시오랑 뭘 어쩌겠다는 말만은 취소해. 그 자식이 어떤 놈인지 전부 알면서, 아무리 화가 났어도 어떻게 그런 말을 해!"

"네게 요구할 자격 없다고, 조금 전에 말하지 않았나?"

"테—!"

또다시 그 입에 내 이름이 오르려고 해서, 나는 주저 없이 제몬의 명치를 때렸다.

"소후작님!"

"이름으로 부르지 말라고, 몇 번 말해야 알아듣겠어."

힘 조절은 했지만, 급소를 맞은 탓에 제몬 데이브릭은 괴로워하며 쓰러졌다. 어쩔 줄 몰라 하던 사용인들이 달려들어 그의 안위를 살폈다.

"리한 소공작에게 얻어맞았다고 항의하고 싶으면 좋을 대로 해. 네 아버지가 따라 주실지는 모르겠지만."

말을 마치고 나는 뒤돌아 움직였다. 그는 바닥에 붙어 바르작거리느라, 더는 날 붙잡을 수 없었다.

저택을 나서면서 나는 생각했다. 진작 때릴걸.

정문에서 좀 더 걸어가자, 리한의 마차가 보였다. 말의 갈기를 쓰다듬던 그리넬 경이 나를 보고 다가왔다.

"가셨던 일은 잘 해결되셨습니까?"

"아니, 완전 엉망이야."

한 줄로 요약해 답하고 나는 마차에 올랐다. 그리넬 경에게 손짓하자 그녀도 마차에 올라 문을 닫았다.

발굽을 땅에 비비던 말들이 자리를 박찼다. 창문으로 보이는 풍경은 처음에는 느릿하게, 그리고 점점 빠르게 변해 갔다.

나는 짜증스레 한숨을 내쉬었다.

"데이브릭 후작영식과 약혼은 하지 않기로 하신 겁니까."

"그럴 생각이야."

"그럼 북부에 다시, 서신을 보내야겠군요. 그러고 보니 전하와 공작부인께서 사냥대회 이튿날 도착할 예정이라고 하셨습니다."

"뭐? 한 달은 더 걸리신다며."

"세시오 데이브릭 때문인 것 같습니다."

하마터면 사레들 뻔했다. 그의 비밀을 알아낸 건 조금 전이었고, 아직 아무에게도 말하지 않았다. 세시오의 정체를 모르실 텐데?

"그 남자가 왜. 아버지께서 뭔가 알아낸 거라도 있으시대?"

"아마도…… 그 남자와 약혼하겠다는 소공작님의 전언 때문이겠지요."

"생각 바뀌었다니까. 원래 진행하려던 것도 계약 약혼인 거 아시면서 그 사람이 그렇게 궁금하신가."

"궁금하시다기보다는……."

"다른 이유가 있어?"

그리넬 경은 미묘한 표정으로 무언가를 말하려다가 고개를 저었다.

"……아닙니다."

뭔데 그래.

그녀가 삼킨 말이 궁금해 빤히 쳐다봐도 그리넬 경은 꿋꿋이 답하지 않았다. 내 기사가 고집이 센 건 모르는 바도 아니어서, 나는 금세 포기했다.

"세시오 데이브릭 쪽 더 캐 볼 만한 거 없지."

"예, 저번에 조사한 내용 정도가 전부입니다."

몹시 치밀하게 행동했거나, 아니면 제가 움직인 흔적을 언령으로 지운 모양이다. 여러모로 성가신 남자였다.

데이브릭 후작은 무슨 생각으로 그자를 숨겨서 키운 걸까.

황궁에는 여러 세력이 있었으나, 가장 유력한 집단은 타니타르 공작을 선두로 한 귀족파였다. 그리고 데이브릭은 지금은 아니어도, 수십 년 전까지는 타니타르의 오른팔 역할을 한 가문이다. 최근에는 거의 교류가 없다고 했는데, 어쩌면 세시오를 키우게 된 것과 연관이 있을지도 모르겠다.

반역이라는 글자가 어렴풋이 떠올라 머릿속을 떠나지 않았다.

"주의는 해야겠지."

세시오와 더 엮일 생각은 없더라도, 그를 계속 주목해야 했다. 수도에 피바람이 불지도 모르는 일이니까.

마침, 조만간 아버지가 오신다고 하니 그때 말씀드리면 되겠지.

벌써 머리가 아파져, 나는 재차 한숨을 내쉬었다.

제몬 데이브릭이 테릴의 뒤를 따라 나간 뒤, 사용인들은 난장판이 된 응접실을 정리했다. 그러고는 세시오에게 안위 한 마디 묻지 않고, 우르르 떠났다. 그의 입지를 확연히 드러내는 태도였다.

결국 응접실에 남은 사람은 세시오와, 평소 그를 동정해 잘 챙겨 주던 집사뿐이었다. 데이브릭의 막내 집사, 파넬로는 그의 앞에 한쪽 무릎을 꿇고 앉으며, 안타까운 듯 말했다.

"제가 공자님을 업고 방까지 모셔다드려도 괜찮겠습니까?"

"주위에 아무도 없으니 연기는 됐어."

"공자님!"

"오히려 네 목소리 때문에 들키겠는걸. 됐으니 조용히 해, 파넬로."

파넬로 앵게스트가 입을 달싹였으나, 주인의 얼굴은 여유로운 듯 보여도 단호했다. 종의 입에서 한숨이 늘어졌다.

"리한 소공작과는 무슨 일이 있던 겁니까?"

"엄청난 일이 있었지."

"소후작이 다녀갔으니 난리야 났겠지만, 엄청난 일이라니요?"

"리한이라는 이름값답게 아는 게 많더라고. 언령을 알던데."

의아한 표정으로 말을 듣다가, 파넬로가 벌떡 몸을 일으켰다. 삽시간에, 그의 얼굴은 무엇보다 희게 질렸다.

"말…… 하셨습니까?"

"걸을 수 있는 걸 알더니, 말도 할 수 있다고 생각하더군. 좀 이해하기 힘든 흐름이지만, 역시 거짓말쟁이는 신뢰받을 수 없는 건지."

"걸을 수 있는 건 또 어쩌다가……. 전하께서는 3층에서 떠밀려 떨어지셨을 때도 걷지 않으셨잖습니까."

"내 허벅지를 만져 보다가."

무슨 생각인지, 파넬로의 눈이 커졌다. 그 얼굴이 우스워 세시오는 소리 내어 웃음을 터뜨렸다.

"시녀 애가 내게 찻물을 엎은 걸 닦아 주겠다고 베푼 호의였지. 덕분에 곤란하게 됐지만."

"……말도 안 됩니다. 언령으로 걸어 둔 마법입니다. 직접 보고 만지더라도, 전하의 본래 육체 대신 근육이 퇴화한 느낌이 전해지도록요."

"분명 그랬지."

"설마 그 풋내기 검사가 언령을 뚫었다는 말은 아니시겠죠."

제 능력이 아님에도 파넬로 앵게스트는 확신에 차 있었다. 어쩌면 광신과도 같은 모습이었다. 딱히 종교라고 해도 틀린 말은 아닌가. 세상에 특별한 것이 저 하나만은 아닌데도.

세시오는 입매를 가늘게 해 웃었다. 겉으로는 선량하게 보였으나 마음을 들여다보면 파넬로를 비웃는 웃음이었다.

"리한이 언령을 아는 것처럼, 나도 그들을 좀 알지. 리한에 언령은 통하지 않아."

"잘못 아신 게 아닙니까? 3년 전만 해도, 그 영애는 공자님을 조금도 의심하지 않았습니다. 심지어 언령을 피할 수도 없었어요."

"리한의 피가 아니라 그 괴물 같은 재능이 문제야. 조금만 수련해도 남들의 수십 수백 배로 늘어나는 마나가 알량한 언령 정도는 잡아먹어 버리니까."

"하지만—."

"전에도…… 조금은 의심했을 거야, 나를 유심히 봤더라면."

테릴 리한의 신분이 드러나기 전에도, 세시오는 그녀의 기운을 느끼고 있었다. 겨울철의 한파처럼 서늘한, 그 기이한 형질을. 리한의 딸이라는 것까지 알아차리지는 못했지만 범상한 핏줄이 아닌 건 분명했다.

그래서 그는 되도록 그녀와 한 공간에 오래 있는 걸 피했다. 어쩔 수 없는 때가 있었지만.

다행히도, 테릴의 연인이었던 제몬 데이브릭은 그녀가 세시오에게 눈길만 줘도 길길이 날뛰어서 눈가리개 역할을 톡톡히 해 줬다.

세시오는 저를 극도로 증오하는 제몬을 떠올리며 웃었다. 정말이지, 도움이 많이 되는 귀여운 동생이다.

그의 말을 정리하듯 생각에 잠겼던 파넬로가 돌연 어두운 표정을 지었다.

"그럼, 정리해야겠군요."

"파넬로."

"아무리 리한이라 한들 검을 배운 지 3년밖에 안 된 햇병아리입니다. 대의에 방해가 된다면 처리하는 게 좋습니다."

"햇병아리라기엔 너무 컸지. 3년 새 마스터가 될 정도니까."

"벌써 마스터라고요? 그런 말도 안 되는……."

"직접 확인한 사실이니, 그 부분은 의심할 것 없어. 3년을 배워도 그 정돈데, 리한 공작은 어떻겠나."

"하지만…… 그렇더라도 리한 공작이 모르게 처리할 수 있습니다. 마스터가 됐다고 해도 아직 초입 정도일 겁니다. 경험도 부족할 테니 어떻게든—."

"리한은 건드는 게 아니야. 실수로라도 건드렸다가는 대의는커녕 모든 게 망가질 테지. 아니면, 내 일을 망치는 게 그대의 목적인가?"

그 말에 번쩍 정신이 든 것처럼, 파넬로 앵게스트가 무릎을 바닥에 처박았다. 대죄를 범한 사람처럼, 그는 질끈 눈을 감고 깊이 고개 숙였다.

"실언해서 죄송합니다. 전하의 말씀을 따르겠습니다."

"그래, 그래야 착한 아이지."

세시오는 사내의 머리를 성의 없이 쓰다듬으며, 고개를 기울였다. 이제 쓸데없이 폭탄을 건들 일은 없을 것이다.

테릴 리한이라……. 세시오는 3년 전에는 테릴 윈터글라스였던 이의 얼굴을 떠올렸다.

제몬의 연인이었던 그녀와 말을 섞을 일은 많지 않았다. 그러나 얼마간은, 정말로 어쩔 수 없던 상황이 있었다. 그녀가 기억하고 있는 건 거의 없겠지만. 세시오의 입에서 나직한 숨이 가라앉았다.

그의 생각은 계속 흘러가, 마지막으로 윈터글라스를 봤던 날에 이르렀다. 세시오가 정원에 나왔다가 막 들어가려던 차였다. 제몬에게 이별을 선고받은 여자가 문을 열고 나왔다.

꽉 다문 입술에 잔뜩 발개진 눈가, 방울방울 눈물을 떨어뜨리던 그 모습은 한순간이었으나 선명하게 기억에 남았다. 창백한 얼굴, 눈물에 갇힌 은빛 눈동자에 충격을 받아, 거리를 두겠다는 결심도 잊고, 무심코 손수건을 건넸다.

그게 마지막인 줄 알았다. 그러나 3년이란 시간을 지나 그녀는 제 앞에 다시 나타났다. 심지어는 윈터글라스라는 볼품없는 성을 내던지고 거대한 흑사자를 등에 업고서.

예상치 못한 일이었지만. 세시오는 저도 모르게 웃으며 중얼거렸다.

"나쁘지 않아."

데이브릭 후작저에서 돌아온 이튿날, 내 이름 앞으로 서신이 세 통이나 왔다. 물론 티파티니 무도회니, 리한의 후계자를 한 번이라도 만나 보겠다고 보낸 초대장이 한 무더기였지만, 전부 벽난로행이 되었으니 남은 건 세 통이 전부다.

첫 번째 서신은 아버지가 보내셨다. 내용은…… 요약할 것도 없이 한 줄이었다.

「내가 도착할 때까지, 약혼이고 뭐고 꼼짝 말고 기다려.」

안 한다니까, 진짜. 분명히 정정하는 서신을 보냈는데, 글자가 다 눈꺼풀에서 튕겨 나갔나. 한 줄짜리 서신에 어이가 없어, 나는 아버지의 편지마저 벽난로에 던져 버릴 뻔했다.

두 번째는 어머니의 편지였다. 당연한 말이지만 아버지에 비할 바 없이 성의가 가득했다. 섣부르게 약혼을 결정하지 않아 다행이라는 말과 신중히 좋은 사람을 고르라는 바람. 그리고 3년 전에 만나던 사람이 있지 않았냐는 의심까지.

제몬과의 연애는 어머니께 숨겼기에, 그 대목에서 놀랄 수밖에 없었다. 일부러 신문도 안 보여드렸는데, 어떻게 아신 거지. 하지만 자세히는 모르시는 것 같으니, 나는 앞으로도 숨기기로 했다. 들어 봐야 화만 날 얘기니까.

"그러고 보니 제몬 데이브릭이 조용하네."

어머니의 서신을 정리해 넣다가, 문득 깨달았다.

한 대 맞더니 정신이 든 건지, 당장이라도 쫓아올 줄 알았는데 여태 아무런 소식이 없다. 복수를 마치는 때까지 계속 조용하면 좋을 텐데.

그리고 마지막 서신은 세시오 데이브릭에게서 온 것이었다. 몇 번 보지 않았음에도 그 정갈한 필체를 읽자마자 단번에 그 얼굴이 떠올라 표정이 구겨졌다. 이런저런 수식어로 내용이 유려하게 꾸며져 있었지만, 본론을 추리자면 나를 한 번 더 만나고 싶다는 수줍고 깜찍한 말이었다.

정체를 들켜 놓고 잘도 이딴 걸 보내는군.

나는 망설임 없이 벽난로의 불길에 먹이를 하나 던져 주었다. 세시오의 정갈한 글씨가 예쁘게 타들어 갔다.

시간은 빠르지도 느리지도 않게 딱 제 속도대로 흘렀다. 사냥대회를 기다리는 동안은 행복했다. 몸을 풀 겸 이따금 검을 휘둘렀으나, 전의 일상에 비교하자면 천국이라고밖에 할 수 없었으니까.

달력에 날짜 몇 개가 넘어가고 오늘은 드디어 대회 당일이었다. 나는 리한의 제복을 입고 말에 올라, 대회장으로 향했다.

개최지는 에버란도 백작령에 있는 커다란 산이다. 수도 근처의 산 중 제일 컸으며, 깊숙이 들어가면 마수를 만날 수도 있는 살벌한 장소였다. 무도회장과 달리 호명이 없었으나, 북부의 말은 크기가 워낙 남다른지라 삽시간에 시선을 끌었다.

내 존재를 눈치챈 사람들이 어떻게든 내게 말을 붙여 보려 안달이었으나, 나는 모르는 체 정면만 보고 걸었다. 그러나 그 정도로는 부족했는지, 결국 누군가 말을 걸었다.

"저, 리한 소공작님이 맞으시지요? 찾으시는 분이 있어서."

돌아보니, 얼굴을 처음 보는 시종이 바짝 얼어서 어느 한쪽을 가리켰다. 그곳에는…… 세시오 데이브릭이 앉아 있었다.

눈이 마주친 순간 사내는 기쁜 얼굴로 웃었고, 나는 와락 얼굴을 일그러뜨릴 뻔했다. 아예 잊어버리고 싶었지만, 그럴 수 없었다. 오늘, 내가 사냥감을 바치겠다고 내 입으로 말한 상대가 세시오였으니까.

당장 제몬을 엿 먹일 때는 즐거웠지만 결과적으로는 자충수였다. 내가 원래 이렇게 운이 나빴나. 생부가 리한인 걸로 내 운을 다 써 버린 건가. 어쩌면 그것도 악운인 건지도.

한숨을 내쉬고, 나는 세시오에게 다가갔다. 그래도 오늘로 마지막이니까.

"안녕하세요, 데이브릭 후작영식. 대회에 와 주셨군요. 정말…… 기쁘게도……."

그나마 다행이라고 할 건, 그 옆에 제몬이 붙어 있지는 않았다는 것이다. 참가자 목록에는 있었는데 이번에도 롭티나 그레텔과 함께 오려는지, 그는 아직 도착하지 않은 채였다. 이걸 위안 삼아야 한다는 게 슬펐지만.

내가 다가가자, 그가 수첩에 글자를 적어 내렸다.

「대회 당일까지, 답신이 오지 않아 걱정했습니다.」

보는 눈도 없는데 내숭은 적당히 하지. 그에게 쏘아붙이고 싶었으나, 보는 눈이 아예 없는 건 아닌 터라 나는 그저 하하 웃었다.

여유가 되면 저 수첩을 몰래 찢어 버려야겠다. 그러면 아무 소리 못 하겠지.

"죄송합니다. 개인적인 일로 바빠 차마 연락드리지 못했……."

주위에서 이쪽을 힐금거리는 시선에 못 이겨 사과하다가, 문득 미간을 찡그렸다. 이 남자랑 약혼할 것도 아닌데 내가 왜 이미지를 신경 쓰고 있지?

제몬에게서 후작위를 빼앗겠다는 거창한 계획은, 상대의 정체가 드러난 순간 무산되었다. 내가 세시오와 사이가 좋아 보여야 할 이유는 이제 없었다.

어려서부터 후계 교육을 받지 못해 그런가, 머리가 한 번씩 느리게 돈다니까.

내숭 없이 표정을 싸늘하게 굳히자, 내 심경의 변화를 눈치챈 듯 세시오가 다시 수첩에 글을 적었다.

「내가 왜 데이브릭에 있는지 궁금하지 않나?」

확실히 궁금하긴 하다. 하지만 그렇다고 이 남자가 제 사정을 다 드러낼 리는 없었다. 그 정도로 허술했다면 진작 정체가 탄로 났을 테니까. 말해 줄 생각도 없으면서, 못 깔 패로 유세는.

그를 비웃자 세시오는 어깨를 으쓱이고 다시.

「내가 왜 모든 걸 순순히 인정했다고 생각하나.」

뭐?

「적어도 그대에게 도움이 될 만한 정도는…….」

불현듯 커다란 소리가 울렸다. 뿔피리 소리였다.

요즘 시대에 뿔피리로 대회의 시작을 알리다니 취향 한번 고전적이네. 이것도 황실의 전통인가.

잠시 그쪽에 정신이 팔렸다가 도로 수첩을 보자, 덮개는 덮였고 세시오는 선량한 얼굴로 웃고 있었다. 호기심을 유발할 생각이라면, 불쾌할 정도로 성공적이다.

참지 않고 그를 노려보는 동안, 뿔피리가 울린 곳에서 황제가 나타났다.

"모두, 황실 주최의 대회에 자리해 준 것을 고맙게 생각하네."

황제는 한동안 의례적인 인사를 늘어놓다가, 지루해질 즈음에야 말을 멈추었다. 그러고는 누군가를 찾듯 이곳저곳을 두리번거리다가 나와 눈이 마주쳤다. 그의 얼굴이 삽시간에 환해졌다.

"오오, 리한 소공작. 나와 약속한 대로 자리를 빛내 주러 왔구나."

가까이 오라는 손짓에 별수 없이 나는 그에게 다가갔다. 참가하겠다고 말해서 왔을 뿐인데 과하게 기뻐한다. 생색낸다고 말하는 게 더 어울릴까.

"전에는 데이브릭의 장남에게 사냥감을 바치겠다고 말했지. 하나 시간도 제법 지났으니, 소공작의 생각도 달라졌을지 모르겠군. 어떤가?"

그렇게 말하며 제 자식들 쪽을 은근히 눈짓하는 것이, 내가 말을 바꾸어 황족에게 사냥감을 바치길 기대하는 모양이다.

턱도 없는 소리. 정치적으로 이용당하는 건 질색이다.

"한 입으로 두말하는 것은 기사의 도리가 아니라고 생각합니다."

북부에서 서임받을 때 잠깐을 제하고는, 스스로가 기사라고 생각한 적도 없었지만 이럴 땐 좋은 변명거리였다. 한 번 떠본 것뿐인지, 황제는 그리 실망하지는 않았다.

"소공작이야말로 참된 기사의 표본이로군. 하기야, 리한은 대대로 제국에서 가장 훌륭한 기사를 배출하는 가문이었지."

제국에 리한이 또 있나. 내 바로 전대의 리한을 떠올리면, 아무리 빈말로라도 동조해 줄 수 없는 칭찬이었다. 가장 난폭한 기사라고 하면 또 모르겠지만.

내 기분을 이상하게 만들어 놓고는, 황제가 큰 소리로 선언했다.

"그럼 이제는 정말로 사냥대회를 시작하겠네."

그 말을 기다렸다는 듯, 참가자들이 산의 안쪽으로 향했다.

벌레의 자그만 기척에서 새, 들짐승, 나아가서는 마수의 커다란 기척까지. 감각을 확장할수록 다양한 생명이 느껴졌다. 주위는 벌써 발견한 사냥감을 잡으려 요란이었다.

그러나 나는 토끼도 사슴도 매도 전부 지나쳤다. 세시오에게 바쳐야 한다니 별로 의욕이 나지 않았지만, 그렇다고 어설픈 걸 잡아갈 수는 없는 노릇이었다. 그랬다가 들키면, 평생 아버지께 놀림거리가 될 테니까. 깊이 들어가면, 그래도 마수 축에는 속하는 게 나올 것이다. 그래서 계속 안쪽으로 들어가는 중이었는데.

"진짜 끈질기네."

나는 한숨을 쉬며 자리에서 멈춰 섰다. 질기게 따라붙는 기척이 도저히 무시할 수준이 아니었다.

"나오지 그래."

제몬 데이브릭이 나무 뒤에서 걸어 나왔다. 이제는 그의 얼굴을 보는 것만으로 한숨이 나온다. 이 남자는 학습 능력이란 게 없는 걸까.

"설마 가는 길이 같았을 뿐이라고 말하진 않겠지."

"널 쫓아온 게 맞아. 그동안 내가 생각해 봤거든, 테릴."

"거짓말하지 마."

"뭐?"

"너한테 생각이란 게 있으면, 명치를 얻어맞고도 내 이름을 부르겠어?"

제몬은 울컥한 것 같았지만, 소리치지는 않았다.

"싸우려고 온 거 아니야."

"그러겠지. 네가 나랑 어떻게 싸우겠어, 일방적으로 살해당한다면 몰라도."

"……."

"할 말이 뭔데. 말해 두는데 같은 소릴 반복하면 여기서 멀쩡히 나가진 못할 거야."

"내가 잘못했어."

나는 잠시 할 말을 잃었다.

저 입에서 나올 거라고는 생각지도 못한 말이었다.

"헤어지자 말하고 나도 마음이 편치는 않았어. 네가 계속 생각나고 보고 싶었어. 찾아가 보기도 했지만, 이미 너는 없었지."

저 말이 자기연민으로만 느껴지는 건, 내 성격이 꼬여서인가.

"시간이 지나면 괜찮을 줄 알았는데 아니더라고. 젠장, 나도 알아. 이렇게 말하는 게 구차하다는 거."

"안다니 놀랍네."

"그래도 사실이야. 어쩌면 평생 널 못 볼지도 모른다는 불안에 괴로웠어. 다시 봤을 때는, 정말로 기뻤고."

"그게 기뻐서 보인 반응이라고."

"당황해서 그랬어. 미안해. 하지만 테릴, 너도 내 사정을 알잖아."

또 이 패턴이다. 그럭저럭 유지하고 있던 무표정이 결국 일그러졌다.

"후작위를 공고히 하려면, 권력이 필요했어. 그래야만 어머니가 안심하실 테니까. 평생 내 자리를 빼앗길까 두려워하신 분인데, 내가 어쩌겠어."

"뻔한 변명은 됐어. 할 말은 그게 다야?"

"너와 헤어지지 않은 채, 롭티나와 만난 것도 미안해, 사과할게. 네가 그렇게 싫다면, 앞으로 이름으로 부르지도 않을 거야. 하지만."

아, 어쩐지 순순하더라니.

뒤에 '하지만'이 붙은 순간, 그건 사과가 될 수 없었다. 이어질 말을 예상하고 나는 입매를 비틀었다. 과연.

"세시오를 만나진 말아 줘."

"하……."

"강요할 권리가 없다는 거 알아. 이건 부탁이야. 널 위해 하는 말이기도 해. 내게 화가 났다고, 굳이 그런 놈과 어울릴 필요는 없잖아."

"무슨 의미야."

"외관이 그럴싸한 건 인정해. 하지만 절대 좋은 사람은 아니야. 가까워지면

반드시 후회하게 될 거야."

확신이 담긴 말이다. 제몬이 이렇게 구구절절 말하지 않아도, 오늘이 지나면 세시오를 만날 계획은 없었다. 그러나 그의 말은 지나치리만큼 단호해서, 조금 의심이 들었다.

혹시 그 남자에 대해 뭔가 알아낸 거라도 있나. 제몬을 떠볼 겸, 나는 좀 더 그를 상대해 주기로 했다.

"왜 좋은 사람이 아닌데?"

"이미 알잖아."

"알지, 세시오 데이브릭이 네 모든 걸 욕심내고 있다고 말한 건. 그런데 그걸 내 눈으로 본 적은 없어서 말이야."

내 말이 마음에 들지 않았는지, 그가 눈가를 찡그렸다.

"그렇게 생각하는 근거가 뭐야?"

"……아버지께서 혼인도 전에 입양한 자식이야. 분명 특별하게 생각하시는 걸 테지."

"그래, 너와는 피도 안 섞인 형제니, 마땅치 않을 수는 있어. 그런데 그게 그 남자의 탐욕을 증명하는 근건가?"

"……."

"세시오가 네 음식에 독을 탔어? 칼을 들고 달려들디? 창가에서 떠밀었나? 아니면, 제몬 데이브릭의 인성이 후줄근하다고 소문이라도 낸 거야?"

"존재만으로 내 자리를 위협한다는 생각은 안 해?"

"글쎄, 후작도 제 장남을 아끼는 것처럼 보이진 않고, 사용인들 태도도 그따위고."

"그건—."

"그렇다고 후작령에 있는 가신들이, 데이브릭의 핏줄도 아닌 그 남자를 첫째라고 무작정 지지하진 않을 것 같은데."

틀려? 물었으나, 그는 입을 꾹 다물고 나를 노려볼 뿐이다.

"너한테 해를 끼친 것도 아니고, 상황이 유리하지도 않은데 대체 뭐야. 왜 그렇게 생각하는데?"

"어머니께서—."

"네 어머니 의견 말고 네 생각을 묻는 거야. 난 지금 너랑 대화 중이잖아."

"……."

"없구나."

그가 입술을 세게 짓씹었다. 내 말에 대한 답으로는 충분했다. 제몬에게는 그럴싸한 이유가 없고, 내게는 떠본 보람이 없었다.

"정말 아무 생각 없이, 네 어머니의 판단을 그대로 따르는 거야."

"어머니를 모욕하지 마!"

"내 말이 누굴 모욕하는 거라면, 그건 후작부인이 아니라 네 쪽이겠지."

"그 자식을 동정하는 거야? 보이는 게 전부가 아니야. 불합리하게 당하는 것처럼 보여도, 그게 아니라고!"

"누가 누굴 동정해. 지금 처지가 좋아져서 그러지, 3년 전에는 내 환경이 더 별로였는데."

"그럼 너야말로 뭐야, 왜 그런 걸 묻는 건데!"

"이유도 말하지 못하면서, 누명을 뒤집어씌우는 꼴이 우스워서."

기어이는 참지 못하고, 제몬이 이를 악물었다. 발갛게 충혈된 눈에는 선명한 분노가 녹아 있었다.

"아무리 너라도 봐주는 데 한계가 있어."

"저택에 머리 두고 왔어? 봐준다는 말은, 더 힘 있는 쪽이 하는 거야."

결국, 똑같은 말에 똑같은 태도. 주제 파악이 안 되는 건 여전해서, 내게 웃기지도 않는 강요를 하러 온 거였다. 혹시 건질 게 있을까 했다가 시간 낭비만 했다. 나는 검을 뽑았다.

"그리고 난 널 봐줄 생각이 없지."

"그게 무슨……."

"난 내뱉은 말을 잘 지키는 편이거든. 몸 성히 나가지 못할 거란 경고, 지키려고."

"테릴, 진정—."

"그런데 넌 조금 전에 한 말도 못 지키는구나."

이름을 부르지 않겠다고 한 지 얼마나 됐다고, 또 '테릴'이다. 스스로의 말이 얼마나 가벼운지, 인지는 하고 있을까.

죽일 생각까지는 없다. 하지만 곱게 보낼 예정도 없다. 들짐승에게 물어뜯긴 정도의 상처라면, 당장의 분은 풀릴 것 같았다.

그러나.

"젬젬? 그 목소리, 젬젬 맞죠?"

갑자기 귀에 익은 목소리가 끼어들었다. 목소리로 분간하지 않아도, 그런 애칭을 쓰는 사람은 하나뿐이다.

"아직 안 차였나 보네, 젬젬."

나는 이죽거리며 검을 집어넣었다. 그레텔 공녀를 앞에 두고, 그녀의 약혼자를 벨 수는 없었으니까.

한없이 날카로워지던 분위기가 한순간에 흐물흐물해지고, 머리가 엉망진창이 된 롭티나 그레텔이 튀어나왔다.

"역시 젬젬이구나!"

"로, 롭티나? 여긴 어떻게……."

"젬젬이야 말로 여기서 뭐해요! 토끼를 잡아 준다고 했으면서, 놀고 있는 거예요?"

한껏 눈썹을 치켜세운 롭티나가 머리칼에 달라붙은 나뭇잎을 떼어 냈다. 그러면서도 이글거리는 눈빛은 제몬에게서 떨어뜨리지 않았다.

"아니, 그게…… 이야기 좀 하고 있었어요. 토끼는 곧 잡으러 갈 테니, 잠시만 다른 데서 기다려 줘요, 롭티나."

"거짓말! 그렇게 말해 놓고 소공작님에게 수작 부리려고 그러죠?"

"말도 안 되는 소리!"

제몬이 어깨를 크게 떨며 소리쳤다. 딱, 정곡을 찔린 모양새였다.

"아니긴요, 맞잖아요! 검술 가르쳐 달라고 찝쩍거리는 거면서."

"네……?"

"잡아 준다고 호언은 했는데, 사실 자신 없던 거죠? 그럴 줄 알았어. 젬젬, 딱 몸치처럼 생겼는걸. 토끼는커녕 벌레 한 마리도 못 잡죠?"

"10년간 검을 배웠는데, 토끼 한 마리도 못 잡을 리가요!"

그녀의 천진난만한 목소리에 진심으로 울컥했는지, 그의 목에는 핏대까지 섰다. 그럼에도 그의 약혼녀는 믿어 줄 생각이 없는 듯, 업신여기는 표정을 지었다.

"그럼 잡아 와 봐요."

"아니, 하지만 지금은."

"그렇게 자신 있는 척했으니까, 딱 한 시간 줄게요. 못 잡아 오면 아버지께 이를 거야. 토끼도 못 잡으면서, 소공작님한테 찝쩍거리기나 한다고."

"그러니까 찝쩍, 수작이 아니라니까, 오해, 아니, 그러니까—!"

"지금부터 시간 잴게요. 마침 한 시간짜리 모래시계가 있어요."

"아니, 롭티나! 내 말 좀!"

"시작!"

명랑하게 외친 소리에, 제몬이 허둥지둥 출발했다. 엉겁결에 다리를 놀리면서도, '내가 왜?'라는 속마음이 얼굴에 고스란히 떠올랐다.

사람을 저렇게도 휘두를 수가 있구나. 나는 감탄하며 고개를 끄덕였지만, 한편으로는 진심으로 화내던 내가 바보같이 느껴졌다. 제몬 데이브릭은 진지하게 상대하면 안 되는군.

그렇게 생각하던 때, 롭티나 공녀가 고개를 돌려 나를 봤다. 특유의 천진한 표정을 짓고 있을 줄 알았으나, 뜻밖에도 그녀는.

"죄송합니다, 리한 소공작님. 제 약혼자가 폐를 끼쳤네요."

진지하게 고개 숙여 사과했다.

조금 전과는 확연히 다른 분위기였다.

"제몬은 말하지 않았지만, 소공작님과 있던 일은 알아요. 깊이 사과드립니다."

"……여태 연기였습니까?"

"고위 귀족의 자식이 어떻게 정말 순진할 수 있겠어요. 멍청한 척, 모르는 척해야 기회가 오니 숨죽였을 뿐이죠."

종전의 통통 튀던 목소리와 차분하게 가라앉은 소리. 괴리는 극심했으나, 생각보다 금세 받아들일 수 있었다. 결과를 안 뒤 할 말은 아니었지만, 롭티나 그레텔의 말투는 지금이 더 어울렸다.

"영애께서 사과하실 필요는 없습니다. 잘못한 사람은 따로 있으니까."

"제몬이 제게 접근했을 때, 이미 연인이 있다는 것도 알고 있었어요."

"……."

"변명하자면, 그가 사교계에 곧 연인을 정리하겠다고 떠들고 다녀서였어요. 그런 남자와 계속 만나는 건 상대에게도 좋지 않을 테니까요."

"속 편한 변명이군요."

"맞아요, 자기 합리화죠."

"제가 화내길 바라는 겁니까?"

"그 반대예요. 리한의 분노가 조금이라도 줄어들었으면 해서, 들키기 전에 머리를 조아리는 거니까."

"제몬 데이브릭을 사랑한다는 건."

"거짓말입니다. 사랑하는 건 그의 멍청함뿐이에요."

온기 한 점 없는, 신랄한 말이었다.

"똑똑하지 않고, 가문이 적당하고, 타니타르 공작의 손이 닿지 않은 남자가 필요했어요. 실수였지만."

어깨를 으쓱이고 롭티나 공녀가 말을 덧붙였다.

"리한의 심기를 해칠 줄 알았다면, 쳐다도 안 볼 선택지였죠."

"공녀가 솔직히 말하는 이유를 모르겠습니다. 모르는 척하는 게 책임을 회피하기엔 좋았을 텐데요."

"평생 가면을 쓰고 살진 않을 테니까요. 본성이 드러나면, 소공작님도 의심하셨겠죠. 그래서 대회에 참가해 주신 게 감사해요."

"무슨 의미입니까?"

"우연히 단둘이 되지 않으면, 미리 사죄드릴 수 없었을 테니까."

웃고 있지는 않아도, 퍽 개운해 보이는 얼굴이었다.

"제몬은 미워해도, 저는 귀엽게 봐주세요. 파혼을 원하신다면, 그렇게 할게요."

지극히 이기적인 말이었으나, 이쯤 솔직하면 오히려 호쾌하게 느껴진다.

토끼를 잡으러 간 제몬 데이브릭이 들었다면 뭐라고 생각할까. 롭티나 그레텔을 쥐고 흔든다고 생각할 텐데 실은 본인이 공녀의 손에 있었다. 선택권을 가진 사람은 그녀와 나였다.

겉보기와 다른 실상이 그저 우스울 따름이다.

"파혼 여부는 스스로 판단해 결정하세요. 앞으로도 저를 건들지 않는다면, 롭티나 공녀에게 직접 화가 가진 않을 겁니다."

"제몬을 내버려 두지는 않는다는 말씀이시군요. 간접적인 화를 감당할지는 제 선택에 맡겨 주신 거고."

"솔직히 제몬에 대해서는 어떤 것도 장담할 수 없습니다."

"늘 염두에 두고 행동할게요."

당장 파혼할 생각은 없는 모양이군.

감당할 수 있다면, 별로 참견하고 싶은 결론은 아니었다.

"세시오 데이브릭 공자도 조심하겠습니다."

"네?"

"제몬의 언행도 되도록 통제해 볼게요."

갑자기 무슨 소리야. 바로 알아듣지는 못했으나, 곧 그녀가 무슨 오해를 했는지 알 수 있었다.

"제가 사냥감을 드린다고 해서 오해하신 모양입니다. 별로 가까운 사이는 아닙니다."

"네? 아……. 죄송합니다. 후작저를 찾아가신 것도 더해서 오해했어요."

롭티나 그레텔의 얼굴에 선명한 당혹감이 떠올랐다.

확신하고 있던 모양이다.

말하는 걸 보면, 제법 신중한 사람인데 왜 지레짐작…….

잠깐만.

"제가 데이브릭에 간 건 어떻게 아시죠? 소문이 퍼졌습니까?"

"……사람들은 리한의 행보에 관심이 많으니까요. 그래도 소공작님이 사냥감 이야기를 하신 덕에, 제몬에게 관심이 남았다는 가설은 조금 줄었어요."

"그 말은, 제가 세시오에게 관심이 있다고 생각하는 사람은 늘었단 말입니까?"

"솔직히는, 혼담이 오가기 직전이라고 떠들어대죠."

어이가 없어, 입이 벌어졌다. 사냥감을 주겠다고 하고, 두 번 정도 찾아갔을 뿐인데 혼담?

수도가 처음도 아니고, 나도 이쪽 문화는 알고 있었다. 대회에서 사냥감을 잡아 연인에게 주는 경우는 많았다. 하지만 그 대상은 친구도, 부모도, 스승도, 동기도 될 수 있었다. 그랬는데, 자리를 비운 3년 새 그 의미가 청혼으로 변질했단 말인가.

내 생각을 알아차리고, 롭티나 그레텔이 이유를 말해 주었다.

"폐하 앞에서 발언하신 걸, 선전포고로 받아들이는 분들도 있는 모양이에요."

"선전포고라니요?"

"세시오 공자께 접근하지 말라는 의미요."

머리를 얻어맞은 것 같았다. 내 말이 그런 유치한 의미로 들렸다고? 제몬에게 엿 먹이려고 한 짓이니, 솔직히 성숙한 의도는 아니었다. 세시오와 약혼할 생각도 있긴 했다.

하지만 설사 약혼이 아니라 청혼이래도, 공개적으로 그런 선전……. 그딴 짓거리를 할 리가.

너무 창피해서 온몸에 소름이 돋았다. 견디지 못하고, 머리를 헝클어뜨렸으나 아무리 후회해도 이미 벌어진 일이다.

나는 체념하여 말했다.

"다 제가 벌인 짓이니, 할 수 없군요."

이제 아무 사이 아니라고 선을 그으면 쓰레기가 되겠군. 다음 대, 리한 공작의 악명도 벌써 확정이다. 최소한 아버지는 이런 종류의 추문은 없었는데.

이게 다 제몬 데이브릭 때문이다. 아무튼, 그 자식 때문이야.

"말씀해 주셔서 감사합니다, 그럼 전 이만 안으로 더 들어가 보겠습니다. 시간이 많지는 않으니까요."

"소문을 없애고 싶은 게 목적이시면, 아무것도 안 잡는 게 낫지 않을까요?"

"가문의 평판이 신경 쓰여서요."

"만티코어라도 잡지 않는 한, 무얼 사냥하셔도 대단한 의미를 두진 않을 거예요."

"만티코어라니요?"

"모르시나요?"

"그 괴물이 뭔진 압니다."

만티코어는 노인의 얼굴, 사자의 몸, 박쥐 날개를 달고 인육을 즐겨 먹는 괴물이다. 전설처럼 치부되고 있으나, 엄연히 실존하는 마수였다. 100여 년 전, 어떤 산에 봉인되었다고 들었는데 설마.

"봉인된 산이 여깁니까?"

"정말 모르셨나 보네요. 네, 이 산의 정상에 봉인되어 있어요."

롭티나 그레텔이 고개를 끄덕였다. 그러고는 불안해진 얼굴로 말을 덧붙였다.

"잡으실 생각은 아니죠?"

"그냥 궁금한 정도입니다."

"그래요. 리한 소공작님이시니 검술은 상당하시겠지만, 그래도 너무 위험해요. 만티코어는 마스터도 잡아먹는다는 괴물인걸요."

그런 말을 들으니 왠지 호기심이 강해졌지만, 내색하지는 않았다. 봉인까지 풀어 가며 구경하고 싶은 정도는 아니었으니까.

나는 그녀와 인사를 나누고, 다시 깊은 산속으로 향했다.

테릴 리한이 자리를 뜬 뒤, 롭티나는 머리를 쓸어 넘겼다. 그녀의 얼굴에는 피로감과 안도가 한데 뒤섞여 있었다.

"최상은 아니라도 무난한 결과네."

입으로는 쉽게 말했지만, 정말 파혼을 요구했다면 곤란했을 것이다. 갑자기 그녀가 파혼하고 싶다고 말하면, 그레텔 공작은 어떻게 할까.

제몬이 배신한 여자가 리한 소공작이 되어 돌아온 상황이다. 이유를 어떻게 꾸미더라도, 의심을 피할 수는 없을 것이다. 제 부친은 남을 거의 믿지 않았으니까.

그레텔 공작은 지극히 보수적인 사람이다. 첫째 아이가 작위를 이어받는 것이 당연한, 옛날 사람.

후계인 아드윈을 제하고는, 제 자식도 의심하는 사람이 롭티나를 사랑하는 건, 그녀가 마냥 멍청하게 군 덕분이다. 정치에는, 작위에는, 가문에는 아무런 관심도 없는 척, 좋게 말하면 순진하고 나쁘게 말하면 어리석은 아이를 연기했다.

그 덕에, 롭티나는 거의 의심받지 않고 몰래 세력을 키워 나갈 수 있었다. 그러니 제가 가주가 되는 날까지는, 힘들게 만든 이 이미지를 지켜야 했다.

하지만 리한이 요구한다면, 위험을 감내하고라도 따라야 한다. 실은 롭티나 그레텔도 어려서부터 '리한은 건드리면 안 된다'는 세뇌에 갇혔을 뿐, 왜 그 가문이 경외의 대상이 되는지 체감하진 못했다. 신격화된 힘에 정말로 실체가 있는지도 조금 의심스러웠다.

그래도.

"굳이 벌집을 건들 필요는 없지."

독자적인 판단으로 얕보기에는 너무 위명이 컸다. 마침 일이 잘 풀리기도 했으니까.

롭티나 그레텔이 왼손을 들어 올렸다. 호위들에게 보내는 결집 신호다. 리한과의 대화를 아무에게도 들려주고 싶지 않아, 롭티나는 기사들을 멀리 떼어놨다.

숲의 초 중반까지는 마수는커녕, 맹수도 나오지 않는다. 사슴이나 여우 같은 건 그녀도 얼마든지 상대할 수 있었다. 기사들이 다가오는 기척을 느끼다가 문득, 롭티나는 아래를 내려다봤다.

'내 그림자가 이렇게 짙었나?'

나뭇잎이 드리운 숲속이니 그림자가 짙은 건 당연했지만, 그걸 감안하더라도 무언가. 그 순간 롭티나는 알아차렸다. 발치의 어둠은 점점 더 커지고 있었다. 그녀는 반사적으로 고개를 들었다.

"그럴 리가……."

곰보다도 덩치가 커다란 늑대. 피처럼 붉은 털에 네 개의 눈을 가진 짐승이 바로 앞에 있었다. 마수는 훨씬 더 들어가야 나올 텐데 어째서? 숲에 무슨 일이 생긴 건가? 갑작스레 닥친 위험에 현실감이 들지 않았다.

그녀는 기계적으로 머리를 굴렸다. 그러나 그도 잠시, 마수와 눈이 마주친 순간 잔인하리만치 선명한 현실감이 솟구쳤다.

"아가씨!"

호위들이 다급히 외치며 달려오기 시작했다. 그러나 그들이 도착할 무렵이면, 롭티나는 짐승의 송곳니에 꿰뚫릴 것이다.

서둘러 결판을 낼 생각인지, 탄탄한 뒷다리가 구부러지고 입을 쩍 벌린 늑대가 튀어 올랐다.

새빨간 입 안이 순식간에 가까워진다.

'너무 안일했어.'

롭티나는 죽음을 직감했다.

그러나 그 순간. 짐승이 울부짖는 소리와 함께, 붉은색이 시야를 뒤덮었다. 처음에는 그것이 제 피인 줄 알았으나, 곧 현실을 바로 볼 수 있었다.

짐승의 사체, 코끝이 마비될 만큼 강한 비린내. 그리고 피범벅이 된 땅 위에 선.

"리…… 한 소공작."

어떻게 했는지는 몰라도 그녀의 얼굴에는 피 한 방울 튀지 않았다. 대화를 나눌 때와 별로 다를 것도 없는 얼굴로, 검에 묻은 피만 털어 낼 뿐이다.

테릴 리한과 눈이 마주쳤다. 선명한 은빛이다.

"물어보는 걸 잊었는데 왜 호위를 떨어뜨리고 돌아다녀요."

"아, 호위는……."

"비밀 얘기는 좋은데, 차라리 음성 차단 아티팩트를 들고 다니는 게 좋겠어요. 믿는 구석이라도 있는 줄 알았네."

투덜거리며 다가와, 소공작이 그녀에게 무언가를 내밀었다. 손수건이다.

이걸 왜? 롭티나 그레텔이 눈을 깜박이자 테릴 리한이 한숨을 내쉬었다. 그러더니 곧, 어색한 손길이 얼굴을 닦아 주었다. 그제야 롭티나는 제가 늑대의 피를 뒤집어썼다는 걸 알았다.

"피가 튄 건 미안합니다. 구해 주다 그런 거니 이해해요."

"그런 건 상관없지만 어떻게 도와주신 거죠? 분명 제 기사들보다 멀리 가셨는데."

"가고 있었는데, 갑자기 영애의 근처에 기척이 나서 와 봤어요. 그레텔 영애가 죽으면, 마지막으로 만난 사람이 의심받을 거 아니에요."

농담인지, 진심인지 모를 심드렁한 투로 말하고 그녀가 손수건을 다시 건넸다. 롭티나는 엉겁결에 받아 들었다.

"이제 호위도 왔으니 진짜 갑니다."

"저기, 잠깐만! 들어가시면 안 돼요!"

그녀는 다급히 손을 뻗어, 소공작의 옷자락을 붙들었다.

"이 산의 마수들은 쉽게 자리를 바꾸지 않아요. 햇빛에 취약한 종들이라서, 포식자에게 쫓기지 않는 한 여기까지 나올 리 없다고요."

"그런가요."

"위험한 마수가 사냥을 나선 걸지도 몰라요. 정말 어쩌면, 만티코어의 봉인이 풀렸는지도."

"말씀하신 대로, 갑자기 큰 기척들이 쏟아지고 있긴 하네요."

"네?"

테릴 리한은 놀란 시늉도 하지 않고, 롭티나의 호위들을 둘러보았다. 무언가 가늠하는 시선에 그들은 조금 위축됐으나, 그녀의 눈은 곧 롭티나에게로 돌아왔다.

"이만한 놈이 근처에 더 있진 않아요. 설사 더 튀어나오더라도, 영애의 호위기사들이 상대 못할 정도는 아닙니다. 조금 전처럼 떨어져 있지만 마세요."

"아니, 저를 지켜 달란 말이 아니라—."

"저는 괜찮으니, 영애나 초입으로 돌아가세요. 괜히 제몬 같은 거 기다리지 말고."

"잠, 소공작님!"

롭티나가 멈춰 세우려 했으나, 이번에는 그녀를 붙들 수 없었다.

어떡하지. 정말로 위험할지도 모르는데. 저러다 크게 다치기라도 하면……. 그녀가 입술을 짓씹었다.

어서 산의 초입으로 돌아가, 사람들을 불러와야 한다.

“괜찮으십니까, 아가씨. 어디 다치신 곳은 없으십니까?”

“지금 그런 게 중요해? 당장 돌아가야 해. 내버려 뒀다간, 소공작님이……!”

그 순간, 짐승의 사체가 그녀의 눈에 들어왔다.

“이건…….”

경황이 없던 때와 달리, 이제는 알아볼 수 있다.

목이 잘려 죽은 늑대는, 털 색 때문에 루비울프라고 불리는 상급 마수였다. 움직임이 은밀해 알아차리기 힘들고, 발재간이 빠른 걸로도 유명했지만 가장 악랄한 건 마나를 씌운 칼로도 베어 내기 힘든 거죽이었다.

그러나 단 한 번의 휘두름에, 그 짐승은 머리를 잃었다. 알아본 순간, 롭티나의 걱정이 허무하게 녹아내렸다. 이 정도라면, 소공작이 무엇을 만나더라도 살아 도망칠 실력은 될 것이다.

“아.”

“아가씨?”

롭티나는 안도의 한숨을 내쉬며 가슴에 손을 올렸다. 놀란 심장이 요란한 소리를 내고 있다. 그러나 걱정이 사라지자, 곧 그 안에 다른 감정이 솟아났다. 벅차다고 말할 정도의 감동이었다.

“진짜 놀랐어. 진짜, 진짜…….”

“롭티나, 아직 한 시간 안 됐죠!”

그리고 그 마음은 채 1분도 되지 않아 조각났다. 의기양양하게 나타난 금발의 청년은 제몬이었다.

“보세요, 토끼를 세 마리나 잡았—. 그, 그 짐승은 뭐예요? 무슨 일 있었어요? 다친 건 아니죠, 롭티나? 말 좀 해 봐요!”

뒤늦게 상황을 인지한 제몬이 호들갑을 떨었다. 그 와중에 그의 손은 세 마리의 토끼를 꼭 움켜쥐고 있었다.

롭티나가 저도 모르게 한심한 표정을 지었다. 그래, 이 남자는 마수보다는 토끼 쪽이 어울리긴 하지.

“젬젬은 정말 분위기 깨는 데 일가견이 있네.”

“네?”

“정말 본 적 없이, 별 볼 일 없는 토끼네요. 그건 젬젬이 가져요.”

쪼르륵, 붉은 와인이 잔에 고여 들었다. 사내가 잔을 기울이고 향을 맡았다.

“좋군, 좋아.”

나이에 비해 젊어 보이는 얼굴, 콧수염을 반듯이 기른 중년은 완연한 신사처럼 보였다. 그의 이름은 하일리 타니타르. 명실상부 수도의 1인자인, 귀족파의 수장이다.

공작의 맞은편에는 데이브릭 후작이 앉아 있었다. 한때, 데이브릭은 타니타르의 강력한 우군이었으나 근 30년간은 어떠한 교류도 없었다.

두 가문이 다시금 결합한 것은 극히 최근의 일이었다. 아직은 아는 이도 거의 없었지만.

알버트 데이브릭이 입을 열었다.

“만티코어의 봉인이 풀렸다더군요.”

“나도 들었네. 그래서 자네, 장남은?”

“손을 써 두었습니다.”

그는 와인 한 모금을 머금고는, 차갑게 덧붙였다.

“굶주린 괴물의 첫 끼니가 되겠지요.”

“그토록 폐하를 인애하는 척하고 몰래 아이를 만들다니. 선대 폐하께서 돌아가시기 전 알았다면, 얼마나 원통하셨을지."

타니타르 공작은 제가 죽인 이의 얼굴을 떠올리며 웃었다.

"리한까지 잡을 수 있다고 보십니까."

"아비? 자식? 어느 쪽을 묻는 겐가."

"북부의 일을 의심치는 않습니다."

"소공작 말이로군. 어느 쪽이든 괜찮지 않겠나."

"예?"

"방자한 실력을 믿고 마수의 영역에 들어섰다가 만티코어에 잡아먹혀도 좋고."

여유로운 투로 말하며 타니타르가 잔을 돌렸다. 와인에 공기가 섞여 들었다.

"솜씨가 부족해 깊이 들어가지 못할 쭉정이여도 좋고."

어차피 리한 공작만 잡으면, 송사리쯤은 어찌 돼도 좋았다. 후환이 남지 않게 제거하는 건 쉬웠으니까.

"그러고 보니 전에 리한 소공작이 데이브릭의 소후작을 만났다지."

"잠시뿐이었습니다."

"그래도 몇 번 봤을 거 아닌가. 자네가 판단하기엔, 어떻던가."

그 말에, 데이브릭 후작은 지난 시간을 떠올렸다. 제 아들이 볼품없는 가문의 여식과 교제하던 시기. 한때의 방황이라 생각해서, 그는 굳이 제몬을 말리진 않았다. 본디 사람의 심리란, 뜯어말릴수록 갈망이 강해지는 법이니까.

그러나 둘의 만남은 제법 길어져, 2년을 가득 채웠다. 그쯤 되니, 원치 않더라도 데이브릭 후작은 몇 번 테릴 리한을 만날 일이 있었다. 아주 잠깐, 스쳐 지나가는 찰나에 불과해 말을 섞은 적도 없었지만.

뭐라고 할지, 눈빛이 참 건방지다고 생각했다. 리한인 걸 알았다면, 그때 죽였을 것을. 그 공작에게 혼외자가 있을지 상상도 못 해 벌인 실책이었다.

하나 그게 엄청난 실수는 아니었다.

"외모 말고는 형편없었습니다."

부정이 만연하다고는 하나, 황실 관리 시험에도 떨어지는 머리다. 몸이 날래지도 않았고, 특출 난 재능이 있는 것도 아니다. 그러니, 이름자 뒤에 리한이 붙더라도 쓸모없긴 마찬가지일 것이다.

알버트 데이브릭은 태어나 한 번도, 환경이 나빠 배우지 못한 적이 없었다. 그 때문에, 저와 같은 환경을 전제로 남을 판단했다. 그러한 무지 때문에, 그는 단언할 수 있었다.

"리한이라고는 짐작도 못 할 만큼."

"그 이름을 너무 추켜세울 것 없네."

타니타르 공작이 차갑게 말했다. 그는 와인 한 모금을 머금고는, 잔을 내려다보며 중얼거렸다.

"리한이란 이름에 너무 겁먹고 있단 말이야. 자네도, 사람들도, 이 나라 전체가."

그 환상에도 종지부를 찍어 줘야지.

증오가 넘실대는 얼굴을 보고, 후작이 한숨을 내쉬었다. 그는 공작을 진정시키기 위해 화제를 바꾸었다.

"만에 하나라도, 괴물이 산을 나오진 않겠지요."

"보통 영악한 놈이 아니잖나. 마수의 영역 밖으로 나올 일은 없어."

"황제에겐 안된 일이군요. 하필이면 즉위한 해에 괴물이 풀려나 날뛰다니."

"어울리지도 않는 자리니, 험한 일이 터지더라도 감내해야지."

황좌라니, 단 5분이라도 그 작자에겐 터무니없는 영광이 아닌가. 필요에 따라 앉혀 두었을 뿐이지만, 가끔은 참을 수 없이 못마땅해졌다. 좀 더 격이 있는 사람이 어울리는 자리였다.

이를테면……. 공작이 입꼬리를 늘여 웃었다.

"슬슬 대회장으로 출발해야겠군. 어떤 몰골이 됐을지 정말 기대가 돼."

"모시겠습니다."

"그 전에 잠깐."

귀한 술인데, 그냥 버리기엔 아쉽다. 공작은 잔을 내밀며 말했다.

"건배하겠나, 알버트."

댕, 잔 두 개가 부딪혔다.

롭티나의 추측대로, 깊이 들어갈수록 마수의 개체 수는 확연히 많아졌다. 대부분 중급을 넘지 못했으나, 드물게는 루비울프처럼 상급 마수가 섞여 있었다. 보이는 대로 팔을 휘두르느라, 검을 검집에 넣을 여유조차 없었다.

그들을 처리하면서, 나는 가장 커다란 존재감을 향해 나아갔다. 북부에서도 본 적 없이 거대한, 다른 마수들과도 확연히 구분되는 기척. 그것은 아마도.

"정말 어쩌면, 만티코어의 봉인이 풀렸는지도."

굳이 봉인을 건들면서까지 사냥할 생각은 없었지만, 이미 풀려난 상태라면 이야기가 달랐다. 인육을 즐기는 놈이니, 내버려 두면 인명 피해가 엄청날 터.

마수들의 대이동이 시작된 지는 얼마 되지 않았으니, 만티코어가 풀려난 시각도 오래 지나진 않았을 것이다. 확언할 수는 없지만, 어쩌면 아직 희생자가 없을 수도…….

그렇게 생각하자마자, 코끝에 피 냄새가 스쳤다. 짐승도, 마수도 아닌, 인간의 피였다.

"이미 늦었나."

마음이 안 좋아졌지만, 냄새가 날 정도면 근처란 이야기였다. 다리에 마나를 내두르고, 나는 기척이 있는 쪽을 향해 달렸다.

주위의 환경이 빠르게 변했으나, 만티코어와 가까워질수록 오히려 마수나 짐승은 볼 수 없었다. 새도 그 주위를 날지 않았고, 심지어는 벌레 소리마저 사그라졌다.

그러고도 얼마간을 더 달렸을 때, 멀리서 괴물의 모습이 보였다. 사냥에 막 성공한 걸까. 쫙 벌어진 입은 누군가를 삼키기 직전이었다. 나무에 기대어 앉은 사내는, 그 모습을 보고 가만히 눈을 감았다.

"세시오 데이브릭?"

왜 저 남자가 여기에? 상상 못 한 인물의 등장에 당황했지만, 일단은 이 상황이 먼저였다.

나는 괴물을 견제하려, 검에 마나를 실어 날렸다. 다소 거리가 있던 탓에, 괴물은 손쉽게 마나탄을 눈치하고 몸을 피했다. 만티코어가 있던 자리에 거대한 구덩이가 파이고 요란한 먼지가 일었다.

그 사이에, 나는 거리를 좁히고 세시오의 앞에 섰다.

만티코어를 가까이서 본 소감은, 조금 과장해서 작은 언덕이 움직이는 느낌이었다. 인육을 즐긴다던가, 저 덩치로는 사람 열 명쯤은 단숨에 먹어 치울 것 같았다.

번들거리는 흰자. 기분 나쁘게 빼곡한 이빨과 그 아래로 떨어지는 침. 노인의 얼굴에 사자의 몸을 한 괴물은 방해받아 화가 난 듯, 입을 길게 찢고 이상한 소리를 냈다.

"역겹게도 생겼네."

마수란 것들이 죄 그렇지만, 이건 정도가 심하다. 신이 최선을 다해, 불쾌하게 빚어낸 것 같은 생김새다. 말귀를 알아듣고는, 괴물이 얼굴을 일그러뜨렸다.

나를 새로운 사냥감으로 삼았는지, 만티코어는 뱀처럼 쉭쉭거리며 내 주위를 돌았다. 그러고는 떨어진 나뭇잎에 시야 한 틈이 가려진 사이, 달려들었다. 하나 만티코어가 덮친 건 내가 아니었다.

나무 뒤편에 가려져 있던, 피 냄새의 원인일 것으로 추정되는 사내였다. 거대한 입으로 살았는지, 죽었는지 모를 그 인간을 물고, 괴물은 반대 방향으로 달음박질치려 했다.

하지만 내가 당황해 멈칫한 건 잠시뿐이었다.

"약아빠져선."

"꾸에에엑!"

짐승이 향하려는 곳을 선점해, 나는 머리 한가운데에 검을 찔러 넣었다. 괴이한 비명과 함께 피가 튀고, 지독한 악취가 퍼졌다. 고통이 심한지, 만티코어는 입에 물었던 사내를 내팽개치고 발버둥 쳤다.

마나를 씌워 검의 절삭력을 올렸지만, 내구도는 다른 문제다. 괴물의 저항을 견디지 못하고, 검에 금이 바르르 떨렸다. 가져온 검은 이거밖에 없는데, 부러지면 큰일 난다.

나는 서둘러, 검에 마나를 밀어 넣었다. 날붙이에서 남색 운무가 피어나고 그 순간, 만티코어의 온몸이 얼어붙었다.

"……이거 들고 가야 할 텐데."

삽시간에 생겨난 얼음덩이에, 나는 망연히 중얼거렸다.

너무 당황해서 힘 조절을 못 했다. 이 큰 괴물의 어디를 어떻게 잡고 가야 할지, 짐작도 안 된다. 다행히 마나에 둘러싸인 검날은 얼지 않아서, 하나뿐인 검은 지킬 수 있었지만…….

"모르겠다."

내버려 두면 녹겠지. 체념하고, 나는 한숨을 내쉬었다. 그러자, 상황을 돌아볼 여유가 생겼다. 아까는 세시오밖에 보지 못했지만, 이젠 더 많은 것이 눈에 들어왔다.

이를테면 부서져 바닥을 구르는 세시오의 의자라든가, 만티코어에게 물려갈 뻔한 남자가 살아 있다는 것? 더하여, 그는 괴물이 아니라 인간의 검에 당했고, 상처의 방향으로 보아 본인이 저지른 짓 같았다.

마침, 나무 뒤에 내팽개쳐진 롱소드가 보였다. 입고 있는 옷은 데이브릭의 기사 제복이다.

이게 무슨 상황이야. 혼란이 치밀었으나, 모르면 물어보면 된다.

나는 세시오에게로 고개를 돌렸다. 나무 그늘이, 인간과 괴물의 피로 붉게 물든 몸을 덮고 있었다. 나뭇잎 사이로 번진 햇살이 이따금 튀어 오르고, 백지 같은 얼굴에 눈동자만 기묘하게 빛났다.

세시오는 나무에 기대어 앉은 채, 무감하게 나와 눈을 맞추었다.

"그래서 괴물 사냥을 구경한 소감은?"

사내는 입매를 늘어뜨리며 웃었다.

"운이 좋군."

당연하지만, 기분 좋아 보이는 웃음은 아니었다.

"왜 여기에 있어?"

"대충 짐작하지 않았나?"

"몰라. 데이브릭의 기사가 당신을 끌고 와, 만티코어의 봉인을 풀고 자결했다는 이상한 결론밖에 안 나와."

단순한 단서의 나열이라, 짐작이라 표현하기도 무엇하다.

그럼에도.

"얼추 맞혔어."

"맞혔다고?"

"만티코어의 봉인을 푼 게 다른 사람이라는 걸 빼고는."

"옆에서 직접 본 사람처럼 말하네."

기사가 유언으로 털어놓은 게 아니라면 다 추측일 텐데, 잘도 확신한다. 면박을 주듯 말했으나 돌아온 답은 예상 밖이었다.

"봤지."

"뭐?"

"언령은 신의 힘이고, 신은 모든 걸 알아야 해. 그러니 나도 그 흉내 정도는 가능하다는 말이야."

뭐라고 할까……. 굉장히 사기꾼 같은 소리였다.

설마 농담이라고 한 말은 아니겠지. 나는 팔짱을 끼고 삐딱하게 선 채 그를 내려다보았다.

"그래? 그럼 내 생일이라도 맞혀 보지 그래?"

"12월 31일."

"그걸 어떻게……! 잠시만, 그럼 우리 아버지 생일도 맞혀 봐."

"뒷조사에 능하단 소리는 아니었어."

"뭐가 다른데."

"천리안이란 말을 아나."

순간적으로 말문이 틀어 막혔다. 언령은 실존한다고 들어 보기라도 했지, 천리안은 농담거리로나 떠들어대던 초능력이다. 전자만으로도 인간을 벗어난 힘인데, 그런 게 하나가 더 있다니.

곧이곧대로 믿진 않았으나, 아예 거짓말로 들리지도 않았다.

"……본다고?"

"미래의 일이 아니라면 대부분."

"대부분이라니, 그 애매한 말은 뭐야."

"이번에도 리한처럼 강대한 마나는 엿볼 수 없으니까."

사찰당할 염려를 덜었다. 아니지, 리한을 직접 볼 수 없다는 것뿐이니 그 수족을 들여다보면 그만이다.

나는 손끝으로 검집을 툭툭 두드렸다. 악인이라는 판단이 섰으면, 어떻게든 처리했을 텐데, 모호한 상황에 마음이 찝찝했다.

그런 내 속을 아는지 모르는지, 세시오의 눈이 한차례 빛났다. 지금 그 능력을 쓴 건지도 몰랐다.

"……믿을 만한 근거를 하나쯤 대주려 했을 뿐인데 공교로운 행운이군."

"무슨 소리야."

"북부에서 서신이 오면, 내게 물어보러 와도 좋아."

그가 기묘하게 웃었다. 정말로 세상 모든 일을 들여다보는 것처럼, 이질감이 드는 눈빛으로.

"나 또한 그대에게 원하는 게 남았으니 말이야."

덧붙인 말도 껄끄러웠다. 혹시 북부에 안 좋은 일이 생겼나, 무심코 생각했다가 나는 고개를 저었다.

그럴 리 없지. 화이트폴에는 아버지가, 리한 공작이 있다. 하늘이 무너져 내리는 정도의 재앙이 아니면 무사할 것이다.

"쓸데없는 소리로 밑밥 뿌리지 말고 하던 말이나 계속하지."

꺼림칙함이 남긴 했지만, 깊이 생각해 봐야 그에게 말려드는 꼴이다. 크게 한 번 고개를 젓고, 나는 벗어난 화제를 제자리로 되돌렸다.

"이 기사가 누구한테 무슨 명령을 받았다고, 그런 짓을 해."

"가주가 아니면, 이렇게 과감하긴 힘들지."

"데이브릭 후작이 한 짓이라고?"

이성적으로 생각하면 그렇지만, 바로 받아들일 수 없는 말이었다.

제몬과 논쟁을 벌일 때도 말했지만, 데이브릭 후작이 세시오를 아끼듯 보인 건 아니었다. 하나 세시오는 애당초 그가 데려다 키운 아이였다. 겉으로 드러내지는 않아도, 그럴 만한 목적이 분명 있었을 것이다.

그런데 이제 와서 그의 암살을 꾀한다니. 앞뒤가 맞지 않는다.

"원해서 기른 게 아니거든."

"강제로…… 당신을 떠맡았다는 소린가."

"그대도 명심해, 무슨 일이든 해 주겠다는 계약서는 쓰는 게 아니야. 마법 계약서라면 더더욱."

아버지가 그 계약에 묶인 적이 있었기에 나는 생략된 말을 찾아낼 수 있었다.

"계약서의 유효 기간이 끝나서 죽이려 했다?"

"조금 다르지만, 비슷하지."

"가문에서 제적하면 그만이잖아."

"내가 황족이 아니라면 그랬을 거야."

아이의 신분까지는 알고 떠맡았다는 이야기군. 도대체 누가 어떤 생각으로 황족을 떠맡긴 것인가. 세시오를 가만히 쳐다봤지만, 그는 그저 웃을 뿐 그것까지 털어놓을 마음은 없어 보였다.

나는 한숨을 내쉬며, 지금 알게 된 것만으로 사실을 정리했다.

"만티코어의 봉인을 푸는 동안 당신을 데려오고, 봉인이 풀리면 기사가 제 몸을 찔러 낸 피로 그 괴물을 유인하려던 건가."

인육을 즐겨 먹는 괴물이니 인간의 피에 이끌릴 테니까. 굳이 목숨을 끊을 필요까지 있나 싶었으나, 최대한 많은 피를 내기 위해서라고 하면 얼추 납득할 수 있었다. 의자를 부순 걸 보면, 아마 후작은 이 남자가 걸을 수 있는 건 몰랐던 모양이다. 그리고 아마 언령 역시도.

도출해 낸 결론에, 세시오가 가볍게 손뼉을 쳤다.

"깔끔한 정답이야."

전혀 기쁘지 않았다. 다 떠먹여 준 결론이면서, 어린애 취급하긴.

게다가.

"아니, 결정적인 게 안 풀렸지."

"내게도 드러낼 수 없는 비밀이—."

"왜 저항하지 않았지?"

"글쎄. 저항한다고 무슨 의미가 있겠나. 저래 봬도 가주 직속일 만큼, 실력 있는 기사라."

"아까 당신 눈 감았잖아. 만티코어의 이빨이 바로 앞에 들이닥쳤을 때."

매끄럽게 이어지던 세시오의 답이 처음으로 멈추었다.

"달려서 도망가지 않은 건 넘어가. 하지만 언령을 쓰지 않은 건? 한낱 주정뱅이한테도 쓰던 마법을, 목숨이 달린 상황에서 아꼈단 말이야. 말이 안 되잖아."

"몸에 부담이 많이 가는 힘이라."

"부담이 가는 게 싫어서 죽기로 했다?"

그는 다시 입을 다물었다.

한순간일 뿐이지만, 나는 봤다. 만티코어의 앞에서, 세시오에게 공포나 긴장감은 없었다. 그렇다고 체념한다는 느낌도 아니었다. 굳이 표현하자면, 정말로 죽음을 받아들인다는 분위기였다.

하나 그건 이상하지 않은가. 정황상 세시오는 데이브릭 후작에게 언령도, 제 다리도 숨기는 것이 분명했다. 그의 신분과 맞물려 생각해 본다면, 무언가 계획이 있다고밖에 볼 수 없다. 그런데도 후작이 저를 죽이려 한다고, 아무런 저항 없이 눈을 감다니. 그야말로 모순이었다.

답은 들리지 않고 침묵이 길어졌다. 확실한 죄가 있는 것도 아닌데 고문으로 그 입을 열 수는 없었다.

한숨을 쉬며 포기하려는 때.

"나는 운이 아주 좋아."

무슨 소리야. 난데없이 내뱉은 말에 나는 눈가를 찡그렸고, 그의 눈은 기묘하게 휘어졌다.

"직접 행동하지 않더라도, 죽지 않을 거라 확신할 만큼."

그늘에 가려진 와중에도, 혹은 그 때문에 황금빛 눈동자는 유독 선명했다. 웃음기가 조금도 섞이지 않은 목소리는 무거웠고, 순간적으로 압박감마저 느껴졌다.

"무슨, 말도 안 되는."

"그리고 정말로, 그대가 날 구하러 오지 않았나."

굉장한 논리에, 나는 할 말을 잃었다.

내 말문을 틀어막고 그는 자리에서 일어났다. 앉아 있을 때도 키와 체격이 큰 티가 났지만, 다리를 펴니 확연히 실감 났다. 나보다 높은 데서 나를 내려다보는 그 시선이 낯설었다.

"구해 준 답례로, 신기한 걸 보여 줄까."

세시오가 쓰러진 기사에게로 다가갔다. 기사는 아직 숨이 붙어 있었으나, 끝이 머지않은 것이 확연했다.

세시오가 그의 옆구리를 가볍게 걷어찼다. 모로 누웠던 몸이 돌아, 등이 땅에 닿았다. 기침과 함께 기사가 약간의 피를 토해 냈다.

천사 같은 얼굴로 다 죽어 가는 사람의 몸을 걷어차니, 괴리감이 상당했다. 쓰러진 쪽이 나쁜 놈이긴 하지만, 뭔가 봐서는 안 될 걸 본 기분이다.

세시오는 바로 눕게 된 사내를 내려다보며 말했다.

"상처가 다 나으면 좋겠군."

툭 내던진 말 한마디. 그러나 그로 인해 벌어진 일은, 어쩌면 기적이라는 말이 어울리는 광경이었다.

제 검에 갈라졌던 부위가 거짓말처럼 아물었다. 회색빛이 돌던 창백한 피부는 빠르게 혈색이 돌았고, 미약하게 끊기던 숨소리가 고르게 이어졌다. 들풀처럼 미약했던 기운은 눈을 깜박일 때마다 불어나 나무처럼 강건해졌다.

죽음에 더 가깝던 사내는, 단 한마디에 삶으로 되돌아왔다. 교황이 오더라도 이렇게 단기간에 이 정도의 부상을 고쳐 낼 수는 없을 것이다. 두 눈으로 봤으나, 믿기지 않았다.

하나 거기서 그칠 생각이 없는지, 그는 이번엔 고개를 들고 말했다.

"피 냄새가 지독해. 씻어 내려면 비가 내려야겠어."

새파랗게 맑던 하늘에 먹구름이 몰려들고 비가 내리기 시작했다. 갑자기 시작된 소나기는 하늘에서 떨어지는 폭포 같았다.

세시오는 눈을 감고 가만히 그 빗줄기를 맞았다. 그의 얼굴을 뒤덮은 피 얼룩이 씻겨 내려가, 땅으로 스며드는 광경은 성스러워 보였다. 그 분위기에 압도되어선지, 무의식적으로 아름답다는 생각이 들었다.

마침내 남의 피가 다 걷혔을 무렵, 그는 눈꺼풀을 들어 올렸다. 황금빛 눈동자가 나를 향하고, 그의 눈이 가늘어졌다.

"천둥이 쳐도 운치 있을 텐데."

"뭐?"

망연히 기적을 감상하던 중, 뜬금없는 말에 정신이 돌아왔다. 곧바로 하늘이 찢어지는 굉음이 나고, 요란한 빛이 반짝였다. 그 강렬한 하늘빛을 배경 삼아, 세시오는 고개를 바로 하고 웃었다.

역광이 서린 얼굴은 그 때문인지 불길하게 보였다. 그리고 그걸 느낀 순간.

"회오리 폭풍—."

"입 다물어! 대체 어디까지 가려고!"

회오리라니 미쳤나. 과격한 단어에 놀라 나는 세시오의 입을 틀어막았다. 당황해서 힘이 과했는지 그는 그대로 뒤로 넘어갔고, 우리는 나란히 바닥에 미끄러졌다.

불쾌함에 나는 인상을 찡그렸고, 세시오는 눈을 가늘게 휘었다.

웃음이 나와? 따지려던 순간, 그는 내 손을 가져가 손바닥에 입을 맞추었다.

"그대가 날 사랑하면 좋을 텐데."

손바닥에 닿는 온기와 살갗을 간질이는 소리. 그리고 그 순간 내리친 천둥.

모든 감각이 생경하리만치 선명해서 입 안이 말랐다.

"이상하게도, 리한에게는 먹히지 않는 힘이지. 안타까운 일이야."

그 말을 듣고서야, 나는 기묘한 감상에서 빠져나왔다. 잠깐이나마 놀아난 기분에 나는 인상을 찡그렸다.

"농담 한번 더럽게 하네."

"왜 날 도와줬나."

"……갑자기? 내가 손쓰지 않았어도 당신은 멀쩡히 살았을 텐데 그걸 도와줬다고 할 수 있나."

"그대의 의도 말이야. 도울 생각으로, 달려와 만티코어를 벤 게 아닌가."

느릿하게 말하며, 그는 폭우에 젖은 내 머리를 쓸어 넘겼다. 시야가 한결 시원해졌다.

"만티코어 점심 식사가 당신인지 아닌지, 내가 어떻게 알아?"

"그럼 나인 걸 알았다면, 오지 않으려 했나?"

세시오의 말에 즉각, 당연하다고 답하고 싶었으나 소리가 목구멍에 걸렸다.

의뭉스럽고 속 모를 사람이라고는 하나, 죽게 둘 만큼 불쾌한 건 아니다. 윤리인지, 양심인지, 인간의 도리는 저 남자를 구하라고 결론 냈을 것이다. 언령이 있다 한들, 만티코어에게 살아남을 만큼 강력한 힘인지 그때는 확신할 수 없었을 테니까.

"……왔겠지."

말하면서도 짜증이 나서, 나는 한 마디 덧붙였다.

"화내면서."

더 구질구질해졌다.

"힘이 생겼는데 착한 아이 역할에 매몰될 필요가 있나."

"그 덕에 목숨을 구한 인간이, 뭘 좋을 대로 떠들어."

"아무도 알아주지 않는 일에 애써 봐야, 힘만 빠질 뿐이지."

"맞는 말이야. 당신이 계단에서 좀 잡아 줬다고, 내가 하나도 고맙지 않은 것처럼."

쏘아붙이고, 나는 자리에서 일어났다.

배배 꼬인 모순덩어리 같으니. 선행이 의미 없다고 생각하는 사람이면, 애당초 제가 한 짓부터 설명이 안 된다. 계단에서 미끄러져 죽든 다치든 내버려 두고 그런 말을 하든가. 기억을 지웠다지만, 걸을 수 있다는 사실까지 드러내며 도와줘 놓고 뭐라는 건지.

종잡을 수 없는 언행에 기분이 상했다.

"시답잖은 시비 걸 바에 저거나 녹여 봐. 들고 갈 생각에 머리 아프니까."

나는 만티코어를 가리키며 말했다. 비 덕에 조금 녹았으나, 여전히 짐승의 사체보다는 얼음덩어리란 말이 어울리는 상태였다.

진짜로 바랐다기보다는 그 화제를 끝낼 요량이었지만, 세시오는 고개를 끄덕였다.

"확실히, 저 상태를 보인다면, 그대의 전력을 들켜 버리겠군."

실력을 숨길 생각도 없고, 전력을 다한 것도 아니었으나 굳이 정정하진 않았다. 허세를 부리는 것처럼 들릴 테니까.

그는 한 마디 말로 얼음을 녹였다. 짜증이 난 와중에도 신기해서, 나는 그걸 구경하는 중이었다.

그때.

"윽, 으윽……."

정신이 돌아왔는지, 기사가 꿈틀꿈틀 움직였다.

이러다 들키겠다. 나는 서둘러, 세시오의 다리 옆면을 쳐 균형감을 흩뜨리고 그를 도로 주저앉혔다. 손으로 뒷머리를 받쳐 줬으니 다치진 않았을 것이다. 부상과는 별개로, 퍽 당황스러워 보이긴 했지만.

"이게—."

"다물어."

그의 입을 틀어막자, 마침내 기사가 눈을 떴다. 흐린 눈동자에 빠르게 초점이 돈다.

그러고서야, 내게 세시오의 비밀을 지켜 줄 의리가 없다는 걸 알았다. 그렇다고 그를 다시 일으켜 세우기도 우스웠지만.

"여기는……. 내가, 내가 살아 있다고?"

기사가 당황하며 몸을 일으켰다. 믿기지 않는지 제 몸 여기저기를 만져 보다가, 마침내 그가 세시오를 발견했다.

"어, 떻게 살아 있는 거야!"

세시오를 죽이려던 걸 숨길 생각도 없는 건가. 죽다 살아나서인지 영 제정신이 아니다.

나는 손뼉을 쳐 그의 주의를 끌었다.

"리한, 소공작?"

"존칭도 없이 소공작이라니, 딱 제몬처럼 근본 없는 기사네. 데이브릭다워."

"당신이 어떻게 여기, 도대체 무슨 일이……."

"일단 통성명 좀 하지. 이름이 뭐야?"

사내가 혼란스러운 얼굴로 눈을 깜박였다. 그러나 제게 불리하게 돌아가는 분위기는 읽은 듯했다. 곧 기사의 얼굴에서 경악이 지워지고 결연한 빛이 돌았다.

"……브루넬 멀든입니다."

"그래, 멀든 경. 방금 이야기를 좀 자세히 듣고 싶은데 말이야."

"죄송합니다, 아무것도 알려드릴 수 없습니다."

그거야 얼굴만 봐도 짐작할 수 있는 이야기고. 곧이곧대로 물을 생각은 애당초 없었다.

"경의 몸 상태는 왜 좋아졌을까? 죽기 직전까지 갔는데 말이야."

예상 못 한 질문이었는지, 멀든의 눈이 흔들렸다.

"내가 손을 써서 그래."

나는 품에서 최상급 포션 하나를 꺼냈다. 딱 하나씩만 들고 다니는 비상 용품이었다. 아까 그의 상태는 이걸 쓰더라도 살아남을 수 없을 만큼 심각했지만, 그거야 본인은 모르는 일이다.

그리고 정말로, 브루넬 멀든은 믿은 것 같았다.

"최상급…… 포션."

세시오의 시선이 얼굴 옆면에 달라붙었지만, 나는 모르는 척했다. 그는 언령을 밝히지 않을 테지만, 기사를 치유한 수단은 존재해야 했다. 마침 내게 있는 물건은 사건에 연막을 치기 딱 좋았다.

제몬에게 후작위를 빼앗는 방식은 포기했어도, 복수 자체를 내려놓은 건 아니다. 그리고 제몬에게 복수하기 위해서는, 데이브릭의 정보가 필요하다. 후작이 제 장남을 죽이려 했다는 사실은, 퍽 괜찮은 약점이 될지 모른다.

"문제. 괴물을 불러들여 작은 주인을 암살하려는 쓰레기한테, 왜 이 귀한 걸 써 줬을까?"

물론 포션으로 치료했다는 것 자체가 거짓말이니 정답은 없다.

하지만 기사의 머릿속에는 아마도.

"죽어서 입을 닫으면 곤란하니까."

이런 생각이 떠올랐을 것이다.

나는 사색이 된 사내에게서 시선을 떼지 않으며, 천천히 검을 빼 들었다.

"나는 정보를 얻을 때 수단을 고르진 않아. 미안한데 좀 아플 거야."

"그, 그런……."

"가주 직속이지? 그럼 고문에도 좀 견디려나?"

세작도 아닌 기사가 그럴 리야 없겠지만.

브루넬 멀든은 허겁지겁 제 옆에 떨어졌던 검을 쥐었다. 나는 코웃음을 참지 않았다.

"만티코어보다 강한가 보네. 자신 있어?"

"그게 무, 헉!"

바닥에 떨어진 검은 봤으면서, 만티코어의 사체는 보지 못한 모양이지.

그가 경악한 새, 나는 검을 휘둘렀다. 가주 직속이라는 게 빈말은 아닌지 멀든이 다급히 수세를 취했다.

하나 유감스럽게도 그의 검은 단번에 조각났다. 다리를 걸어 균형을 빼앗자, 그는 공격 영역에서 벗어나려고 몸을 숙여 굴렀다.

그러나 그에게 다음 기회는 없었다. 내 검은 방향을 바꿔 수직으로 그를 내려찍었다. 아슬아슬하게 목이 꿰뚫리지는 않았으나, 검날은 목을 얕게 스치고 지나가 바로 옆의 땅에 박혔다.

"헉, 허억!"

베인 건 옷깃과 목의 피부 정도. 그러나 기사의 검은 모두 부서졌고, 목마저 내게 내어 준 상태다. 한층 더 압박감을 주기 위해, 나는 양껏 기세를 풀었다.

"마침, 근처에 사람 하나 없으니 해 보자고."

멀든의 얼굴이 파랗게 질렸다. 이제는 다 끝났다고 생각하는 사람처럼.

그러나 결연한 기색은 오히려 강해졌다. 무슨 일이 있어도, 절대 입을 열지 않겠다는 듯 이를 앙다물기도 했다.

그걸 보고 나는 좀 머쓱해졌다. 협박, 안 통하네. 실제로 고문한다면 다를 수도 있겠지만, 솔직히 그런 재주는 없다. 그딴 일을 하고 싶지도 않았다. 그럼 방법을 바꿔 볼까.

나는 땅에 박힌 검을 빼 내며 심드렁하게 말했다.

"아니, 차라리 데이브릭 후작을 찾아가 협박하는 게 간단하겠군."

"그게 무슨……."

"당신의 기사가 전부 불었다고 하면 뭐라고 할까. 궁금하지 않아?"

"뭐라고 말해도, 믿지 않으실 겁니다."

"무슨 소리야. 네가 배신한 건 이미 확정이야."

멀든이 어리둥절하게 눈을 깜박였다. 정말 검만 휘두르고 살았나.

"만티코어가 풀려나면 그 피로 유인하겠다는 계획이었지? 본인 꼴을 봐."

바닥에 쓰러진 채로, 그는 고개만 숙여 제 몸을 들여다보았다.

피, 흙탕물로 더러워진 제복은 하늘에서 퍼붓는 빗줄기에 씻기고 있었다. 그래도 피에 젖은 흔적은 남았으나 겉보기뿐이다. 목이 살짝 베인 걸 제외하면, 브루넬 멀든에게는 어떤 부상도 없었다.

"그 상태로 돌아가면 후작이 뭐라고 생각할까? 타깃이 최상급 포션으로 치료해 주더란 말은 안 믿어 줄 텐데."

"상처 같은 건, 다시 내면—!"

"안타깝게도 검도 조각났네. 뭐로 찌르려고. 부러진 쇳조각 하나 주워서?"

기사의 눈이 심하게 흔들렸다. 좋아, 이건 좀 먹힌다.

"이런 상황에, 내가 자결 계획이랑 타깃까지 정확히 알고 있잖아. 이걸 후작한테 말해 주면."

"아, 아……."

"내 기사가 나를 배신하고 모든 걸 털어놨다고 생각하겠지?"

나는 일부러 소리를 내며, 내 검을 검집에 거둬들였다.

"따지는 건 후작한테 직접 할 테니, 너도 몸보신 잘해 봐."

"안 됩니다!"

좀 전과 달리, 반응은 바로 왔다. 브루넬 멀든이 무릎을 꿇고 내 발치에 매달렸다.

"제발, 제발 그러지 마십시오! 가족의 목숨이 달려 있습니다."

"뭐……?"

"따르지 않으면, 제 아내를 죽이겠다고 하셨습니다. 제발, 제 아내를 살려 주십시오. 제발……."

애걸하며, 기사는 흐느껴 울었다.

예상치 못한 말이었으나, 곧 알아들었다. 그러니까 충성심 때문이 아니라, 인질이 잡혀 후작의 명령에 따랐다는 건가.

상상 이상의 쓰레기였군. 제게 충성을 맹세한 기사한테 할 짓이 아니었다. 급격히 기분이 불쾌해져서, 목소리까지 가라앉았다.

"일단 다 털어놔. 경의 처분을 어떻게 할지는 그 뒤에 결정하지."

멀든이 꺼내 놓은 사정은 뻔했다. 주인이 내린 부당한 명령에 반발하자, 가족이 인질 잡혔다는 흔한 이야기.

협박에 못 이겨, 그는 그른 일임을 알면서도 세시오를 죽이기로 결심했다. 아무리 그래도 후작이 제 기사에게 그런 짓까지 할까 싶었으나.

"저는 평민 출신이니까요."

그 한마디에 바로 납득할 수 있었다.

알버트 데이브릭은 권위적인 사람이다. 혈통이 좋거나 능력이 특출 나지 않는 한, 그는 상대를 사람으로 보지 않았다. 내가 윈터글라스일 적, 나를 볼 때도 그랬다.

무가치한 것을 내려다보는 경멸과 멸시로 가득한 시선. 아무리 둔한 사람이라도 그 눈빛이 무얼 의미하는지 알 것이다.

"평민에 한정된 이야기는 아닙니다. 귀족이라도 가문의 수준이 낮으면 비슷합니다."

"전부 인질이 잡히나."

"그건 임무를 지시받을 때만 그렇습니다. 사람들을 관리하기 번거로울 테니까요."

"그럼……."

"버리는 패 취급을 받습니다."

멀든의 쓴웃음에 나는 한숨을 삼켰다.

그걸 알면서도 충성하냐는 추궁은 의미 없었다. 귀족 중에는 데이브릭 후작 같은 이가 많았고, 주인을 골라 가며 일할 수 있는 사람은 적었다.

그래도 인질을 잡히면서까지 봉사하고자 하는 사람은 없겠지만, 바보가 아닌 이상 드러내 놓고 협박을 하진 않겠지.

"인질 건이 드러나면 뒤집어지겠군."

"각하의 최측근이나, 협박 때문에 공조한 사람이 아니면 모를 겁니다. 저도 직접 당하기 전까지는 몰랐으니까요."

"글쎄. 일을 받아들인 부하가 살아 있기는 하겠나?"

협박을 일삼는 건, 지금처럼 뒤가 구린 일을 지시할 때일 것이다. 일이 마무리된 뒤, 출신이 비천하고 제 비리를 알고 있는 부하를, 후작이 과연 살려 둘까?

그는 부정하지 않고, 쓰게 웃었다.

"사직하겠다는 서신만 남기고, 사라진 이들이 제법 됩니다. 분명히, 다 죽었습니다."

"그렇다면 경도, 살아 돌아가 봐야 의미가 없겠군."

"제 목숨은 각오한 일입니다."

"어차피 죽음을 감수할 거라면, 내 협박에는 왜 넘어온 거지?"

죽을 각오를 마쳤다면, 내가 후작에게 일러바치겠다는 말을 하든 말든 자결하면 그만이다. 브루넬 멀든의 목숨이 사라진 이상 인질은 가치를 잃을 테니까.

"제 아내도 죽을 겁니다."

"아니, 경이 죽고 나면 인질이 무슨 소용……."

내 말을 알아듣지 못한 것 같아 설명하려다가, 나는 멈칫했다.

설마.

"경이 죽어도, 인질을 처리한다고?"

"본보기가 될 거라고 각하께서 몸소 말씀하셨으니, 분명합니다."

체념 어린 말에, 나는 할 말을 잃었다. 후작은 상상 이상으로 지독한 인간이었다.

"그래서, 저는 이제 어떻게 되는 겁니까."

그 말에 나는 느리게 검집을 두드렸다.

멀든의 사정은 이해했고, 후작의 지독함에는 치가 떨렸다. 하지만 크게 동정심이 일지는 않았다.

아내를 살리기 위해라고는 해도, 이 남자는 무고한 —그렇게 보이는— 이를 죽이려 했다. 살해당할 입장을 생각해 보면, 이 사람을 동정할 수는 없다. 상황은 힘의 차이로 뒤집혔을 뿐이니. 그리고 브루넬 멀든도 그 사실을 인지하고 있었다.

필요한 정보는 얻었으니 후작에게 이자를 팔아넘기지는 않겠지만, 이 이에게 남은 건 죽음뿐이다. 당장 대회장을 몰래 빠져나가지도 못할 테니까. 냉정히 말하면, 마냥 선량한 피해자도 아니기에 이자가 죽든 살든 알 바 아니었다.

그러나. 문득 떠오른 충동에 나는 고개를 돌렸다. 세시오 데이브릭은 아까부터, 고요한 표정으로 이야기를 듣고 있을 뿐이다.

"살고 싶나?"

"예?"

"방법이 있다면, 그러고 싶냐고."

"그런, 하지만 제가 살 방법 같은 건……."

나는 멀든이 깨어나기 전, 세시오가 한 말을 떠올렸다.

"힘이 생겼는데 착한 아이 역할에 매몰될 필요가 있나."

"아무도 알아주지 않는 일에 애써 봐야, 힘만 빠질 뿐이지."

생각해 보면, 그렇게 말한 뒤에도 그는 또 모순을 범했다.

신기한 걸 보여 줄까, 하고 홍을 돋우듯 말해 처음엔 몰랐다. 그러나 그가 제일 먼저 한 일은 브루넬 멀든을 살리는 것이었다. 비를 부르고 천둥을 치며 법석을 떤 건 어쩌면 눈가리개일지도 모른다.

왜? 브루넬 멀든의 말을 들어 보면, 원래 세시오와 친분이 있는 것 같지도 않았다. 친분도 없는, 게다가 저를 죽이려던 기사. 그럼에도 그를 살려 낸 거야말로, 아무도 알아주지 않는 착한 아이 역할이 아닌가.

"살길을 열어 줄 수는 있어. 능력이 되니까."

"저, 정말로 저를 도와주시겠다는 말씀입니까?"

"세시오 공자가 경을 용서한다면 말이야."

내 말에 멀든이 말을 잃었다. 그리고 세시오 데이브릭도 조금 당황한 듯 보였다.

"목숨이 위험해졌던 건 내가 아니라 데이브릭 공자 쪽이지. 당연히 결정도 그가 내려야 하지 않겠나."

"하지만 공자님께서는 말을—."

"꼭 말이 필요한 상황은 아니잖아."

나는 세시오에게 시선을 고정한 채, 입꼬리를 올려 웃었다.

"데이브릭 후작영식, 만약 이자를 용서하려거든, 고개만 끄덕이시면 됩니다."

착하게 굴어 봐야 아무도 알아주지 않는다고? 맞는 말이다. 그러니 직접 결정해 봐. 원하는 대로 해 줄 테니.

어쩐지 스스로가 악당처럼 느껴졌지만, 상관없었다. 내가 꼭 선량해야 하는 건 아니었으니까.

세시오 데이브릭의 눈은 미동도 없이 고요했다. 그의 고개 또한 움직이지 않았다. 얼마간 그러고 있었을까, 브루넬 멀든의 고개가 체념으로 꺾여 들었다.

내가 착각했던 건가. 정말 자기 언령을 자랑하려고 멀든을 치료한 거였어? 솔직히 당황스러웠지만, 할 수 없다.

"아무래도 공자께선—."

그러나 그 순간, 세시오의 고개가 미미하게 움직였다. 그의 입가엔 쓴웃음이 걸려 있었다.

"경에게 선행을 베풀려는 모양이야."

이겼다.

진실을 가리기 위해선 거짓이 필요하다. 데이브릭 후작을 속이기 위해 나는 이야기를 꾸몄다.

멀든이 제 몸에 칼을 찔러 넣으려는 때, 테릴 리한이 들이닥친다. 그가 유인하려던 만티코어는 이미 목숨을 잃은 뒤였다. 멀든의 행동을 수상히 여긴 테릴 리한이 그를 쫓아가고, 그는 도망치다 벼랑에 떨어진다.

물론, 이 사정을 후작에게 전달하는 건 내 몫의 일이다. 멀든이 할 일은 산에 숨어 있는 것뿐. 밤이 되면 내 기사들이 산으로 와 그를 은밀히 데려올 것이다. 죽지 말라고 포션도 쥐여 줬으니 그 정돈 버티겠지.

조율을 마치고, 브루넬 멀든은 산속 깊은 곳으로 숨어들었다. 그 때문에, 이곳에는 다시 세시오와 나, 둘만이 남았다. 나는 온화하게 웃으며 그를 돌아봤다.

"아무도 알아주지 않는 선행이 취미인 세시오 공자, 그래서 기분이 좀 어때? 무가치한 일을 해서 힘이 빠졌나?"

부정할 생각 없이, 나는 뒤끝이 길었다. 예상 못 한 말이었는지, 세시오는 벙찐 얼굴이었다.

그러나 그도 잠시, 사내는 곧 허리를 구부리고 웃음을 터뜨렸다. 지기 싫어 웃는 척하는 게 아닌가, 잠시 의심했지만 그건 아닌 모양이다. 빗속에서 대소하는 모양새가 좀 미친 사람처럼 보이기도 했다.

잠시 뒤 그는 허리를 폈으나, 어깨에 잔떨림이 남아 있었다.

"말실수였어, 앞으로는 주의하지."

이딴 걸 사과라고 하다니. 웃음기 남은 그의 얼굴이 불쾌했다.

"그럴 것 없어. 앞으로 볼일도 없을 테니까."

"이젠 얼굴도 보지 않을 셈인가. 아까, 내 말에 관심을 보였던 것 같은데."

아아. 자기가 왜 데이브릭에 있는지 궁금하냐고 물었던가.

"방금 들었잖아. 마법 계약서 때문에, 후작이 어쩔 수 없이 데려다 길렀다고."

황족을 떠맡긴 사람이 누군지는 말하지 않았으니, 그 정도가 말해 줄만 한 마지노선일 것이다. 더 꺼낼 생각도 없으면서 낚시질은.

"기억력이 좋군."

웃음기가 남은 목소리에 아쉬움이 뱄다. 생각보다 순순히 포기해서, 조금 의심스러웠지만. 그가 뭘 하더라도 달라질 건 없을 것이다.

"이제 다 정리됐으니 돌아가야겠네. 볼일 남은 거 아니지?"

"자의로 들어온 것도 아닌데 그럴 리가. 그럼 부탁하지."

"뭘?"

"야박하게 두고 갈 셈인가. 사람들을 좀 불러다—."

"당신을 마수 영역에 버리고 가면 나만 욕먹는데?"

알아듣지 못한 듯, 그가 눈을 깜박였다. 그런 세시오를 바라보며 나는 두 팔을 나란히 내밀었다. 어린아이를 번쩍 들어 올릴 때의 자세였다.

"안겨."

정신 나간 듯 굴던 사내의 낯빛이 처음으로 희게 질렸다. 입술까지 파르르 떨렸다.

"……농담하지 마."

"농담 아닌데. 편하게 옮겨 줄게. 내가 당신 하나 못 들까 봐서?"

"사람을 불러 데려가게 하면 되잖나. 근처에 남자 기사들도 많이—."

"성가시게 뭐하러."

"만티코어의 사체는 어쩌려고. 두고 갈 셈인가?"

"만티코어 사체야말로, 잠시 두고 가도 문제없잖아."

"그렇다면 최소한 업는 걸로……."

"이렇게 비가 쏟아지는데 업고 가면, 비 가리개로 쓴 것처럼 보이는데 무슨 소리야."

"……그렇게까지 평판에 신경 쓰고 있었나?"

물론 이제 와 평판 같은 건, 알 바 아니다. 그러나 세시오 데이브릭을 엿 먹일 수 있다면, 신경 쓰는 척은 열 번도 더 할 수 있다.

나는 부드러운 목소리로, 같잖게 존댓말할 때의 세시오를 흉내 내 말했다.

"뭐 하십니까, 데이브릭 후작영식. 어서 돌아가셔야죠."

세시오는 최소한 직전까지는 제 발로 걷고 싶다고 말했지만, 말도 안 되는 소리다. 언제 어디서 사람이 튀어나올 줄 알고, 그런 위험을 감수한단 말인가.

아무래도 내게 폐를 끼친다는 생각에 미안한 것 같았다. 나는 사양할 것 없다고 그의 귓가에 다정히 속삭여 주었다.

돌아오는 길에는 황실기사단을 만났다. 갑자기 마수들이 날뛰는 바람에 참가자들을 데리러 왔다는데, 덕분에 세시오의 입이 조용해져서 좋았다.

목덜미까지 붉어져서 눈을 질끈 감는 모양새란. 기분이 좋아져서, 나는 시작점 직전 기사단원에 세시오의 신병을 넘겨주는 자비를 베풀었다.

그렇게 우리는 산의 초입으로 돌아왔다. 황실기사들이 성실히 움직인 탓에, 대회의 참가자들은 거의 돌아와 있었다.

그뿐 아니라, 새로 온 사람도 있었다. 데이브릭 후작, 그리고 그 옆에 선 타니타르 공작.

30년 전 두 가문은 갈라선 게 아니었던가, 왜 함께 있는 거지. 더 이상한 건 두 사람의 시선이 모두 세시오 데이브릭에게 꽂혔고 표정도 좋지 않았다는 점이다. 이거 봐라?

"뭐 하는 거야, 테릴."

내가 다른 생각에 빠져 있을 때, 익숙한 목소리가 끼어들었다. 징그럽게도, 오늘로 두 번째 보는 제몬이었다. 정확히는, 얼굴이 새빨개져서 금방이라도 터질 듯한 제몬이었다.

"데이브릭 후작영식을 모셔 오는 길인데 왜."

"그러니까 네가 왜 저 자식이랑 함께 와."

"마수…… 아니다, 그냥 자라."

급격히 귀찮아져서, 나는 손날로 제몬의 목덜미를 때렸다. 그는 풀썩 쓰러졌으나, 옆에 있던 기사가 부축한 덕에 내동댕이쳐지진 않았다. 여기저기서 숨을 들이켜는 소리가 났지만, 별로 신경 쓰이지도 않았다.

"세상에, 실신을 하다니. 많이 놀랐나 보네요. 하기야 마수들이 단체로 튀어나왔으니까요."

"……."

"그럼 몸조리 잘하시길."

아무렇게나 지껄인 뒤, 나는 다시 데이브릭 후작에게 눈을 돌렸다. 그는 퍽 곤혹스러운 얼굴로 한숨을 내쉬었다. 세시오의 생환만으로 골치 아플 텐데, 쓸데없이 나대는 자식을 감쌀 여유는 없겠지.

이자가 세시오 데이브릭을 죽이려 했다. 대회 직전까지만 해도 상상도 못 하던 일이었다.

"어떻게 된 건가, 리한 소공작."

"그러게나 말입니다. 일이 어떻게 된 건지."

"지금 장난치자는 게 아닐세."

"저도 진지합니다. 안타까운 소식을 전해야 해서 유감일 뿐."

후작의 표정이 한층 굳어지고, 타니타르 공작의 눈이 슬쩍 가늘어졌다. 알버트 데이브릭을 겨냥한 말에, 아까부터 다른 물고기가 함께 반응한다. 아무래도 우연히 옆에 있는 건 아닌 모양이지.

"제가 데이브릭 후작영식을 데려온 곳은 마수의 영역입니다."

사위가 조용해졌다. 여태도 그랬지만, 지금은 숨소리조차 희미하다.

내 말의 의미는 그만큼 명백했다. 누군가 사냥대회에서 데이브릭 후작가의 장남을 죽이려 했다.

"공자가 혼자 갈 만한 곳은 아니죠. 그럴 이유도 없고요. 어쩔 수 없이, 그분과 함께 있던 기사를 좀 의심했습니다."

"……그래서."

"조금 추궁했을 뿐인데, 갑자기 도망치더군요. 쫓았더니, 달아나다가 발을 헛디뎌 절벽에서 떨어졌습니다."

후작의 눈이 깊이 가라앉았다.

머리 돌아가는 소리 다 들린다. 내가 어디까지 눈치챘는지, 일이 어디에서 틀어진 건지 끊임없이 짐작하는 중이겠지. 그의 판단을 도와주려, 나는 말을 이었다.

“후작영식께 확인해 보니, 데이브릭의 기사라 하시더군요. 갑자기 공자를 산속으로 데려왔다는 말도 해 주셨고.”

나는 노골적으로, 그를 수상하게 쳐다봤다.

정보가 부족해, 아직 내 판단이 바로 서지 않았다는 인상을 주기 위해. 브루넬 멀든과 진실을 조작했다는 의심을 최대한 덜어 내기 위해서였다.

“어쨌거나 무슨 사정인지는 몰라도, 저 때문에 기사 하나를 잃으셨으니까요.”

“…….”

“배상하고 사체 수색을 돕겠습니다.”

“그럴 것 없네, 이 산의 벼랑에서 떨어진 시체를 어찌 찾겠나.”

그야 그렇지. 그 점 때문에, 벼랑에서 떨어졌다고 설정한 거였으니까.

생각을 마쳤는지, 후작의 표정이 바뀌었다. 그의 얼굴에 짙은 안타까움이 떠오른다. 대단한 연기력이었다.

“부끄럽지만, 가문에는 그 아이를 눈엣가시로 여기는 이들이 몇 있다네.”

꼬리 자르기라니 놀랍지도 않다.

정말 브루넬 멀든이 죽었다고 믿나 보군.

“……그러시군요.”

“직접 추궁하지 못한 건 유감이지만, 방자한 기사를 벌해 줘서 고맙네.”

“별말씀을.”

대화가 마무리되자, 눈치를 보던 황제가 입을 열었다. 타니타르 공작 때문에 위축되어 보였지만, 없는 사람으로 취급되긴 싫은 모양이었다.

“그보다 자네, 어찌 된 일인가. 옷에 묻은 그 핏자국은 다 뭐고.”

“사냥대회잖습니까. 사냥감의 피입니다.”

"어떤 대단한 걸 잡았기에, 그렇게 온몸이 피투성이가 되었나."

별 의미도 없는 대화라고 생각했으나, 타니타르 공작이 순간적으로 눈을 빛냈다.

"사냥감을 잡았다? 그런데 왜 자네는 빈손으로 돌아온 겐가."

"산에 두었습니다. 공자를 모셔—."

"생각해 보니, 자네가 그 깊은 곳까지 들어간 것도 이해가 되지 않는군."

"……."

"무슨 일인지 정확히 파악하지는 못했지만, 갑자기 마수들이 우르르 몰려나왔다네."

"알고 있습니다."

"그러니까 말이야. 그렇게 깊이 들어가지 않아도 사냥감은 넘치도록 많지 않은가."

"그래서 무슨 말씀을 하시려는 겁니까."

"기사가 제 주인을 거기까지 데려가는 건 순전히 자네 한 사람의 주장이지."

내가 기사를 죽였다고 몰아가고 싶은 거로군.

아까 세시오에게 확인받았다는 말을 했으나, 그 말을 다시 꺼내도 의미 없을 것이다. 그를 협박한 게 아니냐고 말하면 그만이니까.

리한에 원한이 있었나, 아니면 기회를 잡고 견제하려는 건가. 정확한 원인을 집어낼 수는 없었지만, 어쨌거나 그가 하려는 짓은 명백했다.

나는 직설적으로 물었다.

"제가 기사를 죽여 없애고, 누명이라도 뒤집어씌운다는 말씀입니까?"

"정말 기사가 그런 죄를 범한 거라면 제대로 처벌하는 게 마땅하지. 그를 위해, 자세히 조사할 필요는 있다고 생각하네."

온화하게 말하고 있으나, 무슨 계산을 하는지는 뻔하다.

기사는 죽었으니, 추궁할 사람은 없다. 세시오는 협박 때문에 입을 다물었다고 밀어붙이겠지. 내가 브루넬 멀든을 죽일 이유가 없다고 항변해도, 먹히지 않을 것이다. 만들면 만들어지는 게 이유 아닌가.

조사대는 타니타르의 사람들로 꾸려질 것이다. 없는 죄도 어떻게든 만들어 내겠지. 정도에 따라서는 가문에 타격이 갈지도 모른다.

물론 조사대가 편성될 경우의 이야기다. 아무리 내가 햇병아리라지만, 이만큼이나 얕보일 줄이야.

"나쁘게 생각할 것 없어. 나는 다만 소공작이 받을 의혹을 미리 풀어 주려는 것뿐이네."

"그래서 먼저 의혹을 펼치시는 거군요?"

"다들 무어라 생각하겠나. 소공작이 굳이 그 깊은 곳까지 들어갔는데 말이야."

그는 본격적으로 사람들을 선동하려는지 소리를 높였다. 벌써, 타니타르 공작의 말에 넘어가 수군거리는 사람들도 보였다. 공작의 눈에는 확신이 담겨 있었다.

"거기에만 있는 특별한 사냥감이라도 잡았다면 또 모르겠지만."

아무래도 그는, 내가 세시오를 구한 게 우연이라고 믿는 모양이다. 만티코어와는 운이 좋아 마주치지 않았다는 정도로, 그렇게 생각하나 보지.

일반적으로는, 합리적인 판단이긴 했다.

"있다면요."

"뭐……?"

"폐, 폐하, 큰일 났습니다!"

때마침, 기사들이 우르르 몰려들었다. 2차로 산을 탐색하던 이들이었다. 갑작스러운 소란에 대부분의 사람들이 그쪽으로 고개를 돌렸으나, 나와 타니타르 공작은 여전히 시선을 마주한 채였다.

그러나 곧, 공작의 얼굴에도 당혹감이 떠올랐다.

"그, 그게 뭔가! 그 괴물은 대체—!"

괴물. 그 단어에, 무슨 생각이 들었는지는 뻔하지. 흔들리는 눈동자를 바라보며 나는 입꼬리를 조용히 틀어 올렸다. 황제의 물음에, 나는 기사들보다 앞서 답해 주었다.

"만티코어입니다. 제가 가져오려고 했는데, 먼저 찾으셨나 보네요."

소란스러워지던 장내에 다시 정적이 내려앉았다. 표정 관리를 못 하고 굳어진 공작을, 나는 노골적으로 비웃었다.

"저런 거야말로, 각하께서 말씀하신 '특별한 사냥감'이겠지요?"

하일리 타니타르와 알버트 데이브릭. 이번 일을 획책했을 두 인사의 얼굴은 말이 아니었다. 경악, 의심, 분노, 그리고 패배감으로 얼룩져 수염마저 파들거렸다.

타니타르 공작이 나를 노려보며 확인했다.

"……자네가 죽였다고, 저 괴물을."

"갑자기 제게 덤벼들더군요. 봉인이 약해진 건지, 괴물이 강해진 건지. 뭐, 누군가 풀어 준 건 아닐 거 아니에요."

뼈가 섞인 농담으로, 나는 그를 양껏 비웃었다.

"뭣하면, 저 미간의 구멍에 제 검이라도 꽂아 볼까요? 제게 찔린 거라면 상처 모양이 일치하겠죠."

한 번 쳐다보지도 않고 괴물의 정체를 맞히고, 미간에 구멍이 난 걸 알아차렸다. 머리가 달린 사람이라면, 날 의심하지 않는 게 정상이었다.

타니타르 공작은 억지로, 구겨진 표정을 펴고 웃었다. 참 보기 흉하고, 어울리는 미소였다.

"……제법이구나. 그 나이에 벌써 마스터라니."

"하하, 그러게 말이오. 역시 리한은 다른가 보오."

황제가 기분 좋게 웃으며 동조했다. 타니타르 공작의 눈주름이 파르르 떨렸으나, 당대의 황제는 무능한 만큼 눈치도 없었다.

"과연, 정말로 최고의 사냥감을 잡아 왔구나! 다음 대에도 리한의 명성은 문제가 없겠어!"

그 희극 같은 모양새에, 나는 웃음을 참을 수가 없었다.

만티코어 사태는, 그렇게 마무리됐다. 제몬을 엿 먹이려던 일이 이렇게까지 커진 게 신기할 따름이었지만.

어쨌거나 얻어 낸 것들은 많았다. 데이브릭의 약점이라든가, 타니타르와 공모했을 가능성 같은. 굳이 복수에 사용하지 않더라도 그 정도 권세가들이 결탁한 건 의미 있는 정보였다. 어떤 식으로든 북부에 영향을 끼칠 수 있었으니까.

생각을 정리하던 중, 그리넬 경이 다가왔다. 아무래도 제몬을 죽일 것 같아서, 대회장 밖에서 대기하라고 했는데?

순간적으로 의아해졌다가, 나는 그녀의 표정이 평소보다 굳어 있는 걸 발견했다.

"……무슨 일이야."

"북부로부터 전언이 있습니다."

"북부에서 서신이 오면, 내게 물어보러 와도 좋아."

순간적으로 세시오의 그 말이 떠오른 건, 그저 우연일 뿐일까. 말로 할 수 없는 불길함이 느껴졌다.

사냥대회는 끝이 났고, 우승자는 논쟁의 여지없이 나였다. 나는 황제의 공치사를 듣고, 상품으로 마련된 검을 받았다.

당초 예고한 대로, 나는 세시오에게 만티코어를 바쳤다. 짐승을 바친다고 해서, 사체를 떠안기는 건 아니었다. 살아 있는 동물은 직접 주기도 한다지만, 죽은 동물은 말만 그렇게 할 뿐 육신을 불태웠다.

하기야 동물 사체를 주는 데 무슨 애정이 있고, 낭만이 있겠는가. 차라리 저주를 건다고 말하는 게 어울리는 모양새겠지.

황제는 진즉 떠났고, 귀족들도 차차 돌아갔다. 나는 리한의 마차에 오르는 대신, 다시 데이브릭 일가가 모인 곳으로 향했다.

"세시오 공자와 남은 말이 있어 그런데, 그분을 제 마차로 모셔다드려도 괜찮겠습니까."

세시오 쪽은 쳐다보지도 않은 채, 나는 후작에게 용건을 꺼냈다. 제몬은 다시금 울컥한 모양이었지만, 망신을 반복하고 싶지 않은지 입을 다물었다.

남아 있던 귀족들이 알게 모르게 이쪽을 힐금거렸다. 세시오와 나 사이에 소문이 돈다 하니, 무슨 이야기를 쑥덕거릴지 뻔했지만 알 바 아니었다.

"아무래도 아직은 데이브릭의 기사들이 껄끄럽기도 하실 테고요."

바로 돌아오지 않는 답에 짜증 나 도발하자, 후작이 눈을 찡그렸다. 그러나 내 말을 거절하지는 않았다.

세시오 데이브릭은 리한의 마차에 오르게 됐다. 그의 의사는 묻지도 않고 벌인 일이었으나, 사내에게 놀란 기색은 없었다. 세시오와 마차에 타고 문이 닫힌 순간, 나는 소리가 새어 나가지 않게 막았다.

"말해 두지. 어설프게 장난질을 치다간, 살아서 나갈 수 없을 거야."

그가 조용히 고개를 끄덕이는 걸 보고, 나는 세시오에게 서신을 던졌다. 북부의 소식이 담긴 전언이었다.

그 외에 아무런 설명도 덧붙이지 않았으나 그는 그걸 펴고 읽기 시작했다. 눈동자가 천천히 글자를 따라 내려갔다. 하나 마지막 글자를 읽을 때까지도, 세시오의 표정은 조금도 변하지 않았다.

이미 알고 있던 사람처럼. 아니, 직접 그렇게 말하기도 했지.

"북부에서 서신이 오면, 물어보러 와도 좋다고 했던가. 연락이 올 걸 어떻게 알았지?"

"간단해, 봤으니까."

"그렇다면 어머니를 습격한 범인이 누군지도 알겠군."

서신에 담긴 내용은 길진 않았다.

「대닐 론타르입니다. 긴급한 일이라, 인사는 삼가겠습니다.

북부에 습격이 있었습니다. 전하께서 자리를 비운 동안, 공작부인을 납치하려는 무리가 등장했습니다.

다행히 큰일이 나지는 않았으나 부인께서 조금 다치셨습니다.

그래서 전하께서 수도로 가시는 것도 좀 미뤄질 듯합니다.

소공작님도 부디 주의하시기 바랍니다. 습격한 무리는 대부분 북부인이었지만, 수도의 검술도 섞여 있었습니다. 수도 귀족이 벌인 일로 추정 중입니다. 입 안에 숨겨 놓은 독약으로 자결해서, 자세한 정보를 얻지는 못했습니다.

긴요한 용무가 없으시다면, 되도록 복귀를 서둘러 주십시오.

다시 뵙는 날까지, 부디 강건히 지내십시오.

대닐 론타르 올림.」

아버지의 보좌인, 론타르 백작이 쓴 편지였다. 그 성격답게 명료하게 쓰인 글이었으나, 내용은 심상치 않았다. 수도의 권세가가 사람을 시켜 어머니를 노렸다.

가슴 안쪽에 겨울이 내려온 것처럼 마음이 차가워졌다. 감히 누가, 어떤 목적으로 일을 벌였는가. 짐작 가는 사람은 있으나, 확신은 없었다.

나는 되도록 빠르고 정확하게 적을 규정하고 싶었다. 늦어도 두 번째 시도가 생기기 전에는.

"하일리 앤더슨 타니타르."

세시오 데이브릭의 입에서 어떤 이름자가 나왔다. 내가 범인으로 예상하던 이였으나, 나는 즉각 반응하지는 못했다.

"제국 내 모든 걸 마음대로 하고 싶은 그 남자가 벌인 짓이야."

"……바로 이름을 말할 줄은 몰랐는데."

"거래를 위한 미끼지. 내가 한 말을 바로 믿지도 않을 테니."

"당신이 원하는 걸 들어주면, 믿을 만한 근거를 주겠다는 건가."

"내 답을 신뢰할 수 있다면 대가를 주지 않아도 괜찮아."

그럴 리 없다는 걸 알기에, 그의 목소리엔 여유가 있었다.

나는 세시오의 눈을 노려봤다.

"원하는 걸 말해."

"데이브릭."

"황좌가 아니라?"

"그건 지금 생각할 문제는 아니지."

염두에는 두고 있다는 말이군.

데이브릭을 원하는 건, 당연한 바람이긴 했다. 후작은 대놓고 세시오의 목숨을 노렸다. 이번에는 실패했으나, 다음은 모른다.

언령으로 기적을 행사할 수 있다고는 하나, 의식이 있을 때의 이야기다. 어느 정도의 힘인지 가늠하기 어려웠지만, 인간인 이상 틈은 있을 것이다. 후작의 본색이 드러났는데도, 계속 후작저에서 지낸다면 결국 죽게 될 것이 뻔하다. 어쩌면, 그게 당장 오늘 밤이 될지도.

"그대가 내게 처음 제의한 대로만 해 주면 돼. 계약 약혼 말이야."

"결국, 그거야?"

"내가 데이브릭 후작이 되면, 파혼해 주기로 약속하지."

"정보 하나를 대가로 가문을 달라."

"알아, 그대가 손해 보는 거래야. 범인이 타니타르란 걸 이미 짐작한 모양이니까."

"그런 말을 하려거든, 무릎이라도 꿇지 그래."

"원한다면."

별다른 의미 없이 한 비아냥이었으나, 세시오 데이브릭은 마차에서 일어났다. 정말로 무릎이라도 꿇을 기세에 나는 인상을 찡그리고 앉으라 말했다.

마차 안이라 넓지도 않은데, 이만한 장신이 일어났다가 앉으니 정신이 없다.

후우……. 나는 마차 등받이에 고개를 젖혀 기대고 한숨을 내쉬었다.

"실언이었어. 내 어머니를 습격한 작자니, '정보 하나'라고 괄시할 수는 없지."

"답을 듣고 싶은데."

"좋아, 당신 말대로 해 줄게."

어차피 데이브릭을 내버려 둘 마음은 없었으니까.

복수라고 간단히 말했으나, 사실 사감만으로 벌이는 일은 아니다. 내가 제론의 애인이었음을 기억하는 사람은 많았다. 그에게 어떤 취급을 받았는지도.

기만당한 것을 알고도 아무 조처를 하지 않으면, 나뿐 아니라 리한도 비웃음거리가 된다. 좋으나 싫으나, 나는 화이트폴의 작은 주인이었고 내 영지민들의 명예도 함께 지고 있다.

덧붙여, 오늘은 대놓고 시비를 걸어오기도 했다. 어머니를 습격한 세력이 타니타르나 데이브릭이 아니더라도, 내버려 둘 수는 없었다.

"이제 범인이 타니타르 공작이라는 근거를 내놔."

"솔직히 말해, 논리적으로 그대를 납득시킬 방법은 없어."

"뭐?"

"그러니 마법 계약서를 쓰도록 하지. 그대에게 거짓을 말하지 않겠다는 서약으로."

속임수가 낄 여지없는, 가장 확실한 방법이다. 나는 잠시 세시오의 눈을 보다가 고개를 끄덕였다.

마나를 거두고 마차의 벽면을 두드리자, 마차가 멈추었다. 내 신호를 알아차린 기사가 다가와 문을 열었다.

"부르셨습니까, 소공작님."

"그리넬 경, 여분의 마법 계약서 있지?"

"예, 여기 있습니다."

그녀는 내게 계약서를 넘겨주고 돌아섰다. 아무 일이 없던 것처럼 마차는 다시 출발했다.

세시오 데이브릭은 조금 당황한 표정이었다.

"……가지고 다닐 줄은 몰랐군."

"발을 빼기엔 늦었으니, 거짓말이었다면 서명하고 죽어."

"그럴 리가. 조금 놀랐을 뿐이야."

그는 아무렇지 않게 표정을 수습하고 어깨를 으쓱였다. 나는 계약서와 만년필을 넘기려다가, 문득 의문이 떠올랐다.

"잠시만. 언령으로 계약서의 마법을 무시할 수 있는 건 아니겠지."

"고민할 것 없지. 시험해 보면 되지 않나."

대수롭지 않게 말하고, 그는 계약서 한 장을 가져가더니 만년필을 휘갈겼다. 종이 위에 유려한 글자가 적혔다.

「세시오 레이븐 아노비스는
테릴 리한에게 위해를 가하지 않는다.」

그가 서명하고 만년필을 떼어 낸 순간, 계약서에 잠들어 있던 마나가 그의 심장으로 흘러들었다. 서약을 어기려 하면 그 마나는 그걸 터뜨리려 들 것이다.

"아노비스?"

"생부의 성이야. 잠시 실례하지."

그가 내게 손을 뻗었다. 아무런 위협도 되지 않아 내버려 두자, 커다란 손이 내 목을 졸랐다. 실상은 감쌌다는 말이 어울릴 만큼, 아주 약간 힘을 줬을 뿐이다. 그러나 그것만으로.

피를 다 쏟아 낸 사람처럼 세시오의 얼굴이 창백해졌다. 그의 몸에 스며든 마나가 난리를 치는 게 내게도 느껴졌다. 그의 심장이 터질 듯 뛰었다. 여기서 멈추지 않고 더 목을 조른다면 세시오 데이브릭은 죽는다. 하나 아직 확신할 수는 없다.

나는 고통으로 얼굴을 일그러뜨린 이에게 한 가지를 더 요구했다.

"서약을 되돌리고 싶다고, 언령으로 말해 봐."

세시오는 드문드문 끊기는 음절로, 내가 시킨 말을 따랐다. 하나 계약서의 마나는 조금도 수그러들지 않았다.

“그래, 당신 말대로네.”

그제야, 얄팍하게나마 신뢰가 생겼다.

나는 목을 감싼 손을 떼어 냈다. 그가 내게서 떨어지며 거칠게 숨을 들이쉬었다. 짧은 시간이지만 상체 전체가 식은땀에 젖은 채다. 마법 계약서를 써 본 적이 없어, 고통을 가늠할 수 없었으나 확실히 힘들어 보였다.

나는 세시오가 내려놓은 만년필로 손을 뻗었다.

“그럼 이제 내가 계약서를 쓸 차렌가.”

“아니, 그대는 쓸 필요 없어.”

일그러진 얼굴을 펴지도 못했으면서, 그는 만년필을 가로채 갔다.

“내게 유리한 거래니, 그 정도 편의는 봐주는 게 자연스럽지. 그런 걸 쓰지 않아도, 약속을 지킬 테지.”

“난 당신한테 명령을 내린 게 아니라, 거래를 제의한 거야.”

“모든 거래에 마법 계약서를 써야 한다는 제약이 있던가.”

“……뭐, 편의를 봐준다면 사양하지는 않겠어.”

제게 유리한 일은 아닐 텐데도, 세시오 데이브릭은 만족한 듯 웃었다.

그 뒤, 그는 내게 거래에 한해 거짓을 말하지 않겠다고 서약했다. 그리고 재차, 범인으로 타니타르를 지목했으나, 그의 심장 박동은 조금도 달라지지 않았다. 거짓을 말하지 않았다는 의미였다.

그렇게 모든 상황이 얼추 정리되었을 무렵, 타이밍 좋게 마차가 멈추었다. 창문 너머를 보니, 데이브릭 후작저가 보였다.

“도착했습니다, 소공작님.”

“그래, 잠시만.”

그리넬 경이 마차의 문을 열기 전, 나는 동업자를 바라보며 확인했다.

"오늘 밤 살아남을 자신 있나?"

"하루도 버티지 못한다면, 운이 좋다는 말도 하지 않았겠지."

"대답은 간단하게 해 주지 그래."

시간도 없는데 쓸데없이 말을 늘이고 있어. 조금 짜증스럽게 말하자, 세시오가 웃었다.

"확신해."

"좋아, 그럼 약혼 프러포즈는 내일로 할게."

나는 마차의 문을 열었다. 문밖에는 그리넬 경과 함께 낯익은 얼굴이 서 있었다.

데이브릭의 막내 집사였던가. 내가 제몬을 만나는 동안 조롱하지 않던 몇 안 되는 사용인이었다. 세시오에게도 제법 잘해 주는 것 같더니, 그를 데리러 온 모양이다. 특수 제작된 의자가 바로 옆에 보였다.

"공자님을 데려다주셔서 감사합니다, 리한 소공작님."

나와 눈이 마주치자, 그가 정중하게 허리를 숙였다. 난 고개를 끄덕이고 세시오를 넘겨주었다. 간단한 인사를 나누고 두 사람이 저택 안으로 들어갔다. 걸을 수 있는 걸 알면서, 그의 속임수에 동참하는 게 찝찝하다는 생각이 들었지만.

"허."

"왜 그러십니까?"

"요즘 집사는 마나도 쓸 줄 아네."

숨기고 있었으나 그의 몸에 잠든 마나가 훤히 보였다. 못해도, 어지간한 기사단장 수준은 된다.

이번에도 속은 건 내 쪽이었나. 어쩐지 살아남을 거라고 자신하더라니.

"사람을 붙여 놓을까요?"

"아니, 살아 있기만 하면 되니까 괜찮아."

그리넬 경의 말에 고개를 저었다가, 나는 아까의 일을 떠올렸다. 워낙 터진 일이 많아서, 하마터면 잊어버릴 뻔했다.

"그보다 아까 산에 기사들 보내서, 사람 하나 데려와."

"예?"

"데이브릭의 기사 하나가 숨어 있을 거야. 후작의 약점이니까 잘 챙겨 둬."

"알겠습니다."

"자세한 이야기는, 그 뒤에 하지."

말을 마치고, 나는 다시 마차에 올랐다.

파넬로는 그의 주인을 침실로 모셔갔다. 중간에 제몬 데이브릭이 찾아와, 의미도 없이 세시오를 노려보다가 돌아간 것 외에는 아무 일도 없었다.

리한이 이 이상 참견하지는 않을 거라 생각한 건가.

세시오는 후작의 의중을 잠시 궁금해하다가 그만두었다. 알려거든 들여다볼 수 있겠지만, 오늘은 무리였다.

더 힘을 썼다가는, 자칫 부작용이 올 수 있었다. 지금도, 너무 피곤해서 몸이 녹아 버릴 것 같았으니까. 세시오 데이브릭은 그냥 침대에 파묻혀 자고 싶다고 생각했다.

따라붙은 잔소리쟁이만 없었더라도 그럴 수 있었을 텐데.

"정말, 다치신 곳은 없으십니까."

"그대도 알지 않나, 시신에서 날붙이의 흔적이 나왔다면 곤란해질 사람은 후작이야."

"……."

"그렇게 처리할 셈이었다면, 굳이 만티코어의 봉인을 풀지도 않았겠지."

"언령은 정말 왜 안 쓰신 겁니까. 리한 소공작이 오지 않았다면, 어쩌시려고."

"어떻게든 무사했겠지, 그대도 잘 알지 않나."

데이브릭에서의 생활은 결코 평탄치는 않았다.

세시오 데이브릭에게는 그간 많은 일이 있었다. 3층 창문에서 등을 떠밀린 적도 있고, 식사에 독이 들어간 적도 여러 번이다. 후작부인의 가문에서 꾸민 수많은 흉계를 모두 몸으로 겪어야 했다.

그러나 다행이라고 할지, 기적이라고 할지 세시오는 언제나 무사했다.

창에서 떨어져도 나뭇가지에 걸려 발목 하나 부러지지 않았고, 식사에 독이 들어간 날에는 사용인들이 실수로 음식을 엎었다. 아이러니하게도 후작부인이 비명을 지르며 달려들어, 위기를 넘긴 적도 있었다.

그를 돕는 사람은 파넬로 앵게스트 외에 누구도 없었으나, 아무렇지 않게 늘 불행에서 벗어났다. 그건 언령을 가진 이의 특권이었다. 신의 힘은 다른 방면에서도 힘의 주인을 도왔으니까.

"내 행운에 대해서는."

세시오가 차갑게 말했다. 별로 좋아하지는 않는 주제였다.

주인의 심기가 상한 걸 알았는지, 파넬로는 잠시 입을 다물었다가 화제를 돌렸다.

"데이브릭 후작이 이렇게 급변할 줄은 몰랐습니다. 계속 간을 보는 건 알았지만……."

"아노비스 공작의 의식이 없는 새 처리해야지. 그러다 죽지 않고 깨어나면 돌이킬 수 없을 테니."

"……전하."

"표정이 왜 그런가, 파넬로."

세시오가 입꼬리를 올리며 물었다. 그러나 정작 사내의 눈에 웃음기라고는 없었다.

그는 제가 좀 예민해졌다는 걸 알았지만, 그러면서도 말에 날이 섰다.

"그대는 아노비스가 아니라 나를 택했어. 이제 와 전 주인의 안위를 염려하나."

"전혀 아닙니다. 다만 저는……."

"말해."

"계속 망설였습니다만, 이제는 전하의 의중을 들어야겠습니다. 세시오 님의 뜻이라면, 무엇이든 따를 테니 확실히 말씀해 주십시오."

"거창한 서론이군."

"뜻을 접으실 생각이십니까?"

"왜 그렇게 생각하나."

"선황제가 허망하게 죽어 버렸으니까요. 전하께서 바라신 건, 제국 자체가 아니셨잖습니까."

직설적인 말에, 입가에 어린 웃음기마저 사라졌다. 조각상처럼 표정 없는 얼굴로, 세시오가 제 수하를 바라봤다.

"내가 접겠다고 하면? 십수 년간 모아 온 세력이 아깝지도 않나."

"전하께서 명하셔서 시작한 일입니다. 거두기를 명하시면, 탈 없이 정리할 수 있습니다."

"정리라……."

"입을 다물리려면 피를 보는 건 불가피합니다."

"그대는 가끔 너무 잔인할 때가 있어. 날 따르는 사람들을, 한순간의 변덕으로 치워 버리라니."

"하지만—."

"왜 내 생각이 달라졌다고 생각하는지는 알겠지만, 내 행동은 아무것도 달라지지 않았어."

새삼 피로감이 밀려와, 그는 짙은 한숨을 내쉬었다.

"일의 본격적인 시작도 데이브릭을 삼키는 데부터였지. 그러니 달라질 건 없다, 파넬로."

"……예, 전하."

"오히려 제법 수월해지겠지. 타니타르가 섣부른 짓을 했어."

"섣부른 짓이라 하시면."

"리한을 건드리다니 간도 크지. 몇십 년간 잠잠했다고 사자가 고양이로 보이는 모양이야."

그는 마차에서의 테릴 리한을 떠올렸다.

언행은 크게 달라지지 않았다. 목소리 또한 조금 가라앉았을 뿐이라, 겉만 봐서는 지나치게 침착할 정도였다. 그러나 눈빛만은 달랐다. 무섭도록 차게 얼어붙은 눈빛은 테릴 내면의 분노를 고스란히 담고 있었다. 그 대상이 눈앞에 있으면 어떨까, 무심코 상상하게 될 정도로.

신기한 일이다. 한때는 험담에도 어깨를 굳히고 입술을 짓씹던 이가 3년 만에 리한의 작은 주인이 됐다. 환경이 달라진 걸 감안해도 극적인 변화다. 원래는 그런 사람이었는데, 상황에 짓눌려 드러내지 못했던 걸까.

'전처럼 우는 건, 다시없을 일인지도 모르겠군.'

무심코 그때의 모습을 떠올리며, 세시오가 작게 웃었다. 그래, 어느 쪽이든 인상적이지만 슬픔보다는 분노가 잘 어울린다. 그런 감정을 품을 때 더 아름다웠다.

“그리고 조그만 호의에 대한 보답으로 데이브릭 후작가도 넘겨받기로 했지.”

“예?”

“전에 제의받았던 가짜 약혼 놀이를 다시 하게 됐다는 말이야.”

목적이 조금 달라지긴 했지만.

속내를 숨기고 그는 파넬로에게 그만 나가라 손짓하려다가 문득 잊고 있던 것을 떠올렸다. 너무 순순히 응해 와 미처 꺼내지 않은 패가 남아 있었다. 어차피 해 줄 생각이었으니까.

그는 누군가를 생각하며 입을 열었다.

“다 나으면 좋겠군.”

“전하?”

맥락 없이 나온 말에 파넬로가 의문을 표했으나, 세시오는 답하지 않았다.

26년 전, 세시오 아노비스가 태어났다. 순리대로라면 태어나지 않았을 목숨이다. 굳이 비하하려는 것이 아니라, 말 그대로의 의미다. 세시오의 생부, 레이븐 아노비스 공작은 생식 기능이 떨어지는 엄인이니까.

세시오가 태어날 수 있던 건 그의 생모, 모나크 때문이다. 그녀는 선황제, 카트리에의 언니로 황족이었다. 그 혈통은 모나크에게 약하게나마 신의 힘을 전해 주었고, 아이를 갖고 싶다는 한순간의 바람이 세시오를 만들었다.

그게 문제의 시작이었다.

“어쩌면 좋단 말인가, 레이븐. 내게 아이가 생긴 걸 알면 캣이 가만있지 않을 거야.”

모나크는 어려서부터 제 동생에게 몹시도 의존적이었고, 카트리에는 그런 그녀의 성향을 알고 일부러 그 의존성을 키워 왔다. 모나크가 레이븐과 연을 맺은 것 또한, 카트리에의 명령 때문이었다.

카트리에는 모나크의 언령을 알고 있었고, 그 힘이 제 자리를 위협하길 바라지 않았다. 스스로 황위 계승권을 포기하고 물러났으나, 첫째로 태어난 모나크는 한때 황태자 자리에까지 올랐기 때문이다.

카트리에는 제 자매를 사랑하면서도 경계해서, 모나크가 아이를 낳지 않길 바랐다. 혹 언령이 이어지기라도 하면, 황좌를 다시 빼앗길지도 몰랐으니까.

모나크 또한, 제 동생의 생각을 알고 있었다. 그렇기에, 제가 저지른 실수에 몹시 불안해했다.

"걱정하지 마십시오, 부인. 아무도 알지 못할 겁니다."

레이븐의 다독거림을 받으며, 그녀는 겨우겨우 아이를 길렀다. 세시오가 네 살이 될 때까지.

그리고 그즈음부터, 한동안 그녀를 멀리하던 카트리에가 다시 모나크를 부르기 시작했다. 약해진 황권을 추스르지 못해, 그녀의 언령이 필요해졌기 때문이다.

카트리에와 마주 보는 날들이 많아지면서, 모나크의 정신은 빠르게 무너져 갔다. 부담감, 죄책감, 두려움, 불안. 여러 감정이 그녀의 심장을 갉아 먹었다.

그런 부인을 보다 못한 레이븐은, 해서는 안 될 제안을 꺼냈다.

"아이를 보내는 건 어떻습니까."

"보내다니……? 누구한테, 설마 캣에게 모든 걸 다 털어놓잔 말인가?"

"세시오를 입양 보내자는 말입니다. 우리와의 연결고리를 끊어 내면 폐하께 들킬 일은 없을 테니까요."

그 차갑고 잔인한 말이, 모나크에게는 굉장히 달콤하게 들렸다. 그녀는 한순간의 말실수로 얻은 골칫덩이를 덜어내고 싶었다. 카트리에를 배신한 죗값을 치르길 바랐다.

“그렇더라도 누구를 믿고 보내겠는가.”

“데이브릭이 있습니다.”

“데이브릭이라니, 황실과는 원수진 사내가 왜 내 말을 들어주겠나.”

“걱정하지 마십시오, 부인. 후작은 제 말을 들어줄 수밖에 없으니까요.”

젊은 공작의 눈에는 부인을 향한 지극한 사랑이 담겼으나, 버려질 아이에 대한 연민은 없었다. 그걸 알면서도, 모나크는 끝내 고개를 끄덕였다.

둘은 데이브릭 후작에게 연락을 취한 뒤에야, 아이에게 그 말을 꺼내 놓았다. 세시오는 겨우 네 살에 불과했지만, 타고난 힘 덕분에 다른 아이들보다 훨씬 성숙했다. 아이는 제게 무슨 일이 벌어지는지 분명히 이해했다.

“갑자기 데이브릭으로 가라니요. 어머니, 왜 그런 말씀을 하시는 거예요.”

“말했잖나, 세시오. 수도에 가서 많이 배워—.”

“혹시 언령 때문이에요?”

“너…….”

“제가 그런 걸 가지고 있어서 절 버리시려는 거예요?”

“어떻게, 그걸 아는 거야. 이제 네 살 된 네가 어떻게.”

언령을 타고났다 한들, 모나크의 힘은 세시오에 비할 바 없이 약했다. 그녀는 제가 어릴 때보다도 훨씬 성숙한 제 아이를 이해할 수 없었다.

“왜 캣이 그토록 언령을 경계했는지 알 것 같구나. 겨우 네 살인데도 넌 너무 어른 같아.”

“정말 그것 때문이에요? 그러면 안 쓸게요. 이제 절대로 언령도 천리안도 안 할게요.”

또래보다 조숙하다고 한들, 슬픔이 없을 리는 없다. 세시오는 그녀를 붙들고 매달렸다.

"보내지 마세요. 데이브릭에 가고 싶지 않아요. 앞으로 다시는 쓰지 않을 테니—."

"그래, 네가 살려거든 그 힘은 숨기는 게 좋을 거다. 아니, 그냥 말을 못 하는 척하는 게 낫겠구나."

"네?"

"너는 종종 네 힘을 통제하지 못하니까 입을 다물거라. 태어날 때부터 말할 수 없던 척을 하렴."

모나크는 좋은 핑계라도 찾아낸 듯이 눈을 빛냈다.

"그래서 너를 믿을 수 없는 거야. 네가 실수라도 했다간, 캣이 진실을 알아차릴 테니까."

"실수하지 않을게요. 이젠 절대로 그러지 않을게요."

"아니, 믿지 않는다."

"어머니!"

"하지만 앞으로 5년 동안 입을 열지 않으면, 그때는 믿어 주마. 그때가 되면 널 다시 데리러 갈 거야."

모친의 말에 세시오는 도리질을 쳤으나, 거부한다고 달라지는 건 없었다.

결국 아이는 억지로 고개를 끄덕였고 마침내 데이브릭 후작이 저택에 도착했다. 모나크는 아이를 보내는 자리에 끝끝내 나오지 않았다. 세시오와 함께 후작을 맞은 건 레이븐뿐이었다.

"……이 아이입니까."

"바로 데려가도록 하게. 말을 못 하는 아이이니, 위험해질 일은 없을 걸세."

"그렇게 말씀하셨죠. 선천적인 장애라고."

데이브릭 후작은 마땅치 않은 표정으로 아이를 보았다. 결코 호의라고는 보이지 않는 얼굴에, 세시오는 제 아버지의 뒤로 숨으려 했으나 레이븐이 그를 허락하지 않았다.

"부족합니다."

"뭐?"

"어쩔 수 없어, 아이를 떠맡는 상황이지만 아노비스 각하께서도 황족을 숨겨 기르는 것이 어떤 일인지 아실 겁니다."

"……그래서 거두지 않겠다는 말인가."

"아니요, 다만 다리의 힘줄을 자르게 해 주십시오."

그 말을 이해하고 세시오가 숨을 들이켰으나, 레이븐은 눈썹을 한번 까딱할 뿐이었다.

"걷지 못하는 정도는 되어야, 제대로 통제할 수 있습니다. 이성적으로 판단할 줄도 모르는 어린아이이니까요."

그 말에 레이븐은 잠시 세시오를 쳐다봤다. 아이는 간절한 눈빛으로 제 아버지를 올려다봤으나 그의 얼굴은 차갑기만 했다.

"좋을 대로 하게."

그렇게 세시오는, 제 부모에게 버림받았다.

슬프고 괴로웠으며, 그 이상으로 그들의 행동을 이해할 수 없었다. 어떻게 이럴 수 있을까.

어미도, 아비도 저를 사랑하던 사람이었다. 다정히 애칭을 부르고 뺨에 입을 맞추고 손을 잡고 포옹해 주던, 그런 따뜻한 부모님이었다. 그런데 어떻게 하루아침에 저를 버린단 말인가.

'카트리에 때문이야.'

모나크가 이상해진 건, 그녀가 황궁에 드나들기 시작하면서부터다. 그때부터 어머니는 저를 안아 주지도 않았고, 제 얼굴을 보면 흠칫흠칫 놀라며 카트리예의 이름을 불렀다.

세시오는 모든 원망을 제 부모가 아닌 카트리예의 탓으로 돌렸다. 그래야 조금이나마 현실을 받아들일 수 있었다.

아이는 후작저로 향했고, 세시오 아노비스가 아닌 세시오 데이브릭으로 불리기 시작했다. 모든 이들에게 배척받는 가운데서, 다정하게 대해 주는 손길도 있었으나 몇 년이 지나고는 그마저 잃어버렸다.

날카롭게 쏟아지는 비난, 경멸, 비웃음, 상실감과 증오, 조롱. 따뜻한 곳에서 사랑받기만 하던 아이는, 진창으로 추락했다. 모든 게 망가졌다. 입을 틀어 막히고 두 다리를 빼앗겨서, 그는 거의 방에 감금되다시피 지냈다.

세시오의 머릿속에는 온종일 생각이 떠다녔다. 하루는 이 모든 게 제 언령 때문인가 싶다가. 또 하루는 카트리예 때문인가 싶다가. 또 하루는 저를 버린 부모의 탓인가 싶다가. 또 하루는 그냥 제가 태어난 것 자체가 잘못인가 싶었다.

그런 자기혐오는 세시오의 마음 깊은 곳에 뿌리내렸으나, 그것으로 그치지 않았다. 마침내 아이는 가슴에 분노를 싹 틔웠고, 복수심이란 열매를 맺었다. 5년간 입을 다물면 찾아오겠다던 부모는 머리칼 한 가닥도 비추지 않았다.

세시오는 복수를 결의했다.

아노비스 공작 부부는 카트리예에게 제 언령을 들킬까 무서워 저를 버렸다. 또한 카트리예가 언령을 경계하는 건, 제 황좌를 지키기 위함이라 하였다. 그렇다면 저는, 그 언령을 이용해 황좌를 빼앗고 카트리예의 앞에 속삭여 주겠다.

'당신의 자매가 끝내 배신하여 언령을 가진 아이를 만들었다. 그러고는 황제가 되라 속삭이며 데이브릭의 품에 숨겨 두었다.'

진실과 거짓을 뒤섞어 그들이 바라지 않던 모든 걸 이루어 주기로 했다.

그러나 세시오의 바람은 이루어지지 않았다. 준비가 막바지에 다다르던 어느 날.

"카트리에가 암살당했습니다."

복수극의 주역 중 하나가, 허무하게 죽어 버렸으니까.

가슴속에 불타오르던 복수심은 재가 되었고, 그는 그 잿더미에 파묻혔다.

이미 많은 사람을 포섭하고 그들에게 희망을 심어 두었기에, 이제 와 내려놓을 수는 없었다. 그는 결실이 사라진 길을 그저 걸어야 했다. 가슴에 아무리 회의가 들어차도, 남은 원동력이 오로지 의무감뿐이라도.

그러나 목적이 사라져 버린 마당에 의욕이 날 리 없다. 그는 모든 일을 수하인 파넬로 앵게스트에게 떠넘기고, 하루하루를 그저 흘려보내고 있었다.

그러던 중 테릴 리한이 나타났다. 막 시작될 무렵, 제 손으로 끊어 내 버렸던 세시오의 첫사랑이.

"단도직입적으로 말해, 저는 당신을 제 복수에 이용하고 싶습니다."

제론 데이브릭에게 복수심을 불태우며.

그렇게 말해도 이전의 감정에 휩쓸린 건 아니었다. 어차피 한때의 충동이었고, 3년이란 시간이 지나 그조차 무뎌진 뒤니까. 다만 꺼져 버린 재만 들여다보다가, 활활 타오르는 분노를 보니 신선했다.

그래서 세시오는 테릴에게 손을 잡자 제의했다. 리한의 뒤에 숨어 허수아비처럼 가문을 거머쥘 수 있다는 정치적 이득도 있었지만, 그보다는 그저 흥미가 동해서였다.

데이브릭 후작이 되는 건 원래부터 예정에 있는 일이었으나, 카트리에가 죽은 후에는 그쪽에도 영 마음이 가지 않았으니까. 세시오는 테릴 리한의 복수라도 옆에서 들여다보고 싶었다.

그것뿐인 줄 알았다.

3장

소소한 기적

오늘은 할 일이 많다. 세시오에게 약혼 프러포즈를 하고, 브루넬 멀든에게 데이브릭의 사정을 캐묻고, 앞으로의 일을 정리해야 했으니까.

그러나 일어나, 내가 제일 먼저 한 건 누군가를 맞이하는 일이었다. 응접실로 들어서자 날 기다리던 사람이 바로 보였다. 짙은 남빛 머리칼. 겨울 하늘처럼 시린 눈동자를 가진 중년. 얼굴은 잘생겼으나, 성격은 더러운…….

"안 본 새, 의자에 앉지 못하는 병이라도 걸렸나?"

자리에 앉으란 말을 참 곱게도 하시는군.

저택에 온 사람은 아버지였다. 라셰드 울프스베인 리한, 화이트폴의 주인, 북부의 공작. 그런 거창한 수식어의 주인공.

"늦으신다면서요."

나는 부루퉁하게 말하며, 그의 맞은편에 앉았다.

어머니가 습격을 당해, 늦어질 거란 서신을 바로 어제 받았다. 그런데 이 무슨 재미도 없고 의미도 모를 깜짝 방문이란 말인가. 그 곁에 있어 주시지는 못

할망정.

"표정만 봐도 무슨 생각인지 훤히 보이는군. 이즈도 같이 왔어."

"정말요?"

"그래, 대신전은 수도에 있으니까. 그 이야기는 천천히 하고."

아버지가 어머니 일을 미루다니, 대체 무슨 일이지. 보통 진지한 이야기가 아닌 모양이었다.

"이제는 숨길 일도 아니지. 북부에서 반역을 일으키려는 무리가 있었다."

"네?"

"정확히는 북부에서 반역이 일도록 충동질한 세력이라고 해야겠지만."

몹시도 걱정되는 소식이었다. 아버지가 아니라, 반란을 일으키려던 쪽이.

북부에서 아버지는, 과장하면 신처럼 떠받들어지는 인물이었다. 반란 같은 게 가능할 리가 없다.

"그것만 정리하고 올 생각이었는데, 분탕을 크게도 쳐 놨더군. 20년도 전부터 수작질을 시작했으니."

"그렇게 오래요? 어머니가 북부를 떠나셨을 때잖아요."

"내가 정신이 나가 있던 걸 보고 적기라고 생각한 거지."

"……역시."

"얼빠진 놈 빼고는 몇 넘어가지도 않았어. 그래서 주동자도 방법을 바꿨더군."

"어제 있던 일이군요."

"그래, 얼마 안 되는 세력으로 반란을 일으키는 척하고, 내가 자리를 비운 새 이즈를 납치하려던 거야. 그게 다는 아니지만."

"반란에 가담한 쪽은 어떻게 됐어요?"

"어떻게 됐을 것 같은데."

아버지가 씨익 웃었다. 특유의 그 무시무시한 미소였다. 나는 그걸 보고 언제나처럼, 제발 안 웃으시면 좋겠다고 생각했다.

"사람, 너무 험하게 죽이지 마세요. 나중에 만날 텐데 무슨 얼굴로 보려고요."

"뭔 헛소리냐, 그건."

"아버지 분명 지옥에 가실 거잖아요, 죽어서는 그 사람들이 선배일 텐데, 미리 신경 쓰셔야죠."

"수도에 보내 놨더니 터무니없는 말장난만 늘었구나. 지옥에 가서도 리한은 리한이야."

도대체 어떤 유년을 보냈기에, 이토록 리한에 자부심이 있는 걸까. 표정이 절로 떨떠름해졌지만, 따져 봐야 의미 없는 일이라 대충 고개를 끄덕였다.

"어머니는 괜찮으신 거죠?"

"괜찮지 않았지만, 이제는 괜찮아."

"……말솜씨가 대단하시네요. 됐어요, 아버지가 여기 계신 걸 보면 괜찮으신 거겠죠."

"그래, 말 나온 김에. 헛소리뿐만이 아니라 헛짓거리도 늘었더구나, 딸아."

"또 뭐가 불만이신데요."

"뭐가 불만이냐고?"

한쪽 눈썹을 찡그린 아버지가 다리를 꼬더니 팔짱까지 끼었다.

내가 뭐 죄지었나. 나도 따라 꼬았다.

"적당히 얼굴만 비추라고 내려보냈더니, 대뜸 이상한 놈이랑 약혼하겠다고 하지 않나. 누린내 나는 짐승을 때려잡고, 그걸 이상한 놈한테 바치지 않나. 약혼을 물렀다가, 오늘은 다시 그 이상한 놈한테 프러포즈를 하러 간다고 하던데."

"뭘 그렇게 길게 말씀하세요. 그냥, 제 약혼이 불만이라고 하시지."

"그래, 말 잘했다, 테릴. 고르고 고른 놈이 데이브릭이라니, 대체 무슨 생각이냐."

눈에서 불이 난다고 해도 이상치 않을 정도로, 아버지의 눈빛이 이글거렸다. 내 배우자면 리한의 일원이 되는 셈이라 그런지, 약혼 문제에 지나치게 관심이 많아 보이셨다.

"생각이 바뀐 건 어제라 미처 말씀드리지 못했네요. 그런데 첫 번째 서신에서, 제가 가짜 약혼이란 말을 빼먹었나요?"

"그딴 건 상관없어. 그래서 정말 서시온지 사시온지 하는 놈이랑 약혼을 하겠다고?"

"세시오예요."

"벌써 이름을 불러?"

"정정한 것뿐이잖아요. 결론만 말씀드리면, 결혼은 안 할 거니까 신경 쓰지 마세요."

"뭐? 그놈이 그러자고 해?"

"그렇다기보다는 쌍방 거래의 의미로—."

"결혼할 생각도 없으면서, 감히 너와 약혼을 하겠다고 했다고?"

"아, 말 좀 끝까지 들으세요!"

이러다가는 내내 휘말리기만 할 것 같아 소리치자, 아버지의 얼굴이 충격으로 물들었다. 정말 어울리지 않았다.

"남자 때문에 벌써 반항기가……."

"오고도 지났을 나이거든요."

"안 된다. 겨우 그런 놈팡이는 리한의 배우자가 될 자격이 없어."

"아니라고 몇 번 말해야 알아들으실지 좀 궁금해지는데, 그 자격은 뭔데요."

"외모, 지식, 가문, 무력. 일단 기본 조건은 그 정도."

"……어머니께 일러도 되죠?"

"방금 말한 건 네 신랑감에 한정된 조건이야."

"아니란 거 아는데 그렇게 말씀하시니까 팔불출 같아요, 아버지."

"……."

"됐어요, 그런 조건을 다 챙길 바에는 차라리 혼자 살고 말지."

"……그러냐."

리한의 핏줄을 끊어 놓으려고 그러냐, 하며 비아냥거릴 줄 알았는데 아버지는 묘하게 만족스러워 보였다. 도대체 우리 아버진 뭐가 문젤까.

"네가 그렇다면, 할 수 없지."

"이제 할 말 다 하셨죠? 그럼 제가 이야기할게요."

이대로 가다간 대화가 끝나지 않을 것 같아서, 하는 수 없이 나는 먼저 보고하기로 했다. 시간 여유가 아예 없지는 않았으니까. 세시오의 신분, 언령, 천리안, 사냥대회에서 있었던 일과 그와 한 거래까지, 그간의 사정을 전부 이야기했다. 어차피 리한 공작에게 보고해야 할 건이었다.

전말을 듣고, 아버지는 잠시 생각에 잠겼다.

"그 대가로 겨우 후작위를 넘겨 달라고 했다고? 믿기지 않게 조촐하군."

"그래서 약혼까지예요. 배우자를 구하더라도, 북부에 데려올 수 없는 사람은 저도 싫은걸요."

말하다 보니, 파혼 조항을 계약서에 넣지 않은 것이 떠올랐지만 걱정이 들진 않았다. 괜찮겠지. 세시오도 나와 결혼할 마음은 없을 것이다. 설사 리한을 이용할 욕심을 품는다고 해도, 파혼을 선언해 버리면 그만이었다.

"그래, 3그램 정도는 믿어 주지."

"정말 엄청난 신뢰네요. 감동해서 눈물이 날 것 같아요."

"그러면 그놈이 후작저에서 지내는 건 위험하겠군."

“그래서 오늘 가면, 호위를 좀 붙여 두려고요. 약혼 직전이면, 어느 정도 명분이—.”

“그럴 것 없다.”

“네?”

내 말을 끊어 내는 목소리가 어쩐지 불길하게 들렸다.

“훨씬 간단한 방법이 있으니까.”

그렇게 말하면서, 미소 짓는 얼굴은 정말 지옥을 형상화한 것처럼 불길했다.

아버지와의 대화를 겨우겨우 마치고, 나는 마차에 올랐다. 반지는 전에 약혼 계획을 구상했을 때 이미 마련해서, 더 이상 준비할 건 없었다.

데이브릭으로 향하던 중 문득 떠오르는 것이 있어, 나는 마차를 멈춰 세웠다.

“그리넬 경, 물은 있을 테고 혹시 가지고 있는 병 있나? 유리병 같은.”

“있습니다, 소공작님.”

그녀는 주저 없이 품에서 어떤 병을 꺼내더니 마개를 열고 내용물을 땅에 버렸다. 액체가 닿은 부분에서 정체 모를 연기가 피어났다.

“……뭘 가지고 다니는 거야.”

“삼키면 위가 녹아내리는 독액입니다. 위 말고 다른 부위에는 반응하지 않는 데다가, 후에 흔적도 남지 않아 유용합니다.”

대체 어디에 유용한 건데. 나는 떨떠름한 물음을 삼키고 그리넬 경으로부터 병을 넘겨받았다. 혹시 싶어, 병에 남은 액체를 손등에 흘려 보기도 했다.

“피부에는 정말 괜찮네.”

“물도 바로 가져오겠습니다. 그런데, 병은 어디에 쓸 생각이십니까?”

"뭐, 즉흥적인 발상이긴 한데."

검지만 한 병을 빙글 돌리며, 나는 웃었다.

"기적을 일으켜 보려고."

후작저의 응접실, 내가 만나겠다고 한 건 세시오 하나인데 나를 기다리는 사람은 한 명이 아니었다.

명백히 나를 경계하고 있는 데이브럭 후작, 내 신분이 바뀌고는 처음 보는 후작부인. 두 사람을 지나야, 세시오가 보였다. 의견을 못 내게 하려는지, 옹졸하게도 그의 앞에는 수첩도 만년필도 없었다. 그리고 제몬은 이번에도 보이지 않았다. 귀찮아질 일은 덜었군.

먼저 말문을 연 사람은 후작이었다.

"그래, 세시오를 만나러 왔다고."

"네. 각하와 후작부인께서도 덩달아 계셔서 당황했지만요."

"나, 나나난 각하가 함께 나오자고 해서 왔을 뿐이에요. 네, 그럼요."

"부인, 묻지 않은 이야기는 할 필요가 없습니다."

"아, 네! 네, 그랬죠, 네."

후작의 말에 후작부인이 눈치를 살피며 입을 다물었다. 전이었다면 내 머리채를 쥐어 잡아 흔들고 찻물을 뿌렸을 사람이 저토록 얌전하니, 마치 다른 사람 같았다.

조금 오래간만에, 나는 윈터글라스와 리한의 차이를 실감했다. 좋은 기분이 들지는 않아, 나는 그쪽은 가급적 쳐다보지 않았다.

"실례를 저질렀다는 자각은 있네. 알면서도 할 말이 있어 왔으니 양해를 부탁하지."

"하시려는 말씀이 무엇입니까."

"더는 세시오를 찾아오지 말게."

"예?"

"처음에는 자네의 호의가 달가웠어. 이 아이는 처지가 이렇다 보니, 말을 섞는 사람이 많지 않았으니까. 하지만 너무 과한 주목은 외려 부담이 될 수도 있겠더군."

후작은 정말로 제 자식이 안타까워 죽겠다는 듯, 가식적인 표정을 지었다.

"어려서부터 세시오에게 남들의 눈과 입은 독이었다네. 사람은 저와 다른 건 뭐든 공격하고 보지 않는가."

"……."

"리한 소공작이 갑자기 나타나 이 아이에게 친근하게 구는 게, 남들 눈에 좋아 보일 리가 없지."

부모의 지위를 권력 삼아 나를 쫓아내겠다는 말인가. 세시오가 어린애도 아니고, 다 큰 성인인데? 더군다나 어제까지만 해도 그를 죽이려고 한 사람이?

처음에는 어이가 없어 듣고만 있었으나, 나중에는 세시오를 쳐다보게 됐다. 그도 황당한 표정일 줄 알았는데, 여태 쌓아 온 연기력 덕인지 그의 얼굴은 가련할 뿐이었다. 보기 싫은 건 마찬가지군.

"내 말, 무슨 뜻인지 알겠나."

"의미는 알겠는데, 후작님께서 하실 말씀은 아니라고 생각합니다."

"……무어라?"

"데이브릭 영식이 말을 못 하는 거지, 의견이 없는 건 아니잖습니까. 그리고."

나는 일부러, 차 한 모금을 넘기며 시간을 끌다가 답했다.

"이미 당사자에게, 약혼 승낙은 받았습니다."

"약, 약혼이라고? 그게 무슨 말도 안 되는 이야긴가! 나는 전혀 듣지 못했네!"

"지금 들으셨지요. 당사자 간 마음이 오가고, 부모님께 말씀드리는 게 뭐 이상한 일이라고요."

"그게 사실이냐, 세시오!"

후작이 그를 향해 소리쳤다. 세시오는 씁쓸한 표정으로 느리게 고개를 끄덕였다. 저 꼴을 계속 보고 싶지도 않아, 나는 재빠르게 본론을 꺼냈다.

"오늘 온 건 형식적인 프러포즈를 위해서입니다. 겸사겸사 염려하시는 구설을 덜어드릴 준비도 해 왔고요."

"말도 안 되는 소리 말게. 자네와 세시오가 약혼하는데 어찌 구설이 줄어든다는 말이야!"

"제가 오늘 기적을 행사하러 왔거든요."

뜬금없는 단어에 당황하여, 후작이 눈을 끔벅였다. 나는 품에 넣어 둔 병을 꺼내 테이블에 올렸다.

"기적?"

"이 병에 담긴 게, 뭔지 아십니까."

"……그냥 물처럼 보이네만."

안목이 좋군. 물론 들어 있는 건 그냥 맹물이 맞지만, 나는 그게 아니란 듯 한숨을 내쉬었다.

"그렇게 보인다니 유감이군요. 이건 에아네브렐리아의 눈물입니다."

"에아…… 뭐?"

"수도에서는 낯선 이름이겠지요. 알고 있습니다. 에아네브……. 줄여서 이렇게 부릅니다. 아무튼, 에아네브는 북부의 성인입니다."

내가 지어내고도 이름을 잊었지만, 다행히 그 점을 지적받지는 않았다.

"일생토록 신을 연구한 학자였지요. 그자가 평생에 걸쳐 낸 결과물이 이 눈물입니다."

"그래, 그 병에 대단한 게 들었다는 건 잘 알겠네. 내 말은, 그걸 가져온 목적이 뭐냔 말일세."

"방금 아셨겠지만, 세시오 공자와 저는 마음을 나눈 지 제법 되었습니다. 어릴 때부터 걷지 못했다는 이야기를 들으니, 마음이 아팠지요."

눈물을 닦는 시늉을 하자, 후작의 얼굴이 일그러졌다. 방금, 본인이 한 일과 뭐가 다르다고 반응 참 너무하네.

"고칠 방법이 있다면 찾고 싶었습니다. 그리고 운이 좋게도 찾아냈지요. 역시 사랑은 모든 걸 가능케 하네요."

"……뭐."

"에아네브의 눈물이요, 이걸로 데이브릭 영식의 다리를 고칠 수 있을 겁니다."

"그런 말도 안 되는……."

"그러니까 말하지 않았습니까."

말하면서도, 스스로가 사기꾼 같다는 생각이 들었다.

하지만 사기꾼이든 강도든 무슨 상관일까. 내가 물을 붓든, 성인의 눈물을 붓든 결과적으로 세시오 데이브릭은 걷게 될 텐데.

나는 보란 듯 병을 빙글 돌리고는, 손가락으로 마개를 밀어 열었다.

"기적을 행사하러 왔다고."

맹물이 들어 있던 병은 이젠 비었고, 그의 발목은 물에 젖었다.

이런 일을 하게 될 줄 알았더라면, 길거리에서 벌어지는 사기 행각을 좀 더 유심히 지켜봤을 텐데. 아쉽게도 나는 경험이 적은 터라, 물을 뿌리는 행위는 별로 그럴싸하지 못했다.

효과는 좀 천천히 나타난다고 거짓말하고 나는 날 미치광이처럼 보는 후작 부부를 내보냈다. 응접실의 문이 닫히자, 마나를 내둘러 소리가 새어 나가지 않게 싸맸다. 어쩐지 검을 휘두르는 것보다, 이 짓을 더 자주 한다는 자괴감이 들었지만.

"이제 아무도 엿듣지 못하니까, 입 좀 열지 그래."

내가 먼저 말문을 텄으나, 그는 답하지 않았다.

"어차피 당신 의사로 걷지 않겠다고 한 것도 아니라며. 이제 좀 걷고 살아, 안고 다니기도 귀찮으니까."

창피해하던 이야기를 꺼내도 마찬가지였다. 그제야, 너무 상의도 없이 일을 벌였나 하는 생각이 들었지만.

"냉정하게 말해서, 후작이 되려면 핸디캡은 적은 게 나아."

후작위를 넘겨주는 것과 세시오가 가문을 장악하는 건 다른 문제였으니까.

"정말 못 걷는 것도 아니니, 굳이 돌아갈 필요는 없잖아."

"……."

"혹시 아직 못 걷는다는 설정이 필요한 상황이면, 효과가 없었다고 해. 효과가 천천히 돈다고 말한 건 이럴 때를—."

불현듯, 내 말을 자르고 웃음이 터져 나왔다. 손등으로 입을 틀어막고 끅끅거리며 웃는 이, 당연히 세시오 데이브릭이다. 이놈은 왜 볼 때마다 웃는 거지.

"왜 웃어."

당황하며 묻자, 웃음은 더 시원해졌다. 이제는 참을 생각도 없다는 듯이, 그는 어깨를 떨며 웃었다.

"진짜, 그대는 정말 예상 못 한 방식으로 날 즐겁게 해."

"……좀 전의 일이 우스워 보였다는 건 알겠는데, 되게 늦게 웃는다. 바보 같으니 그만해."

"당황해서 웃을 생각도 못 했거든. 뒤늦게 생각해 보니, 하하."

살짝 수그러들었던 웃음이 다시 커졌다.

조금이나마 미안함을 느낀 내가 바보 같아서, 나는 팔짱을 끼고 그를 노려봤다. 언젠가 저 입을 꿰매 버려야지.

"중간에 에아네브라고 말을 흘린 건, 그대가 지어 놓고 이름을 잊어서인가?"

"있어 보이려고 적당히 지껄인 건데 어떻게 기억해. 그만 웃으라고. 내가 광댄 줄 알아?"

"아니, 좋았다는 말이야. 후작의 표정이 잊히지 않는군. 그, 미치광이를 보는 얼굴이라니."

"기적과 미친 짓은 원래 한 끗 차이지."

"같은 생각이야."

웃다 못해 눈물이 났는지, 그는 손으로 눈가를 훔쳤다. 아직도 떨리는 어깨에는 웃음기가 남아 있었다. 좋아 죽는군. 도통 진지한 분위기가 잡히지 않는다. 그래, 마음대로 웃으라지.

짜증이 나, 나는 소파에 파묻힌 채 고개를 뒤로 꺾었다. 응접실의 모습이 고스란히 눈에 들어왔다. 새삼스럽지만, 익숙한 공간이다. 얼마 전에는 달라진 사람들의 반응에만 집중하느라 느끼지 못한 감상이 들었다. 제론과 만나던 시절, 나는 데이브릭 후작저에 자주 왔고 주로 응접실에서 그를 기다렸다. 그는 데이브릭의 후계자였고 배울 것도 할 일도 많았으니까.

생각해 보면, 그와 이야기를 나눈 시간보다도 그를 기다린 시간이 더 많았다. 그땐 그게 힘든지도 몰랐다. 그에게 버림받기 전까지는.

굳이 떠올리려 하면, 지금도 선명히 그려 낼 수 있다. 신문 1면에 적혀 있던 내용. 올 것이 왔다고 생각하면서도 헛된 희망을 놓지 못하고 제론을 찾아온 날. 결국 이별을 선고받고 그의 머리에 홍차를 붓고 나오던 때의 기분. 울지 않으려고 애썼음에도 참지 못하고, 결국 눈물을 쏟아 내던 그때의…….

지난 일을 돌이켜 보니, 눈앞에 앉은 이가 기억 속에도 등장했다. 나는 무심코 물었다.

"그때, 손수건은 왜 줬던 거야."

"손수건……? 아, 3년 전에."

"날 동정했나?"

"남을 동정할 만한 여유는 없어."

"그럼 뭔데."

"아름다워서."

굳이 아버지 흉내를 낼 생각은 없었는데, 눈썹이 절로 올라갔다.

"수작 부리는 게 익숙하네."

"그런 목적으로 쓰기엔 너무 낡은 어휘지. 사감은 없어. 미술품이나 자연 광경을 보며 감탄하는 것과 비슷했으니."

"아, 뭐, 그래."

타박을 주려다 돌아온 답이 당혹스럽다. 무어라 말해야 할지 몰라 입을 달싹이다가, 나는 그냥 어깨만 으쓱이고 말았다. 잠시, 우리 사이에는 아무런 말도 흐르지 않았다. 그 적막이 어색했지만, 이상하게도 기분이 나쁘진 않았다.

"당신이 아는지 모르겠는데, 나 말이야, 한때 신데렐라 소리를 달고 살았거든."

"신문에서 매일같이 떠들어댔었지."

"그래, 당신 동생이랑 내 처지가 너무 차이 난다고 여기나 저기나 시끄러웠지."

이따금 그 말에 혹하면서도, 그리 좋아하는 단어는 아니었다. 내 상황을 너무 부각하는 말이었으니까.

"그래서 말이야, 지금. 기분이 썩 나쁘지가 않아."

나는 웃으며 자리에서 일어났다.

"호박 마차는 아니라도 남부러울 것 없는 마차에, 유리 구두는 아니라도 사람을 걷게 만드는 기적의 물약……."

세시오에게 다가가며, 나는 준비해 온 물건을 꺼냈다. 황금빛 다이아몬드가 박힌 반지였다.

"제왕의 눈물이라는 반지까지 준비해 왔거든. 이쯤 되면, 이번에는 내가 왕자 역 아닌가."

"혹시나 해서 묻는데, 제왕의 이름이 에아네브렐리아는 아니겠지."

"……진품이니 안심해."

나도 한 번 내뱉고 잊어버렸는데, 저걸 어떻게 기억하는 건지.

"농담이야. 나도 그 보석의 이름은 들어 봤으니. 오히려, 형식적인 약혼에 거창한 걸 가져와서 놀랐지. 리한의 위상 때문인가?"

"별 의미 없는데. 그냥 그리넬 경이 후보로 가져온 것 중에 제일 예뻤어."

"다이아몬드를 좋아하나?"

"미안한데, 보석 보는 눈은 없어서. 비싸다는 인식밖에 없어."

호불호가 갈리려고 해도, 뭘 알아야 가능한 이야기다.

세시오에게 반지를 건네자, 그는 그걸 받는 대신 손을 내밀었다. 상황 설정에 참 충실한 남자다. 굳이 어울려 주지 않을 이유도 없어서, 나는 그의 약지에 반지를 끼웠다. 길고 우아하게 뻗은 손가락에 화려한 반지가 퍽 어울렸다.

"물어보는 게 늦은 것 같지만, 그대의 나이가 스물이 넘었던 것 같은데."

"스물셋."

"약혼자가 있었어도 이상치 않을 나이군."

"없어. 아버지를 찾은 게 늦어서. 그게 아니라도 마찬가지였겠지만."

"그건 왜지."

"아버지 인생이 그놈의 혼담 때문에 꼬였거든. 자세히 말해 줄 얘기는 못 돼."

가문에서 밀어붙인 약혼 때문에 어머니가 도망쳐 버렸으니, 혼담에 감정이 좋으실 순 없겠지. 뭐, 단순히 나를 교육하느라 바빠서 생각 못 하신 걸 수도 있다.

"아무튼, 바람피우는 거 아니니까 신경 쓰지 마."

세시오에게 반지를 끼워 주느라 구부렸던 허리를 펴고, 나는 몸을 반듯이 세웠다. 그러고는 사내에게 손을 내밀었다.

"이제 좀 결정해 주지 그래. 당신 다리로 일어날 거야, 아니면 남의 팔에 안겨 다닐 거야."

당일만 하더라도 목이 빨개질 정도로 창피해했으면서, 이제는 감흥도 없나 보다. 세시오는 조금도 부끄러워하지 않았다. 다만 속내를 알 수 없는 눈으로, 나를 빤히 쳐다볼 뿐이다.

순도 높은 황금처럼 찬란한 눈동자. 그 색이 일렁인다는 착각이 들 때쯤, 그는 내 손을 잡았다. 그리고 세시오는 일어났다.

"그대가 선물해 준 다리는 고맙게 받지. 나도 더는 어린아이처럼 안겨 다니기는 싫어서."

새삼스러울 것도 없었으나, 무릎을 펴고 일어선 사내는 컸다. 나도 키가 작은 편이 아닌데, 나보다 20센티미터 정도는 더 크니 어쩌면 190이 넘을지도 모르겠다. 눈높이는 확연히 달라졌고, 등의 빛을 고스란히 삼키던 눈동자도 속눈썹 때문에 그늘이 졌다. 그래서인지, 마주친 눈빛이 좀 묘하게 보였다.

"혹시 해서 묻는 건데, 북부에서도 그렇게 사내들을 들어 올리고 다녔나."

"약혼을 약속하자마자 난봉꾼 취급이라니, 의심 많은 약혼자네. 걱정 마. 내 품에 안겨 본 건 당신뿐이야."

무감한 투로 답하자 뭐가 우스운지, 세시오가 입꼬리를 말아 올렸다. 사기 건 이후로 내 농담이 좋아진 모양이지.

세시오도 일어났으니 그를 일으킨 손을 놓으려고 했으나, 내가 붙든 사내의 손은 오히려 내 손가락을 얽어 왔다. 반지를 끼울 때는 몰랐으나, 생각보다 마디가 도드라진 손이 내 손을 움켰다. 이것 봐라.

당장 놓으란 뜻을 담아 그의 눈을 올려 봤으나, 세시오의 손은 오히려 더 단단히 날 붙들었다.

"한 곡 추겠나."

"……뭘? 춤을? 여기서?"

"무도회장에서는 한 번도 춰 본 적이 없어서."

웬 정신 나간 소리야. 어이가 없어 눈을 깜박이자, 그의 눈이 퍽 사근사근하게 휘어졌다.

"한 번쯤 해 보고 싶었거든. 그대는 별로, 남 눈치를 보는 성격도 아니잖아."

"눈치고 뭐고를 떠나서, 널린 게 무도회인데 굳이 여기서?"

"곤란한가."

"……솔직히 정말 이해가 안 되지만."

맥락도 없고 의미도 모를 행동이다. 술에 취한 것 같지는 않은데도 괜히 코를 움직여 볼 만큼.

하지만 그 괴상한 제의를 하는 세시오가 이상하리만치 기분이 좋아 보여서, 굳이 그 감정을 해치고 싶진 않았다.

"그래, 한번 춰 줄게."

아무렴, 오늘은 이상한 짓을 하는 날인가 보지.

연주도 없이 춤을 추는 게 어색할 줄 알았는데, 그 부분은 세시오의 언령으로 해결됐다. 말하기만 하면 전부 이루어지는 마법이라니, 그 비현실성을 이렇게도 체감하게 될 줄이야.

춤곡을 배경 삼아, 서로에게 인사하며 춤이 시작됐다. 나도 경험이 많지는 않았다. 북부로 가서는 사교계 예절을 배울 때뿐이었고, 수도에서도 제몬과 몇 번 춰 봤을 뿐이다.

따지고 보면 몇 년 만의 일이다. 자신 없다는 말은 아니었으나, 낯설었다. 허리를 감싼 팔도 급격히 가까워진 거리도. 수련을 통해 기민해진 감각 때문에 상대의 존재감이 몹시도 선명했다. 그의 목소리도 한층 낮게 울렸다.

"이상한 기분이야."

"……응접실에서 대뜸 춤을 추면, 누구라도 그럴 거야."

"밖에서 춤을 춰 본 적은 없어서, 장소의 특별함 같은 건 모르겠는걸."

"그런 것 치고는 능숙한데."

"보기는 많이 봤으니까. 몸 쓰는 건 나쁘지 않게 하거든. 리한 앞에서 할 소리는 아닌가."

"자꾸 리한, 리한거리는데 내 이름을 리한 소공작으로 아는 건 아니겠지."

"실례했군, 테릴."

한 발자국 뒤로 물러났다가, 그가 내 팔을 당겼다. 코끝을 스치는 체향에 나는 잠시 숨을 멈췄다. 풋내기는 저쪽인데, 내가 더 어설프게 굴고 있군.

"……이름으로 부르란 말은 아니었는데."

"이제 서로를 이름으로 불러야 하는 사이잖아."

"당신이 밖에서 내 이름을 어떻게 불러. 잃어버린 혀나 찾아온 다음 말씀하시죠, 데이브릭 공자."

이번에는 딱히 농담도 아니었는데, 세시오가 웃었다. 얼굴 근육이 참 느슨한 사내다. 그렇게 생각하면서, 내 입가에도 같은 표정이 걸렸다.

"12시가 되면 난 어떻게 되는 거지."

"마법이 풀리고 남남이 되겠지. 나는 유리 구두 들고 발에 맞춰 보려 돌아다닐 생각은 없거든."

"잔인한 왕자로군."

참 희한한 상황이다. 전 애인의 응접실에서 춤을 추고 있다. 그리 가깝지도 않은 수상쩍은 사내와 언령으로 만들어 낸 연주를 들으며. 어지간한 희극에서도 나오지 않을 장면이다.

그러나 한때, 이 응접실을 너무 자주 드나든 탓에 나는 익숙함마저 느끼고 있었다. 이 상황과 내 기분이 너무 이상해서, 혹은 세시오에게 전염이라도 되어서. 자꾸 실소가 났다.

"그렇다면, 신데렐라보다는 인어공주 쪽이 어울리지 않나."

"물거품이 되어 사라져 줄 생각이구나. 깔끔하네, 좋다."

"그대는 왕자보다는 마녀 역이 잘 어울리고."

"나도 그쪽이 더 취향이긴 해. 다리는 얻어다 줬으니, 말문은 알아서 열어."

"목소리와 다리 중 하나는 포기해야지. 지금은 이걸로 충분해."

"물거품이 되기 좋은 성격이네."

그 말을 끝으로 연주가 끝났다. 아무래도 세시오가 언령으로 불러낸 악단은 일회용인 모양이었다. 우리는 다시 인사를 하고, 춤을 끝냈다. 해괴한 짓이라고 생각했는데, 마치고 나니 기분이 썩 괜찮았다.

"자, 그럼 이제 무대에 오를 시간인가."

"처음 걷는 척하려면, 어떻게 해야 할지 모르겠군."

"그냥 자연스럽게 걸어. 못 걷는 척하지 말라니까, 처음 걷는 척할 궁리 하고 있어. 그럼 그다음은 뭔데."

두 번째로 걷는 척? 세 번째로 걷는 척? 손가락을 하나씩 펴며 말하자, 세시오는 잠시 나를 보다가 웃었다.

"그래, 내가 틀렸어. 진짜를 보여 주는 데 익숙지 않아서."

"걱정하지 마, 금방 익숙해질 거야. 당신 뻔뻔하니까."

"……."

그의 표정이 이상해진 걸 무시하고 나는 흐트러진 매무새를 정리했다. 이제 나를 미치광이처럼 보던 후작 부부에게 기적의 결과를 보여 줄 때다.

에아네브의 침인지 눈물인지, 100병을 부어 봐야 아무 일도 없을 거라고 확신하던 그 표정들이 눈에 선했다. 있을 수 없는 일이 일어난 걸 봤을 때 그들이 어떤 표정을 지을지, 철없게 가슴이 두근거렸다. 두 발로 걷는 세시오를 사람들 앞에 당당히 보여 주고, 그러고 나면……. 음. 그러고 보니 아직 말 안 했구나.

세시오에게 해야 할 말 중 하나를 빼먹었다는 사실을 깨닫자 갑자기 난감해졌다. 그렇다고 생략할 수도 없는 말이었다. 말하지 않으면 영락없는 납치가 될 테니까.

내 표정이 이상해진 걸 봤는지, 세시오가 내 이름을 불러왔다. 그래서 나는 하는 수 없이 입을 뗐다.

"그리고 말이야, 세시오. 깜짝 파티가 끝나고 나면 말이지."

"해야 할 일이 남았나."

"리한 저택으로 가야 해."

대뜸 나온 결론에, 세시오가 고개를 기울였다. 왜냐고 묻는 표정이다.

"부모님이 수도로 내려오셨어. 당신과 계약 약혼 이야기를 하고 나니, 그러니까, 당신을 꼭 봐야겠다고."

잠깐이라도 입을 닫으면 영원히 혀가 굳을 것 같아서, 나는 재빠르게 말을 이었다.

"어차피 계속 여기 있으면 생명의 위협이나 받겠지. 죽지 않을 자신이 있어도 노려지는 게 좋진 않을 테고. 차라리 수도에 있는 내 저택에서 거주하는 게……."

그러나 말소리는 점점 작아지더니 기어이는 멈추고 말았다. 엄밀히 말하면 아직 제대로 약혼한 것도 아니고, 약혼을 약속한 것에 불과했다. 내 집에서 지내라는 말이 당당할 리 없다. 그건 권력 차이가 분명한 혼담에서, 상대를 찍어 누를 때나 하는 행위였다. 그럴싸한 이유가 없는 건 아니었지만, 일방적으로 결정할 일은 결코 아니었다.

나는 한숨을 내쉬며 말을 물렸다.

"아니야, 실례였어. 그냥 잠깐 아버지께 얼굴만 비춰 줘도 괜찮아. 약혼하기 전에 한 번은 봬야 할 테니까."

데이브릭보다는 공작저가 안전하지 않겠냐는 아버지의 말에, 잠깐 넘어간 내가 바보다. 살아남을 자신이 있다고 말했고, 여태까지도 목숨을 부지하고 있으니 당분간도 괜찮을 것이다. 설사 그러지 못해서 세시오가 죽는다고 해도 내가 손해 볼 일은 아니니까. 당황했는지 침묵하던 세시오가 입을 열었다.

그때, 갑자기 기척 하나가 쑥 다가왔다. 알아차린 순간, 벌컥 문이 열렸다. 헝클어진 머리칼, 달려온 건지 거칠어진 숨소리의.

"말도 안 돼."

"……후작부인."

제몬과 같은 푸른색 눈동자는 거세게 흔들리고, 그 격랑에는 두 다리로 선 세시오 데이브릭이 잠겨 있었다.

"혹시나 해서 와 봤는데 어떻게……. 눈물? 비약? 말도 안 돼, 말도 안 된다고!"

후작부인이 비명처럼 외쳤다. 몇 번 본 적 있는 모습이다.

조금 전 그녀는 위축된 것처럼 조용했다. 그래서 권력 앞에 행동을 달리하는 사람인 줄 알았는데 지금 행동을 보니 그건 아닌 듯했다. 그러나 그게 반가울 상황은 아니었다. 어쩐다. 저럴 때의 후작부인은 제몬이 와서 달래기 전까지는 진정되지 않는데. 일단 사람을 불러야 할 것 같아서, 나는 사용인을 부르는 종을 울렸다.

그녀는 성큼성큼 다가와 우악스럽게 세시오의 팔을 붙들고 흔들었다. 익숙한 일인지 그는 동요하지 않았으나 몸이 흔들리면서도 세시오는 우뚝 선 채였다.

"어, 떻게 서 있는 거야. 응? 못 걷는 걸 확인했어. 내 두 눈으로 똑똑히. 창문으로 떠밀어 보기까지 했는데."

"잠시, 진정—."

세시오에서 후작부인을 떼어 내려다가, 나는 멈칫했다. 방금 뭐라고?

"말이 안 되잖아. 그깟, 이름도 들어 보지 못한 그깟 거 때문에 갑자기 걸을 수 있게 됐다고?"

"창문에서 떠밀었다는 게 무슨 말입니까, 후작부인."

"테릴!"

다소 강압적으로 부인을 떼어 내자, 그제야 알아차렸다는 듯 후작부인이 내 이름을 불러왔다. 그러나 그것이 진정됐다는 의미는 아닌지, 그녀의 눈동자에는 흡사 광기와도 같은 빛이 번들거렸다. 이번에 후작부인은 내 양팔을 우악스레 움켜잡았다.

"왜 이러는 거니, 너는 제몬을 사랑했잖아, 사랑하잖아. 왜 그 아이에게 해가 될 일을 하는 거야? 왜 이 애를 걷게 한 거야, 왜!"

"그걸 말이라고."

"네가 어떻게 이럴 수 있냐고 묻잖니, 내가!"

분을 이기지 못한 듯, 악에 받쳐 외치고는 후작부인이 테이블에 놓인 것들을 다 쓸어 내렸다. 찻잔, 접시, 꽃병과 다과. 모든 것이 날카로운 소리를 내며 깨지고 뒤섞였다. 그걸로도 성에 차지 않았는지, 부인은 피가 나도록 입술을 짓씹으며 머리칼을 헝클어뜨렸다. 어린아이처럼 손끝을 물어뜯으며, 불안해 혼잣말을 중얼거리기도 했다.

"이러면 안 돼. 이러면 어머니께서 또……. 제몬의 자리가, 어떻게 이런 일이. 아, 아아. 그래, 그럼 되겠다."

불현듯, 후작부인의 얼굴이 밝아졌다. 그녀는 허리를 구부리고 깨진 찻잔 조각 하나를 주워 들었다. 그러느라 손도 피투성이가 되었지만, 고통은 조금도 느껴지지 않는 모양이었다. 그때까지도 저택의 사용인은 들어오지 않아서, 말리려면 직접 해야 했다. 내버려 뒀다간 손에 파편이 박힐 테니까. 나는 하는 수 없이 강제로라도 그녀를 진정시키려 했다.

그러나 그 순간.

"너는, 너는 걸으면 안 되는 아이잖니, 세시오. 내가 다시 원래대로 돌려놔 줄게. 원래대로, 그래야 마땅하게—."

날카로운 조각을 움켜쥔 후작부인이 손을 높이 쳐들었다. 그러고는 곧바로 세시오의 허벅지를 내려찍으려 해서, 나는 다급히 그 손목을 붙들었다.

"이익, 이거 놔! 이거 놓으라고! 지금! 모든 일을 바로잡아야 한단 말이야!"

"놓아야 할 건 부인이죠."

순간적으로 짜증이 치밀어, 나는 부인의 손을 뿌리쳤다. 후작부인이 날카로운 비명을 지르며 손을 펴자, 붉어진 파편이 어딘가로 튕겨 나갔다. 그녀는 다른 파편을 주우려는 것처럼 바닥으로 손을 뻗었지만, 그 손에 또 다른 무기가 들리기 전에 나는 남은 조각을 모두 짓밟아 버렸다. 핏발이 선 눈이 나를 사납게 노려봤다.

"널 믿었는데. 너만은 제몬을 평생 사랑해 줄 거라 믿었는데!"

"제가 얼마나 호구로 보여서—."

"왜 제몬을 불행하게 하는 거야. 왜 날 불행하게 하는 거야, 이 나쁜!"

여전히 내 말은 듣는 시늉도 하지 않고, 후작부인이 손을 다시금 쳐들었다. 아무것도 움켜쥐지 않은 손은 곧장 내 얼굴을 향해 날아왔다.

그래, 뺨 정도는 맞아 줄 테니 맘대로 때려라. 그편이 상황을 수습하기도 좋을 것 같아, 나는 굳이 피하지 않았다.

그러나 나를 밀쳐 내고 뺨을 맞은 사람은 다른 이였다.

"……세시오."

피투성이 손으로 뺨을 때리니, 그의 얼굴에도 붉은 손자국이 났다. 입 안도 터졌는지, 입매 아래로 선혈이 흘렀다. 뺨 한 대를 맞았을 뿐인데도 처참해 보이는 몰골이었다.

그러나 그 이상으로 신경 쓰인 것은, 그의 얼굴에 서린 짙은 피로감이었다. 당혹감도 분노도 짜증도 아닌 해묵은 피로감. 몹시도 지친 표정에, 덩달아 내 마음이 무거워져서 나는 말을 잃었다.

"하, 아하하하! 그래도 네가 주제는 아는구나. 응, 그래. 세시오, 이건 네 잘못이니까. 걸을 수 있게 된 네 잘못. 내 잘못이……. 아니, 아……."

처음에는 다소 억지스럽게 웃음소리를 냈으나, 후작부인의 말소리는 빠르게 작아졌다. 무슨 심경의 변환지는 모를 일이다만, 악귀처럼 나를 노려보던 눈이 갑자기 젖어 들었다. 그러더니 곧, 그 눈에서 눈물이 쏟아지기 시작했다. 파편을 쥐고 달려들 때는 언제고, 후작부인은 세시오를 붙들고 오열했다. 중간에 내가 기절했나 싶을 정도로 맥락 없는 감정선이었으나, 세시오는 당황하지 않았다. 익숙해 보였다.

그래서 나는, 후작부인을 따라 나도 좀 울고 싶어졌다. 누구라도 와서 상황 설명을 해 주면 좋겠다는 생각이 들었다. 그러자 정말로, 닫혔던 응접실의 문이 다시금 열렸다.

"어머니!"

퍽 거친 손짓과 함께 나타난 이는 제몬 데이브릭이었다.

너보고 오란 소린 아니었어.

나는 주위를 둘러봤다. 바닥에 널브러진 파편들. 피투성이가 된 후작부인의 손과 뺨에 피를 묻힌 세시오. 오열하는 후작부인. 이것만으로 정신이 없었는데.

"이게 어떻게 된 일이에요. 어머니, 대체 무슨……."

제몬 데이브릭까지 와 버리다니. 여기서 더 개판이 될 수 있구나, 나는 해탈한 채 감탄했다.

제몬이 당황하며 걸음을 멈추었다. 걱정스레 제 어머니를 살피던 푸른 눈은 어느새 세시오 데이브릭에게 고정되었다. 그러자마자, 그의 얼굴이 무섭게 굳었다.

"……어떻게 서 있는 거야."

제몬이 다가와 세시오의 멱살을 붙들었다.

"네가 어떻게, 네 발로 서 있냐고!"

조금 놀라웠다. 다친 후작부인보다, 일어선 세시오가 더 제몬의 주의를 끌 수 있다니. 당혹감과 분노로 정신을 잃은 제몬은 제 어머니가 울고 있는 것도 잊은 듯했다. 그게 서러웠는지, 그녀는 울음소리를 키우며 제몬을 붙들었다.

"제몬, 제몬, 내 아가!"

"진정하세요, 어머니. 대체 이게 다 뭐예요."

"어쩌면 좋니, 아가, 제몬. 후작 각하께서 저걸 보시면, 우리는 어떡하면 좋아. 아가!"

"대체 무슨 일이—. 아니, 손 좀 보여 주세요. 다치셨어요?"

실핏줄이 터져 붉어진 그녀의 눈에서 눈물방울이 쉴 새 없이 떨어져 내렸다. 제몬은 어쩔 줄 몰라 하며 그 모습을 내려다보다가, 뒤늦게 피투성이가 된 부인의 손을 발견했다. 찻잔의 조각을 붙드느라 새빨개진 손. 그걸 들여다보고는 무슨 생각을 했는지, 제몬의 눈이 뒤집혔다.

"이 빌어먹을 개자식이!"

그가 재차 세시오의 멱살을 잡으려 손을 뻗었다. 무슨 일이 있었는지 파악하지도 못했으면서 대뜸 애먼 사람을 탓하려 드는 게 우습다. 나는 세시오를 대신해서 그의 손을 쳐냈다.

"후작부인 손이 그렇게 된 건 본인 탓인데, 왜 뺨까지 맞은 사람 멱살을 잡아."

"너 지금, 이 자식 편을 드는 거야?"

"그럼 내가 약혼을 약속한 사람 편을 들어야지, 네 편을 들 이유는 뭔데."

"약혼이라고? 갑자기 그게 무슨 소리야, 테릴."

"진짜 지긋지긋하다. 이름 부르지 말라고 몇 번을 말해야……. 됐다. 좋을 대로 불러. 차라리 돼지를 데려다 놓고 설교하는 게 낫겠어."

질려서 내뱉은 말에 모욕감을 느꼈는지 제몬의 얼굴이 붉으락푸르락해졌다. 다채로운 돼지다.

"약혼이 무슨 소린지나 설명해."

"너에게 그래야 할 의무는 전혀 없어. 세시오가 어떻게 걸을 수 있는지도, 네 아버지한테 직접 들어."

"뭐?"

"중요한 건 네 어머니가 내 뺨을 내리치려 했다는 거야."

"하지만 네 얼굴은—."

"무사하지. 세시오가 대신 맞아 줬거든. 그래도 후작부인이 한 짓은 사라지지 않아."

"……."

"한 번은 넘어가 줄게. 나도 부인을 떨쳐 낼 때 힘 조절을 못 했으니까. 그렇지만 단 한 번뿐이야. 네가 지금 당장 네 어머니를 모시고 사라지는 게 조건이고."

"……결국, 네가 맞은 건 아니란 소리잖아."

충분히 알아듣게 설명한 것 같았는데. 지기 싫어하는 어린아이처럼, 그의 눈이 오기로 가득 찼다. 이만하면 봐줄 만큼은 봐줬다.

"네 생각이 그렇다면 좋아, 제대로 해 보자. 정식으로 데이브릭에 항의해 줄게."

"제몬한테 왜 그러는 거야!"

"제발 울든, 화내든 하나만 해 주세요, 후작부인."

"내가 널 반대해서 그러니, 테릴? 그거라면 이제 됐어. 이제 반대하지 않으마. 넌 이제 리한 소공작이잖니? 누구보다 제몬에게 힘이 돼 줄 수 있는 아이야. 너희를 갈라놓을 이유는 없어!"

"안 그러셔도 돼요. 이젠 제가 제몬을 반대하고 있거든요."

"왜? 제몬이 싫어졌어? 어째서? 너도 제몬보다 세시오가 좋은 거야?"

"어머니!"

"이게 무슨 소란인가, 대체!"

기어이는 응접실에 후작까지 들이닥쳤다. 그러나 앞선 두 사람의 등장보다는 훨씬 반가운 출현이었다. 데이브릭 후작 역시 짜증 나기는 해도 최소한 이성적인 인간이었으니까.

후작부인이 그랬던 것처럼, 제몬이 그랬던 것처럼, 후작의 시선도 난장판이 된 응접실을 훑다가 세시오의 두 다리로 고정되었다. 그가 경악으로 눈을 치뜨는 것을 보고, 후작부인이 절망스럽게 중얼거렸다.

"……안 돼, 결국 각하가 봐 버렸어. 전부 끝났어."

그러고는 그녀의 바싹 야윈 몸이 바닥으로 풀썩 쓰러졌다. 당황한 제몬이 후작부인을 부르며 그녀의 몸을 끌어안았다. 그럼에도 후작의 시선은 제 부인에게로 돌아가지 않고, 여전히 세시오를 향한 채였다.

머리가 아파지기 시작했다. 후작저에 온 적은 몇 번 있었고 그중 난장판이 벌어진 날도 제법 되었지만 이렇게까지 엉망진창은 또 처음이었다. 긱해야 머리채를 잡히거나 뺨을 맞는 정도였는데, 오늘은…….

잠깐 있던 것만으로 지긋지긋해져서 세시오를 쳐다보자, 그가 쓰게 웃으며 입 모양을 움직였다. 미안하다는 사과였다.

갑자기 마음이 뒤틀렸다. 스스로도 원인을 명확히 말할 수 없는 분노였다.

"이게 무슨, 어떻게……. 어떻게 된 일인가, 세시오가 어찌……."

"이미 두 번 본 반응이라 지겹네요. 스스로의 놀람은 알아서 수습하시고 사과나 해 주십시오."

"그게 무슨 말인가, 사과라니?"

"후작부인께서 제 뺨을 내리치려 하셨습니다. 세시오 공자가 대신 맞아 주었지만, 폭력을 행사하시려던 건 분명합니다. 저는 후작님께 사과를 들어야겠습니다."

"어머니가 쓰러지신 와중에 그러고 싶어? 전에도 있던 일이잖아. 어머니를 이해하니 괜찮다고, 그땐 그렇게 말했잖아."

"이 정도면 이해해서 하는 말이지."

"뭐?"

"후작부인의 정신이 건강하지 않은 걸 이해하니까, 보호자한테 사과받겠다는 거잖아, 머저리야."

"테릴, 너 왜 그렇게……. 그렇게까지 사과를 들어야겠어? 이번에 뺨을 맞은 건 세시오 자식이잖아."

"언제 봐도 개소리에 재능이 많네. 네가 무릎 꿇고 엎드릴 게 아니면 입 닥치고 있어."

"테—."

"입 다물어라, 제몬. 틀린 말이 아니니까."

내 말은 귓등으로도 안 들으면서 언제나 아버지에게만큼은 순종적인 제몬은 입을 꾹 다물었다. 작위에 집착하는 제몬에게, 후작은 누구보다 잘 보여야 할 상대였으니까. 돌아가는 상황을 다 파악하지는 못했어도 어느 정도는, 그리고 내가 진심이란 건 알았는지 후작은 순순히 고개를 숙였다.

"미안하네, 리한 소공작. 다시는 그런 일이 없도록 하지."

"저 대신에 맞아 준 데이브릭 공자에게도 사과해 주십시오. 자식이라도 잘못은 잘못이잖아요."

"왜 아버지께서—."

"그 또한 옳은 말이지. 미안하구나, 세시오. 네 어미가 너무 흥분한 것 같으니 부디 이해해다오."

사과를 들었으나, 나빠진 기분은 좋아지지 않았다. 신경질적으로 머리칼을 쓸어 넘기면서, 나는 충동적으로 입을 열었다.

"마침 일가족이 다 있으니, 바로 말씀드리겠습니다. 당분간 세시오 데이브릭 영식이 리한 저택에서 지냈으면 합니다."

"……데이브릭이 자네에게 실수한 건 알지만, 그건 허락할 수 없네. 아직 약혼도 전인데 무슨 무례한 말인가. 그 말은 못들은 걸로—."

"부모님께서 와 계십니다."

후작의 말을 끊고 말하자, 그의 얼굴이 희게 질렸다. 착각이겠지만, 심장이 덜컹 흔들리는 소리를 들은 것도 같았다.

"제 약혼자를 보고 싶다고 하셔서요. 부디 양해해 주시면 좋겠습니다."

"리한 공작이 수도에……?"

"자식의 상대를 만나고 싶어 하는 건 자연스러운 일이잖습니까. 만약 이 정도도 묵인해 주지 못하시겠다면, 저도 후작부인의 행태를 말 한마디로 넘겨드리진 못할 것 같군요."

후작을 조롱하기 위해 웃으려 했는데, 입매만 비틀렸다.

"물론 제 약혼자를 가두려는 건 아니니까요. 본인이 원하는 때라면 언제든 데이브릭으로 돌려보낼 테니 안심하십시오, 후작님."

물론, 정말로 본인이 원하는 때여야 할 것이다.

충동적으로 던진 말은 순조롭게 진행됐다. 나와 세시오는 당장 후작저를 나와 리한의 마차에 올랐다. 목적지는 당연히 공작저였다.

시간이 지나자 마음을 뒤집어 놨던 열기는 가라앉았다. 이성이 돌아오고 머릿속도 침착해졌다. 나는 차분히 지금 상황을 살필 수 있었다.

익숙한 마차 안, 맞은편에 앉은 사내는 무표정한 얼굴로 창밖을 바라보고 있었다. 저택을 나오면서 얼굴에 묻은 핏자국은 닦아 냈지만, 그뿐이라 그의 뺨은 여전히 붉은 채다. 입 안이 터질 정도로 세게 맞았으니, 당연한 얘기였다.

아무리 그렇다 해도 키도 나보다 큰 남잔데, 왜 저렇게 처량해 보이는지. 세시오는 저를 낳아 준 부모에게 외모 하나만큼은 감사해야 했다.

그가 계속 신경이 쓰여서, 나는 입을 열었다.

"뺨 다친 거, 치료하지 그래."

"치료?"

"언령으로 할 수 있을 거 아니야."

밖을 향해 있던 황금빛 눈동자가 느리게 굴러 나를 담았다. 무표정한 얼굴이 은근히 신경 쓰였는데, 그 순간 그의 입매가 부드럽게 늘어졌다. 웃을 이유도 없는 상황인데, 이상하게 마음이 편해졌다.

"뺨을 맞은 정도에 쓰긴 아깝지. 무엇이든 가능하다고, 몸에 무리가 가지 않는 건 아니니까."

"무슨 소리야. 비 내리고 천둥 부르고 별짓을 다 했으면서 이제 와서?"

"덕분에 오늘은 내내 눈꺼풀이 무거워서 말이야. 여기서 더 하면, 피를 토할지도 모르니 못 봐주게 흉한 게 아니라면 참아 줘."

"……응접실에서 연주 틀었던 건 뭔데."

"그건 중요한 일이었으니까, 조금 무리했지."

응접실에서 춤추기 위해 연주 소리를 울린 게 중요한 일이라고? 보통 정신 나간 소리가 아니었으나, 세시오가 농담을 하는 것처럼 보이지는 않았다.

당황하여 눈을 끔벅이자, 그가 눈매를 휘어 웃었다.

"……당신 진짜 이상해."

"별로 특별할 건 없는 감상이군."

그는 가볍게 어깨를 으쓱이고, 다시 창밖으로 고개를 돌렸다. 농담이라는 자백을 듣고 싶었던 나로서는 그대로 대화가 끝나 버린 게 당혹스러웠다. 그게 농담이든 진실이든, 세시오는 정말 제 뺨을 치료할 생각이 없어 보였다. 그럼에도 그 얼굴에 난 상처에서 눈을 뗄 수가 없었다.

잠시 고민하다가, 결국 나는 품에서 포션을 꺼냈다. 최상급이라 뺨 맞은 데 쓸 물건은 아니지만.

"이리 와 봐, 세시오."

"겨우 뺨을 맞은 정도야."

"나도 알아. 그래도 와 봐."

내 말에 세시오는 나를 쳐다봤지만, 포션을 건네받지도 얼굴을 가까이하지도 않았다. 물끄러미 나를 보는 눈동자에는 당황과도 같은 감정이 녹아 있었다.

"찝찝해서 그래, 나 대신 맞은 거잖아."

"후작부인이 날 공격할 때 막아서서, 그대에게 손을 대려 한 거였어. 도움받은 건 이쪽이지."

"도움은 무슨. 내가 안 막았어도 그 정도는 피할 수 있잖아."

"……."

"설마 그냥 맞으려고 했어?"

반응이 이상해 혹시 하고 물었는데, 정말인 모양이다. 세시오는 고개를 끄덕이지는 않았으나 그렇다고 가로젓지도 않았으니까. 만져 봤을 때, 다리 근육이 단단했던 걸 보면 단련한 몸은 분명했다. 충동적으로 흉기를 휘두르던 손 정도는 충분히 피할 수 있을 것이다. 그걸 순순히 맞아 주려 했다니.

그러나 생각해 보면, 세시오가 이렇게 나온 것이 처음은 아니다. 바로 어제, 만티코어를 앞에 둔 순간에도 그는 아무것도 하지 않았다. 운이 좋아서라고 말했으나, 과장해서 해석하면 그는 제 안위에 관심이 없어 보였다. 데이브릭 후작저에서 들은 것도 비슷했다. 이성을 잃고 떠들어대던 후작부인의 말 중에는.

"못 걷는 걸 확인했어. 내 두 눈으로 똑똑히. 창문으로 떠밀어 보기까지 했는데."

창밖에 떨어지는 순간에도 비밀을 드러내지 않았다니. 신분이든, 능력이든, 제 비밀을 감추는 것이 그토록 중요한지. 죽지 않는 한 괜찮다고 생각하는지. 그도 아니면, 죽음조차 대수롭지 않게 여기는 건지.

도대체 무슨 생각이냐고 묻고 싶었으나, 답을 기대할 수는 없었다. 일적으로든 사적으로든 가까운 사이조차 아니다. 단순히 거래로 이어졌을 뿐인, 아직 법적으로 성사되지도 않은 계약 약혼 관계. 냉정히 말하면, 깊이 알아봐야 좋을 사람도 아니었다.

언령을 가진 황족이라니, 귀찮아지기만 하겠지. 하고 싶은 대로 내버려 두자. 그렇게 생각하면서도 괜히 속이 답답해졌다.

"당신 진짜 자기 몸 아낄 줄 모르네."

"생명에 지장이 가는 게 아니니, 감수할 만해."

"그래. 어차피 내 몸도 아니니까 당신 마음대로 해도 돼. 그런데 이번은 안 돼."

"앞뒤가 안 맞는걸."

"당신 얼굴이 부은 걸, 지나가던 귀족이 본다면 뭐라고 생각할까."

"얼굴이 부은 것쯤은 사고로도—."

"1번. 당신이 걷게 돼 화가 난 후작부인이 테릴 리한에게 화풀이하려던 걸 대신 맞아 주었다.

2번. 약혼을 코앞에 둔 리한 소공작이 기분이 상해서 약혼자한테 손을 댔다.

3번. 탐욕스럽게 벌집의 꿀을 훔쳐 먹다가, 손이 끼어 도망가지도 못하고 빰을 쏘였다.

4번. 리한 소공작을 나쁜 사람으로 만들고 싶어서 세시오 데이브릭이 자해를 했다."

"말도 안 되는 해석뿐인데."

"정답은 나도 몰라. 그런데 뭐라고 생각하고 싶은지는 알거든."

어차피 되는 대로 지껄였을 뿐이니, 말이 되든 안 되든 상관없다. 솔직히 제일 말이 안 되는 건 1번이었으니까. 아무리 양자라고 한들, 자식이 걷게 된 걸 보고 원래대로 돌려놓는다며 다리를 찌르려는 사람이 얼마나 있겠는가.

"구체적으로 이런 내용은 아니라도 나와 엮으려고 하겠지. 리한의 힘이 어떻든, 모르는 곳에서는 황제 욕도 하잖아."

"리한의 권력이 황제에 못하다고 생각지는 않지만, 그래, 일리 있는 말이군. 조금쯤은."

"포션에 알레르기라도 있는 게 아니라면, 이제 오지 그래? 봐줄 건 얼굴뿐인데 흉 지면 아깝잖아."

대충 설득된 것 같아, 나는 포션의 마개를 열며 말했다. 세시오가 묘한 얼굴로 날 쳐다봤다.

"내 얼굴이 마음에 드나."

"말이 왜 그렇게 튀어."

"봐줄 건 얼굴뿐이라기에. 나는 내 인성 쪽에 좀 더 자신 있었거든."

모든 방면에서 자신감이 없다는 걸, 돌려 말하는군.

"당신이 한 비유대로야. 미술품이나 대자연을 볼 때처럼 심미적 관점으로 잘났다고. 왜. 당신은 마음에 안 드나 봐?"

"글쎄……. 오늘부터는 좋아하도록 해 볼까."

되는 대로 말했다고밖에는 볼 수 없는 말투였다.

황당해 한 소리 하려는 때, 세시오가 눈을 감고 내 손에 얼굴을 맡겼다. 곱게 내리깔린 속눈썹 때문인지 조금은 익숙해진 듯하던 얼굴에서 이질감이 느껴졌다.

기분이 묘해 멈칫하다가, 나는 천천히 그의 뺨을 쥐고 기울였다. 부어오른 상처 위에 포션을 붓자, 맑은 액체가 살갗을 타고 흘러 내 손에 고였다. 따가운 건지, 그가 미간을 조금 찡그렸다. 어쩐지 나쁜 짓을 하는 기분이라, 나는 되도록 사무적인 목소리를 냈다.

"입 벌려."

다물렸던 입매가 순순히 벌어졌다. 겉으로 봐선 몰랐는데, 부인이 일생의 힘을 다해 내리쳤는지 입 안이 엉망이다. 대련 때문에 내 입이 저 꼴이 났을 때는, 아무것도 삼키지 못해 고역이었다. 언제나 포션을 들고 다니게 된 것도 그때부터였지. 이러면서 괜찮단다. 나는 한숨을 쉬며, 입 안의 터진 살에도 포션을 부었다. 미간의 찡그림이 좀 더 짙어졌다.

세시오가 손을 들어, 액체를 붓고 있는 내 팔목을 잡았다.

"차가워."

갑자기 말을 하는 바람에, 손가락에 입 안의 살이 닿았다. 말캉했다. 움찔하며, 서둘러 손을 당겼으나, 내 팔목을 붙든 세시오가 손을 빼내지 못하게 했다. 상처가 있던 쪽의 뺨을 내 손바닥에 묻고 그가 재차 말했다.

"손은 따뜻한데."

말할 때 나는 소리의 울림과 숨소리가 내 피부에 그대로 녹아들었다.

세시오가 눈을 떴다. 느리게 올라간 눈꺼풀 아래, 둥근 눈동자가 나를 향했다. 그가 눈꺼풀을 깜박이자 부채꼴 모양으로 펼쳐진 속눈썹도 따라 팔랑였다. 뭐라고 해야 할지, 작정한 것처럼 선정적인 광경이었다.

"……전부터 생각했는데 말이야."

"뭐지."

"당신, 혹시 정체 숨기고 여자 만나고 다녔어?"

다소 나른하던 사내의 기색이 단번에 조각났다. 보통 놀란 것이 아닌지, 세시오는 허리를 접고 기침까지 했다. 잠시 뒤 들어 올린 얼굴에도 황당함이 고스란히 묻어 있어서, 나는 조금 멋쩍어졌다.

"매도당할 일을 한 것 같진 않은데."

"한 번도 안 만났어?"

"남녀노소를 떠나, 이런 처지의 데이브릭 영식을 가까이하고 싶은 사람은 없지. 정체를 숨기고 그럴 이유도 없고."

"하지만 당신 외모를 생각하면—."

"애당초 그런 자리에 나갈 일도 드물었다고."

"그건 그렇지."

저번에 그를 가까이에서 만날 수 있던 것도, 그게 새 황제의 즉위 후 열린 첫 번째 무도회였기 때문일 것이다. 어지간한 귀족이라면 다 참석하는 자리였으니까.

"수긍한 것 같은데, 이제 이유를 들을 수 있을까. 내 행동에 문제가 있다면, 고쳐야 하지 않겠나."

"아니, 뭔가……. 당신 하는 행동이라고 해야 할지, 뭔가."

사람을 홀리는 것처럼 보일 때가 있어서……. 라고는 말 못 하지. 갑자기 창피해져서, 나는 입을 다물었다.

"아니야, 잠깐 착각했어."

"착각이라니, 뭘."

"됐으니까 이 얘긴 그만하지."

창피함에 고개를 돌렸으나, 얼굴에까지 열기가 오른 것이 생생했다. 세시오는 분명히 붉어졌을 내 뺨을 물끄러미 바라보다가, 고개를 끄덕였다. 좀 더 채근할 줄 알았는데, 그의 침묵이 달가웠다.

잠시 마차 안에는 바퀴가 구르는 소리만 남았다. 그 정적이 어색하게 느껴졌는지, 사내가 손을 들어 제 뺨을 쓸어 보았다.

"상처, 다 나았군."

"그렇겠지, 최상급 포션이니까. 나도 어디 뚫려야 쓰는 건데, 귀찮아서 그것만 들고 다녀."

"그렇다면 아깝지 않은가. 겨우 이런 데 쓰기엔."

겨우 이런 데라. 뺨을 맞은 데 쓰는 게 아깝다고 말하는 걸까, 포션을 사용한 사람이 '세시오'라 아깝다고 말하는 걸까. 쓸데없는 의문을 떠올리다가, 나는 어깨를 으쓱했다.

"당장은 그것밖에 없었으니까."

이해할 수 없다는 듯 세시오가 입을 열었으나 나는 다른 주제를 끌어왔다. 굳이 더 하고 싶은 이야기는 아니었으니까. 당장 해야 할, 다른 말이 있기도 했다.

"아까 말이야, 당신 대답도 듣기 전에 리한 저택에서 지내겠다고 말해서 미안해."

"그러고 보니, 대답하기 전에 후작부인이 들어왔었군."

"그래, 후작부인이랑 제몬이 하는 행태를 번갈아 보니까 갑자기 화가 나서—."

"화가 났다고?"

목소리가 확연히 무거워졌다. 조금 전까지도 얼굴에 뚜렷한 표정이 드러나 있지는 않았으나, 지금과는 달랐다. 감정을 다 빼낸 것처럼 무표정한 얼굴로, 세시오가 나를 직시했다.

"왜?"

"뭐?"

"왜 화가 났나."

갑자기 왜 이래.

이해가 되지 않는 변화에 당황해 눈썹을 찡그리자, 그가 재차 말했다.

"그대가 화가 날 일은 없었을 텐데."

그 말을 듣자, 머릿속에 비슷한 목소리가 떠올랐다. 바로 어제 들었던.

"왜 날 도와줬나."

"힘이 생겼는데 착한 아이 역할에 매몰될 필요가 있나."

"아무도 알아주지 않는 일에 애써 봐야, 힘만 빠질 뿐이지."

세시오 데이브릭의 말. 정도는 달랐지만, 그때와 분위기가 비슷했다. '돕다'

가 '화가 났다'로 바뀌었을 뿐이다. 그러나 그걸 알았더라도, 돌변한 이유는 짐작 가지 않았다.

"내가 화나면 안 될 이유라도 있나?"

"다리를 찔릴 뻔한 것도, 얼굴을 맞은 것도 이쪽이야. 소란의 한복판이라 조금 짜증이 났을 수는 있어도, 충동적으로 성급하게 굴 만큼 화가 났다는 건 납득이 되지 않는군."

"그래서…… 화내야 할 건 당신인데 내가 화났다고 따지는 거야, 지금?"

"물었을 뿐이야."

"그게 왜 이해가 안 되는지 모르겠는데. 누굴 데려다 놔도 그런 상황에서는 화를 내."

"그런 상황?"

"겁게 된 자식을 보고 분노하는 양모나, 다짜고짜 멱살을 잡는 동생이나, 잘됐다는 말은 한 마디도 없는 양부를 보는, 그런 상황."

"내 비밀을 전부 알지 않나. 데이브릭을 기만하는 건 내 쪽인데, 내게 화를 내야지."

"아, 그럼 당신 기준으로는, 인간이 어쩜 그리 뻔뻔하냐고 욕해야 맞는 건가? 미친 소리 적당히 해. 왜 갑자기 시비야."

"나는—."

"그쪽이야말로 왜 화가 난 건데. 나도 이유 좀 묻지."

세시오는 좀 멍한 얼굴로, 들은 말을 반복했다.

"화……?"

점점 날이 서 가던 분위기에 잠깐의 제동이 걸렸다. 나는 머리칼을 쓸어 넘기고 한숨을 내쉬었다.

"난 데이브릭보다는 당신을 심정적으로 가깝게 느껴서 당신이 함부로 대해지는 데 화가 났고, 빼 와야겠다고 충동적으로 결정했을 뿐이야."

"……."

"당신 의사 없이 결정한 건 내 잘못이니까 사과하려 했고. 마음에 안 들면 말해, 당장 마차를 돌려주지."

"리한 저택으로 가는 데 불만은 없어. 어차피 내 거처를 직접 정한 적은 없었으니."

그리넬 경을 부르려 문을 두드리려 했으나, 내 손은 세시오에 의해 저지당했다. 그가 한 말 때문에, 나는 잠시 당황했다. 도대체 어떻게 살아왔기에.

"그대가 원할 때까지 공작저에 머무르지. 그까짓 건 아무래도 좋아. 내가 분명히 하고 싶은 건."

맞은편에 앉았던 사내가 몸을 일으키고 허리를 구부렸다. 커다란 손이 내 얼굴의 바로 옆면을 짚었다. 그림자가 진 얼굴에서, 눈에 띄는 눈동자는 맹수처럼 빛나고 있었다.

"테릴 리한이 지나치게 나를 신경 쓰는 것 같다는 껄끄러움 정도니까."

"……뭐?"

"얄팍한 동정인가? 상황만 보면 그럴 수 있겠지. 리한이 된 지는 얼마 안 됐으니, 보이는 거에 휩쓸릴 때니까. 그게 아니면."

"입에서 나오는 대로—."

"내 얼굴이 지나치게 마음에 들었나."

당혹감에 멈춰 있던 머릿속이 단번에 깨어났다. 얼음물을 뒤집어쓴 것처럼 온몸의 피가 차게 식는다. 나는 입매를 일그러 웃었다.

"좀 잘해 주니까, 주제를 모르지."

세시오가 반응하기 전에, 그의 멱살을 잡고 그대로 밀어붙였다. 그의 몸은 맞은편의 의자에 부딪혔고, 그를 찍어 누르고 올라간 내게도 그 충격이 전해졌다. 마차의 차체가 흔들릴 정도로 거센 충격이 일었으나, 마차 안을 들여다보는 이는 아무도 없었다. 내가 이 남자에게 당했을 거라 생각하는 이는 아무도 없을 테니까.

옷깃을 움켜쥔 손으로 세시오의 목을 짓누르며, 나는 가까운 거리에서 그를 내려다봤다.

"건방 떨지 마, 세시오. 사람이 걱정하면 고마워하든가 사양하는 정도로 끝내야지. 네가 뭔데 내 감정을 재단하고 깔봐."

그가 얕은 신음을 삼켰다.

"내가 신경 쓰는 게 싫었으면, 대신 빰을 맞거나 혼자만 마법 계약서를 쓰진 말았어야지. 인간적인 호감을 유도해 놓고 이제 와 철부지 취급하는 건, 황족식 관심 끌긴가?"

"그런 걸 바란 적은 없어. 겨우 그걸로 사람에게 호감을 느끼다니, 더 이해가 되지 않는군."

"그 말만 들어도 알겠다, 당신 친구 없는 거."

"새까만 타인을 신경 써 봤자 돌아오는 건 아무것도 없어."

"귀찮아 그냥 넘어갔더니 또 물고 늘어지네. 나한테 보답 같은 게 필요해 보이나."

"아무것도 필요 없다……?"

"오기 삼아 하는 이야기가 아니야. 나에겐 이미 다 있으니까."

그의 멱살을 잡은 손을 더 힘주어 누르며, 나는 얼굴을 가까이했다. 괴로운지, 세시오의 얼굴이 조금 일그러졌다.

"돈 힘 권력 가문, 다 손에 있으니까 정말 아무것도 필요 없다고."

한 자 한 자, 뇌리에 분명히 전해지도록 나는 힘주어 읊었다. 그러고도 분이 풀리지 않아, 끝에는 한마디를 덧붙였다.

"부족한 걸 채워야 하는 건 너잖아, 세시오."

손에 힘을 풀지도 않았는데, 괴로움에 일그러졌던 표정이 풀어졌다. 세시오의 입매가 가늘게 늘어졌다. 그 모양새는 웃는 것처럼 보였다.

"……그렇군."

내 착각이 아니라고 증명하듯, 그는 어깨를 떨며 끅끅거렸다. 자존심을 건드렸는데 목이 조이는 채로 웃다니. 종잡을 수 없는 행동에, 세시오가 미친 사람처럼 보였다. 이상한 타이밍에 웃는 건 전에도 마찬가지였지만, 이런 때도 웃을 줄은 몰랐다.

"그래, 그런 차이였어."

"웃음이 나와? 고통이 즐거워?"

"그대의 행동을 막 이해해서 속이 후련해졌거든. 정말 그대의 말대로야."

"뭐가."

"난 가진 게 별로 없어서 깃털만 한 호의에도 민감해지지. 그러다 심장까지 빼앗겨 버리면 내겐 아무것도 남지 않을 게 아닌가."

"……빌어먹을 시인이시네."

더는 위협해 봐야 의미도 없어서, 나는 그의 옷깃을 놓아 주었다. 제몬에게 한 차례, 나한테 한 차례 쥐어 잡힌 옷깃이 이제는 너덜너덜해 보였다.

그는 콜록, 기침을 토하며 목을 매만졌다.

"하지만 조금 전 한 말은 진심이야. 내게 잘해 줄 필요는 없어. 다른 사람을 상대로는 몰라도 그건 나한테 독이 되거든."

"걱정할 것 없어, 앞으로는 제몬보다 못한 취급을 해 줄 테니까."

"곤란한데. 데이브릭을 넘겨주는 건 이미 약속된 사항이잖나."

"내 이름을 걸고 한 거래면, 개랑 한 거래라도 지킬 테니 그 점도 안심해."

저를 개에 비유한 비아냥거림이 뭐가 좋은지, 세시오가 또 웃음소리를 냈다.

그는 내게 짓눌리느라 무너져 내렸던 자세를 바로 했다.

“화나게 해서 미안하군. 필요하다면 얼마든지 분풀이를 해도 좋아.”

“또 그 소리. 내 허리춤에 매달린 검집이 비어 보여서 하는 말인가?”

“그 검을 써도 상관없다는 말이야.”

“심장이라도 찔려 봐야 정신 차리지.”

“심장을 찌른대도 내가 무얼 할 수 있을까. 그대에겐 내 무엇도 통하지 않는데 말이야.”

이걸 말이라고 하는 건지. 어이가 없어, 세시오를 노려봤으나 그의 표정은 변하지 않았다.

“당신 말대로야. 그러니 분풀이를 하려거든 언제든 할 수 있고, 지금은 짜증나니까 닥쳐.”

나는 원래 자리로 돌아가 다리를 꼬아 앉으며, 창 쪽으로 휙 고개를 돌렸다.

새삼스럽지만, 세시오 데이브릭은 정말로 이상한 사람이다. 비밀 같은 것이 아니라도, 성격 자체가 기이하게 뒤틀려 있다. 예상이 불가능한 사람이었고, 그런 이라면 역시 오래 어울리지 않는 게 맞다. 그러나 그에게 이미 정보를 받은 터라 지금 발을 뺄 수는 없었다. 데이브릭 후작위를 넘겨주고 그 순간 바로 연을 끊는 수밖에는. 세시오 데이브릭에게 품었던 야트막한 호의는 도로 바닥을 보였다.

그래, 겨우 이 정도밖에 안 되는 미미한 감정이다. 그런데 이깟 게 뭐가 무섭다고 그는 고양이처럼 털을 세운 걸까. 또다시 감상이 길어지려고 해서, 나는 한숨과 함께 생각을 끊어 냈다.

“경고하는데, 내 부모님한테는 그딴 식으로 굴지 마, 아버지는 그런 걸 봐주지 않으니까.”

“공작부인은?”

이 와중에도 그걸 물을 정신이 있다니. 어이가 없었으나, 확실히 경고해야 할 부분이었다.

"몸이 찢기는 기분이 궁금하다면 말리지 않겠어."

거래를 끝내기도 전에, 세시오 데이브릭이 시체가 되면 여러 가지로 곤란했으니까.

이번에는 다행스럽게도, 그가 순순히 고개를 끄덕였다. 더는 그와 대화를 나눠야겠다는 생각조차 들지 않아서, 나는 입을 다물고 있었다.

잠시 뒤, 그리넬 경이 마차의 문을 두드리며 공작저에 도착했음을 알렸다. 혼자 마차를 타고 다니던 습관이 있어, 나는 바로 마차에서 내렸다. 그러다가 뒤늦게 일행이 있었음을 깨닫고 그 안을 돌아봤다.

여전히 감정은 나빴지만, 그래도 할 일은 해야 했다. 세시오를 부축해 내리려고 손을 뻗으며 마차로 들어갔다가, 뒤늦게 그가 이제는 걸을 수 있다는 걸 떠올렸다. 또 신경을 썼니, 친절을 베풀었니, 같잖은 일로 정색할 걸 생각하니 머리가 아프다. 손을 빼려 했지만, 그보다 먼저 세시오가 내 손을 잡고 마차에서 내렸다. 의외로 그는, 얼굴에 미소까지 띠고 있었다.

"내 약혼자는 상냥한 사람이군."

"……착각했을 뿐이니 닥쳐."

진짜 미친놈인가.

본의 아니게 비난을 듣고도 세시오를 신경 써 에스코트한 꼴이 됐다. 그래도 이제 그와 좁은 공간을 공유하지 않게 된 건 달가웠다. 개운한 기분으로 고개를 들자 리한 저택이 보였다. 그리고.

"세상에, 릴리! 얼굴이 반쪽이 됐구나!"

내 어머니도. 습격을 당한 사람이 누군데, 내 걱정을 하시는 거람. 수도에 온 뒤 스트레스를 받긴 했어도 야윌 만큼은 아니었다.

어머니의 걱정이 멋쩍으면서도 애틋한 마음이 들었다.

"어머니야말로 괜찮으신 거예요? 다치셨다면서요."

상처를 입었어도, 아버지가 어머니를 내버려 뒀을 리는 없다. 포션으로 샤워를 시키셨거나, 탈수할 때까지 신관을 쥐어짰겠지. 어쩌면 둘 다일지도 모른다. 그걸 알면서도, 나는 어머니의 상태를 살폈다.

"아픈 곳은 한 군데도 없어, 아가. 북부에서 신관도 다녀갔고 포션도 썼으니까."

역시 둘 다였군.

"애초에 상처라 할 것도 아니었어. 서신을 보내기 전에 말려야 했는데, 그냥 손가락을 좀—."

"설마 잘렸었어요?"

"할퀴어진 정도야."

"……네?"

"습격자를 보고 놀라 뒷걸음질 치다가 나뭇가지에 긁혔거든. 그것뿐인데……."

말끝을 흐리며 민망해하는 모습에, 나는 할 말을 잃었다. 안도하긴 했다. 그렇지만, 음.

"안 다치셨다니, 정말 다행이에요. 그래도 어느 정도 상처인지는 미리 말해주시지, 얼마나 놀랐는지 아세요."

"그런 일이 없었으면 이즈의 털끝 하나도 안 상했을 텐데, 그게 할 소리냐."

"라셰드!"

어머니의 뒤쪽에 서 있던 아버지가 입을 뗐다.

"정신적 충격은 왜 배제하는데. 네 어머니가 습격에 익숙할 것 같아?"

"아."

"라셰드, 제발 말 좀 예쁘게 해요."

"당신이 원한다면."

어머니의 한숨 섞인 말에, 아버지가 선선히 답했다. 너무 단편적으로만 생각한 걸 반성하던 중에도, 나는 그 소리에 놀랐다. 말을 예쁘게 할 능력이 있으시다고?

"푸른 하늘처럼 머릿속이 깨끗한 딸아. 드넓은 초원처럼 뇌에 풀만 자랐는지, 섬세함은 여름에 내리는 눈만큼만 있구나."

그럼 그렇지.

"……시인처럼 비유한다고 예쁜 말이 아니에요, 라셰드."

"씨도 뿌리지 않은 황무지 같은 인성이니, 결혼 같은 중대사는 황무지를 개척한 뒤 하는 게 좋겠군."

"그 얘기는 끝난 거 아니었어요?"

나는 인상을 찡그렸다. 결혼은 안 할 거란 말을 도대체 몇 번이나 해야 하는지.

"그리고 결정적으로, 더 중한 문제가 있었어. 대신전에 들른 것도 그것 때문이다."

"네? 아까는 아무 말씀 없으셨잖아요. 뭔데요."

"자세한 이야기는 들어가서 해. 응접실로 가지."

그 말에 고개를 끄덕이다가, 나는 뒤늦게 아차 했다. 잊고 있었는데 세시오를 옆에 멀뚱히 세워 둔 채였다. 당황해 고개를 돌리자, 그가 아무렇지 않은 얼굴로 눈을 휘었다. 조금 마음이 불편해졌다.

"늦었지만 소개를—."

"그것도 들어가서. 속 터지게 남이 글씨 쓰는 거나 구경할 생각은 없다."

말로 대화하겠다는 이야기군. 용건은 끝났다는 듯, 뒤돌아 가시는 아버지의 모습에 나는 한숨을 내쉬었다.

우리는 저택으로 들어왔다. 여러 가지 일로 어머니는 몹시 피곤해하셔서, 가장 좋은 방으로 안내해 드렸다. 그리하여 응접실로 들어온 사람은 셋이었다. 무슨 의미가 있나 싶으면서도, 나는 형식적으로 세시오를 소개했고 그는 고개 숙여 인사했다.

아버지는 잠시 아무런 반응 없이 세시오를 쳐다보다가, 느릿하게 찻잔을 기울였다.

"아까 하던 이야기부터 마저 하지."

"뭐, 그래요. 다른 문제란 게 뭐예요, 어머니 일이에요?"

"이즈가 습격당했을 때, 저주에 당했다."

"……그게 무슨 말이에요."

"이즈를 납치하려던 것조차 연막이었던 거지. 본 목적은 저주였어."

순간적으로 피가 식고 심장이 죄어들었다. 그러나 조금 전에 봐서 알고 있었다. 어머니는 무사하다. 저주가 성공했어도, 어떤 식으로든 풀어낸 것이다.

나는 가늘게 숨을 내쉬었다. 짧은 시간 내, 분노와 안도가 차례로 지났다.

그러자, 나는 세시오 데이브릭이 새삼 신경 쓰였다. 제삼자를 옆에 두고 해도 되는 이야긴가. 설마 죽일 생각은 아니겠지.

"저주는 효율이 나쁜 마법이지. 조금 쓸 만한 걸 만들려도 5년은 그거에만 몰두해야 만들어지니까."

마나가 결집하여 계속 쌓아 가야 한다는 특성 때문에, 몹시 까다로운 마법이었다. 저주를 만드는 동안에는, 다른 마법을 쓰기도 힘들었다. 그러나 완성하고 나면, 저주를 거는 건 간단했다. 대상을 바라보며, 쏘아 내면 그만이니까.

어설픈 방어 마법으로는 막을 수도 없었다. 어떤 식인지는 몰라도 몸이 빠른 이에게 저주를 건네줄 수도 있었고 일단 걸리면, 포션이나 어쭙잖은 신관으로 해제하는 것도 무리였다. 그래서 한때는, 많은 권력자가 저주로 생을 마감했다. 하지만.

"거의 일반인한테나 통하잖아요."

마나를 조금이나마 수련한 사람에게는 저주가 들지 않았다. 몹시 유능한 마법사가 수년간 저주에만 매달리면 기사에게도 가능했고, 수십 년을 소모하면 마스터도 파리 목숨이라고 했으나 이론적으로나 가능한 이야기였다. 실패할 확률도 높고, 무엇보다 인력 낭비였으니까. 약점이 알려지자, 권세가의 귀족들은 의무적으로 몸을 단련하기 시작했고 저주는 곧 쓸모없어졌다.

"그래서 사장된 지도 오래됐고요."

"어떻게 명맥을 이어 왔는지는 몰라. 어쩌면 꽤 전부터, 이즈를 노렸는지도 모르지."

"그럴 거면, 수도에 있을 때 저질렀을 거예요. 저주가 아니라, 납치도 가능했고요."

"내가 이즈를 찾아가지 못한 건 계약 때문이었지."

그 얘기가 갑자기 왜 나와? 내가 눈을 찡그리든 말든, 아버지는 말을 이었다.

"이즈가 성을 나서면, 리한은 이즐릿을 찾지 않는다는 약속이었지. 그러니까 리한이 아니면 돼."

"무슨 뜻이에요?"

"호위는 붙여 뒀다고. 거기서 더 간섭하려고 들면, 빌어먹게도 심장이 조여 왔지만."

"호위가 아니라 세작이라고 들리는데요."

"그런 사소한 건 됐고 다시 본론으로 넘어가지."

"그건 아버지 입장에서나 사소—."

"습격을 처리하고 저택에 돌아왔을 때 서신이 하나 도착했다."

말 돌리는 게 능숙하시군. 어쨌거나 지금 대화에서는 우선순위가 명확했기에, 나는 좀 전에 들은 진상에 대한 건 미뤄 두기로 했다.

"이즐릿 메이 리한의 목숨을 구하고 싶으면 동봉한 마법 계약서에 서약하라."

"내용은요."

"수도 일에 관여하지 않겠다. 화이트폴 외의 모든 영지를 황실에 반환하겠다. 자처하여 백작으로 강등되겠다."

"하……."

"그리고 사흘 내로 서명하지 않으면, 공작부인의 목숨은 사라질 것이다."

하나같이 무리한 요구였으나, 목적은 명확했다.

리한의 힘을 깎아내리는 것.

"서신을 다 읽자마자, 이즈의 몸에 저주의 문양이 생겼어. 수도로 가는 건 엄두도 못 낼 만큼, 열이 오르고 상태가 나빠졌지."

"……왜 제게 말씀하시지 않았어요. 서신으로 그 얘길 전해 주셨으면 대신전으로 갔을 거 아니에요."

"대신관을 모조리 납치해 오려고? 물론 그 생각도 했지만, 실행할 수 없었다."

"왜요."

"서신은 와 있었지만, 누가 그 서신을 전달했는지는 아무도 모르더군."

"네?"

"그 서신에는 어떤 마법도 걸려 있지 않았어. 그런데 내가 그걸 읽자마자 저주가 발현됐지."

"누군가 아버지를 감시했다는 말이에요? 그게 가능할 리가……."

"밖이 아니라 안이라면, 일찍부터 세작을 심어 두었으면 가능하다."

"……제가 누군가 데려왔다면, 그것도 들켰겠네요."

아무리 은밀하게 행동해도, 사람 몇을 끌고 오면 눈에 띌 가능성이 높다. 범인은 수도의 세력 —타니타르 공작이겠지만— 이니, 어쩌면 대신전에도 사람을 심어 뒀을 수도 있고. 대신관들이 공작성에 들어선 걸 알아차린다면, 범인은 무슨 짓을 벌일까.

아버지는, 어머니의 목숨을 걸고 도박할 수는 없던 것이다. 그 심정을 이해할 수 있었다.

"그런데 말이야. 정말 말도 안 되게, 저주가 한순간에 사라졌다."

"네?"

"직접 봤지. 문양이 갑자기 사라졌어. 사라진 건지, 아니면 숨어든 건지 분간할 수 없더군. 확인해야 했다."

"그래서 굳이 대신전에 다녀가신 거군요. 뭐라고 하던가요?"

"저주는 흔적조차 남지 않았다, 그렇게 들었지."

누군가 오랜 세월에 거쳐 만들어 냈을 저주가 한순간에 갑자기 사라졌다? 한번 걸리면 시전자가 마법을 거두거나 막대한 신성력을 퍼붓지 않는 한 사라지지 않는 게 저주였다. 심지어는 저주를 건 마법사가 죽는다고 해도 그랬다. 신전에서 착각했을 리도 없는데 왜. 이유도 없이 그런 기적이 벌어졌단…….

잠깐만, 기적? 설마.

내가 머릿속으로 어떠한 가능성을 그려 낸 순간, 아버지의 시선이 내게서 비껴갔다. 그의 눈이 향한 곳은 내 옆자리였다. 그 자리에 앉아 있는 이는.

"네가 한 짓인가."

세시오 데이브릭이었다.

"입 놀릴 수 있는 건 알아, 설마 리한 소공작이 그토록 중대한 일을 가주에게 보고조차 안 했다고 믿은 건 아니겠지."

"그렇게 생각하진 않았습니다."

공작저에 들어와 처음으로 세시오가 입을 열었다. 표정은 담담했다. 그리고 인정도 빨랐다.

"공작부인의 증상을 나아지게 한 건 제 언령이 맞습니다."

"왜."

아버지의 목소리는 조금도 누그러지지 않았다. 외려 더 차가워진 눈빛은 세시오의 숨통을 도려낼 듯 날카로웠다.

"정말로 공교로운 타이밍이 아닌가. 네놈이 테릴에게 언령을 들키고 얼마 안 돼 북부에 일이 터졌지."

"……."

"게다가 하필이면 테릴이 이즈의 습격 소식을 전해 듣기 직전 말했다지, 천리안이 있다고."

나는 그가 했던 말을 떠올렸다.

"북부에서 서신이 오면, 내게 물어보러 와도 좋아."

시간이 많지 않아, 아버지께는 전하지 않은 말이었다.

"거래하면서도, 굳이 혼자만 마법 계약서를 쓰며 불리한 입장을 자처했어. 그러고는 몰래 이즈의 저주를 풀었지."

"전하께서 말씀하지 않았다면, 그 부분을 제가 언급할 일은 없었을 겁니다."

"하하, 재밌는 소릴 하는구나. 방금 내가 이즈의 일을 말했을 때, 내 딸의 표정을 못 본 줄 아나?"

내 속을 들여다본 것도 아닐 텐데, 아버지는 확신에 찬 목소리로 말했다.

"테릴은 그 순간 언령을 떠올렸어."

그래, 나는 언령의 기적을 목격한 지 얼마 되지 않았기에 그걸 떠올릴 수밖에 없었다. 있을 수 없는 일을 말 한 마디로 이루어 내는 힘을. 상황을 이해하지 못해, 당혹감으로 차올랐던 마음이 천천히 식어 갔다.

"그래서 어떤가, 리한의 은인이 된 기분은."

"……."

"우연이라고 하기엔 너무 일이 딱딱 맞아떨어지지. 나는 의심이 많은 사람이라 말이야."

아버지가 꼬고 있던 다리를 풀고 자리에서 일어났다.

"리한에 빚을 지워 두기 위해 판을 짜 올린 게 아닐까, 생각이 들더군. 그 저주 자체가 네놈이 뿌린 덫이 아닐까 하고 말이야."

자리에서 일어난 리한 공작이 허리춤에 손을 올렸다.

"이제 그럴싸한 이유를 말해라. 말해 두겠는데, 만약 네 대답에 내가 납득하지 못한다면."

검집에서 나온 새파란 칼날이, 세시오의 턱 바로 앞에서 반짝였다.

"너는 죽는다."

기세는 맹렬하다. 아버지는 진심이었고, 그것은 말이 아닌 피부로 가장 잘 느껴졌다. 갑작스러운 행동이 당혹스럽긴 해도 세시오가 수상한 건 사실이었다. 경험의 차인지, 평소엔 예리하던 직감이 조용해선지 나는 알아차리지 못했지만. 사실, 지금도 그가 작정하고 내게 수작을 걸어왔다는 확신은 없는 채였다. 이상한 일로 마차에서 신경전까지 벌였으면서, 그새 정이라도 든 건가.

그리고 당사자인 세시오는, 별로 동요하지 않았다. 만티코어의 앞에서 가만히 눈을 감을 때처럼, 희멀건 얼굴은 무표정한 그대로였다.

"할 말은 없습니다. 소공작 덕에 목숨을 구했고, 거래도 제게 유리하다고 판단해 약간의 호의를 더했을 뿐입니다."

"호오, 목을 내걸고 잘도 지껄이는구나."

"원하신다면, 마법 계약서를 작성해 제 결백을 증명할 용의는 있습니다."

"네놈이 쓴 계약서를 어찌 믿는단 말이냐. 마탑에서 만들어 낸 그깟 종이 쪼가리, 신의 힘으로 어떻게든 지워 낼 수 있다면?"

세시오는 이미 언령으로 계약을 무효화할 수 없다는 걸 증명했다. 그리고 그 이야기는 아버지에게도 해 두었다. 혹시 세시오를 떠보기 위해 모르는 척하시는 건가. 짧은 의문이 들었으나, 이어진 말로 보아 그건 아닌 모양이었다.

"테릴 앞에서는 그러지 못하는 척했더라도 말이야."

검 끝이 한층 사내의 목에 가까워졌다. 붉은 핏방울 하나가 둥글게 맺혀 흘러내렸으나, 세시오는 외려 웃었다.

"그렇다면 그 우연을 설명할 방법은 행운 외에는 없겠군요. 소소한 호의가 이렇게 되돌아올 줄은 몰랐습니다."

"허. 언령이 네 목을 지켜 줄 것 같으냐? 아니면 테릴이 그새 네게 정이라도 들어, 내 앞을 막아 줄 것 같으냐?"

"아니요. 이제 단념했다는 뜻입니다."

"뭐?"

"원하는 대로 하십시오."

그렇게 말하고 세시오는 입을 다물었다. 그는 남의 목숨이라도 되는 양, 눈을 감기까지 했다. 옅은 색 속눈썹이 내리깔린 얼굴은 성스러워 보일 만큼이나 평온해서, 나는 당혹스러웠다. 바로 어제 보았던 분위기였다.

그러나 아버지는 잠시 멈칫했을 뿐, 오래 머뭇거리지 않았다. 검을 움킨 손에 힘이 들어가고, 그는 그대로 손목을 뻗었다.

잠시만.

"아버지, 지금은 뒤처리가—."

다급히 만류하려고 했으나 알아차린 순간 이미 늦었다. 푹, 검날이 무언가에 파묻혔다.

나도 모르게 숨을 들이켰으나, 피는 흐르지 않았다. 비명도 없었다. 찔린 건 인간의 살덩이가 아니라 목 바로 옆의 소파였다. 사내의 피부에는 검날에 긁혔는지, 새빨간 선이 가로질러 있을 뿐이다.

검이 제 목이 아니라 다른 걸 찔렀음을 알아차리고, 세시오가 느리게 눈을 떠올렸다. 얇은 눈꺼풀에 덮여 있던 눈동자는 여전히도 고요했다. 아버지가 한쪽 입꼬리를 비죽 올렸다.

"배짱은 있군."

난 없어요. 진짜 죽이는 줄 알았네.

그제야 나는 들이켠 숨을 내쉬며 안도했다. 아직 확실치도 않은 일로 사람을 죽이다니, 그건 아무리 리한 공작이라도 곤란했다. 수상한 것과는 별개로, 만약 세시오가 정말 무고하다면 그는 어머니의 은인이 아닌가. 화이트폴에서 지내면서 내 도덕성은 아주 무뎌졌지만, 은인일 수 있는 사람을 함부로 죽일 만큼은 아니었다. 아버지의 도덕성이 거기까지 바닥이 아니라는 건 내겐 반가운 소식이었다.

스릉, 애꿎은 소파를 찔렀던 검이 제자리로 돌아갔다. 검집이 가득 차는 소리와 함께, 분위기는 한결 느슨해졌다.

"좋아. 난 혓바닥만 놀리는 놈은 별로 좋아하지 않으니까, 무성의한 대답은 넘어가 주지. 어차피 뭐라고 대답해도 벨 생각이었다."

그럼 왜 물어보신 건데.

"하나 한 가지는 대답해라. 선택지는 '그렇다', '아니다'뿐이니 이것도 모르쇠로 일관하진 않겠지."

"말씀하십시오."

"네놈에게 리한은 악인이냐?"

그렇다. 그렇다. 정말 그렇다. 몰라서 묻나. 내 아버지를 떠올리면 나도 바로 답할 수 있는 질문이다. 그러나 답은 선선히 들려오지 않았다. 내게는 영문 모를 헛소리로만 들리는 것이 어떻게 느껴졌는지, 처음으로 세시오의 얼굴에 동요가 어렸다. 머잖아 쓴웃음도.

"자료도 거의 사라졌을 텐데 많은 걸 아시는군요."

"대답이나 해. 내 얼마 없는 인내심은 어제 다 써 버렸으니까."

"아닙니다."

깔끔한 즉답을 먼저 내뱉고, 세시오가 고개를 틀었다. 아버지에게 하는 말인데도 황금빛 눈동자는 나를 향했고, 나도 그 시선을 피하지는 않았다.

"리한 소공작은 제게 많은 호의를 나눠 주었습니다. 어떻게 리한을 악인이라 생각할 수 있겠습니까."

많은 호의라……. 머릿속에 몇 가지 일이 스쳐 지나갔다. 다 큰 사내를 아이처럼 들어 올려 데려다주고, 마차에서 멱살을 잡고 벽에 처박은 것 같은. 고통을 즐기나. 입꼬리가 떨떠름하게 떨렸다.

내가 무슨 생각을 하는지 알아챈 듯이, 세시오의 입매가 둥글게 휘어졌다.

"그럼 됐다. 5그램 정도는 믿어 주지."

신뢰의 무게가 늘었다. 겨우 2그램 정도지만, 상대가 아버지인 걸 고려하면 엄청난 이율일지도 모른다.

바보 같은 생각을 하는 동안, 무거운 걸음 소리가 들렸다. 고개를 돌리자 멀어지는 아버지의 뒷모습이 보였다. 그는 응접실의 문으로 향하고 있었다. 얼떨떨하게 자리에서 일어나며, 내가 물었다.

"어디 가세요, 아버지?"

"여태 이즈를 혼자 뒀어. 이야기는 충분히 했으니, 이제는 네 어머니의 얼굴을 봐야겠다."

"네? 아니, 갑자기 검을 휘두르고 헛소리하신 게 전분데 무슨—."

내 말을 다 듣지도 않고, 아버지는 성큼성큼 나가 버렸다. 쾅, 문이 닫히는 소리가 났고 나는 어이가 없어 입을 다물었다.

뭐, 이런 사람이 다 있어. 그동안 리한 공작이라는 사람을 충분히 알았다고 생각했지만, 수도로 내려오면서 다시 상식을 믿게 된 모양이다. 간만에 어처구니가 없었다. 그러나 아버지는 다른 사람의 감정 따윈 알 바 아닌 무뢰한이기에, 나는 홀로 마음을 수습했다.

황당한 순간이 지나자, 정적의 무게감이 느껴졌다. 쓸데없이 커다란 공간에 남은 사람은 단둘, 어색한 적막에 입 안이 마른다.

아버지는 보는 눈이 좋다. 그 희한한 질문의 본지가 뭐였는지는 모르겠지만, 세시오의 답을 듣고 생각이 달라지신 건 분명했다. 그러니 아직 리한의 성을 찾은 지 5년도 안 된 햇병아리는 그 판단을 마냥 따르는 것이 최선이다.

세시오 데이브릭은 무고하다. 과정은 없고 결론만 남았다. 하나 화이트폴에서 지내면서 맹신이 옮아온 건지, 나 또한 리한 공작의 판단을 의심하지 않았다. 사실을 받아들이자, 새삼스럽게도 종전의 일이 다시 떠올랐다. 마차 안에서의…… 일. 개소리에는 응분의 대가를 치르게 해야 한다. 그런 생각으로 후회 없이 저질렀지만.

"공작부인의 증상이 나아지게 한 건 제 언령이 맞습니다."

몰랐던 일을 알게 되니, 상황이 달라진다.

수도의 1인자라고 하더니 타니타르 공작의 수작질은 퍽 그럴싸했다. 화이트폴은 완전하고 리한은 완벽했으나, 드래곤에게 역린이 있듯 아버지에게도 어머니가 있었다. 저주를 거는 데 성공했으니, 우리는 실패했고 상대는 성공했다. 어쩌면 아버지는, 그 말도 안 되는 서신의 내용을 다 따를 결심을 했는지도 모른다.

그토록 큰일이 한순간에 해결되었다. 그리고 그걸 도와준 사람의 멱살을 잡고 목을 조른 사람이 나였다. 아버지 정도의 도덕성이 아니라면, 양심이 찔리는 것은 당연했다.

나는 어색하게 고개를 틀었다. 세시오 데이브릭은 태연하게 찻물을 들이켜는 중이었다. 다소 쭈뼛거리다가, 나는 한숨을 내쉬며 도로 그의 맞은편에 앉았다. 그걸 기다렸다는 듯이, 늪보다도 무거운 목소리가 말문을 열었다.

"릴리라고 하더군."

"뭐?"

"그대의 어머니가 말이야."

아, 애칭. 물꼬를 튼 주제가 너무도 뜬금없어 알아듣는 것이 늦었다.

"백합이라는 뜻이었지."

"아니, 꽃 이름이라 애칭이 된 건 아니야. 테릴(Teryl) 뒤에 '-y'를 붙였을 뿐이니까."

"하긴, 그대는 꽃보다는 좀 더 강인한 쪽이 어울리지."

"안 어울리는 거 나도 알아. 그건 차라리 당신한테 어울리네."

흰색에 가까운 옅은 색 머리칼에, 꽃술이 짙은 황금빛인 것까지 딱 세시오 데이브릭이다. 무심코 말했을 뿐인데 정말로 그와 잘 어울렸다. 예상치 못했는지, 사내의 눈이 조금 커졌다가 곧 즐겁게 휘어졌다.

"유감이지만, 내 애칭은 릴리가 아니었어."

"그거 정말 대단한 반전이네."

"씨(Sea)라고 부르셨지."

누가? 하마터면 내뱉을 뻔한 물음을 가까스로 삼켜 냈다. 데이브릭에서 불러 줬을 리는 없으니, 분명히 민감한 문제일 터. 그러나 그런 보람도 없이, 세시오는 내가 삼킨 말을 눈치채고 답했다.

"친부모가 말이야."

"……아노비스?"

"기억력이 좋아."

칭찬하는 어조의 말. 평소라면 짜증스러웠을 테지만, 다른 감정이 끼어들 상황은 아니었다. 무어라 말하면 좋을지 곤란하여, 고민하다가 나는 태연하게 할 수 있는 말을 골라냈다.

"바다라니, 당신도 별로 어울리는 애칭은 아니잖아."

"맞는 말이야. 그 앞의 모래사장이라면 몰라도, 바다가 이런 희멀건 색이면 곤란할 테니."

"곤란할 것까지야."

"실제로 본 적은 없지만, 그 이름이 어울리려면."

세시오가 내게 손을 뻗었다. 그는, 어깨 아래로 흘러내린 내 머리칼 한 움큼을 조심스레 쥐고 제 입가로 끌어갔다.

"이런 색이어야겠지."

말하며, 세시오는 경건해 보일만치 정중하게 그 끝에 입을 맞추었다. 머리칼에 신경이 있는 것도 아닌데, 그 감각이 온전히 전해지는 듯했다. 목덜미의 솜털이 곤두섰다. 이래 놓고 아무도 만난 적이 없다니. 정황상 진실이겠지만, 개도 안 믿을 거짓말 같았다.

세시오는 금세 머리칼을 놓아주었으나, 나는 잠시 더 쭈뼛거려야 했다. 나는 한숨을 내쉬고, 화제를 돌렸다.

"어머니가 저주에 걸린 거 알고 있었어?"

"봤으니까."

"왜 어제는 말 안 했어. 거래에 유리한 정황이잖아."

"거절하면 말하려 했지. 범인을 알려 준 정도로 데이브릭을 내줄 줄 몰랐거든."

"그럼, 말도 없이 치료한 건."

"소소한 선물?"

"손해 보는 게 취미야?"

내가 계단에서 미끄러질 뻔한 걸 돕고 브루넬 멀든을 살리고 어머니를 치유하고. 본인한테 돌아오는 호의는 싫어하면서, 남한테 온갖 친절을 베푼다. 그리고 기이하게도, 세시오가 베푼 선행은 그에게 보답을 돌려줬다. 리한의 일이 그랬고, 브루넬 멀든을 살린 것도 세시오에게 이득이 될 것이다. 그 기사가 품고 있는 비밀은, 데이브릭 후작을 공격할 무기가 될 테니까.

억지로 끼워 맞춘 해석 같기도 했으나, 결과만 보면 그랬다. 다시 세시오를 의심하려는 건 아니었다. 다만 나는 이전에 한 번, 그리고 조금 전에 또 한 번 들은 말을 떠올릴 수밖에 없었다.

"나는 운이 아주 좋아."

"그렇다면 그 우연을 설명할 방법은 행운 외에는 없겠군요."

"운이 좋다는 거, 그냥 흰소리는 아닌 건가."

"이제는 내 운도 믿어 주는 모양이야."

"도대체 뭐야. 언령이니 행운이니, 천리안이니."

두 눈으로 목격한 마당에 능력 자체를 부정할 생각은 없었으나, 의문이 드는 건 당연했다. 그에게 주어진 불합리한 힘이 너무 많았다. 불합리를 따지자면 리한을 빼놓을 순 없겠지만, 이쪽은 신체 능력이 좋은 것뿐이다. 남들이 할 수 있는 일을 훨씬 더 잘하는 정도. 그러나 세시오의 능력은, 그야말로 기적에 가까웠다.

답을 들을 수 있다고 진지하게 생각한 건 아니었고, 답답함에 내뱉은 말이다. 하나 의외로, 그의 입은 선선히 열렸다.

"템그리아가 건국 초기엔 신성제국이었다는 건 알고 있나."

"대충은."

"초대 황제가 성녀였다는 말은?"

"그란티나가 성녀였다고?"

초대 황제에게 언령이 있었다는 정도는 알았지만, 그녀가 성녀라니. 처음 듣는 이야기다.

세시오가 느리게 찻잔을 기울였다.

"성녀 혹은 성자란, 종교의 최고권위자 모두에게 주어지는 직함은 아니지."

"……수 세기에 한 번씩만 등장할 정도니까."

교황과 뭐가 다른지는 모르겠지만.

"신과 가장 가까운 인간을 칭하는 말이야. 신의 힘을 일부라도 쓸 수 있어야 자격이 되지."

"가장 가깝다?"

"전지전능하며 자애로운 절대자."

새삼스러울 것도 없는 개념적 정의다. 나는 순간적으로 눈가를 찡그렸으나, 뒤늦게 깨달았다. 그 사전적인 말이 세시오의 능력 하나하나와 연결되어 있었다. 전지, 모든 걸 아는 능력과 천리안. 전능, 모든 걸 이루는 능력과 언령.

"전부 신의 힘이라고……. 그럼 행운은?"

"불운한 신이라니, 상상이 안 가잖나."

세시오는 아무렇지 않게 말했으나, 나는 한동안 입을 열 수 없었다. 그는 시원스럽게 이야기해 주었으나, 바로 받아들이기는 힘들었다. 신이니, 성녀니 상상조차 못 했으니까. 하나 머리로는, 차츰 그 연결고리를 이해하기 시작했다.

생각해 보면, 세시오의 말은 신전의 특성과도 맞아떨어졌다. 다른 조직의 경우, 권력을 손에 쥘수록 부패하기 쉬웠으나 신전은 반대다. 내부인이 평가하기엔 어떨지 몰라도 겉보기엔 그랬다. 고위직으로 갈수록 품성이 좋은, 한 번도 부패한 적 없는 집단. 신의 품성을 닮을수록 더 많은 기적을 행할 수 있는 유일한 단체. 그의 말을 알 것도 같았다.

그러나 직후, 나는 바로 눈가를 찡그렸다.

"그래도 당신 운이 좋진 않잖아."

"무슨 기준이지?"

"그랬으면 후작저에서 그런 대접을 받으며 살았겠어?"

"그렇게 볼 수도 있겠지. 학문적으로 검증된 이야긴 아니야."

아무래도 좋다는 듯, 적당한 대답이다. 나는 입술을 달싹이다가 한숨을 내쉬었다. 그래, 대충이라도 알게 된 게 어디야.

"아무튼, 고마워."

세시오가 나를 쳐다봤다.

"어머니 저주 말이야. 덕분에 살았어."

"고마울 일이 아니야. 한 일보다 받은 게 넘쳐서 거래의 균형을 맞췄을 뿐이니."

마차에서보다는 순순했으나, 또 말이 삐딱하다. 나는 세시오 데이브릭을 빤히 쳐다봤다. 실상은 노려보는 것에 가까웠다.

"왜 날 도와줬나."

"왜 화가 났나."

"내게 잘해 줄 필요는 없어. 다른 사람을 상대로는 몰라도 그건 나한테 독이 되거든."

주기만 좋아하고 받는 걸 싫어한다니. 그 반대라면 짜증 나도 이해는 하련만. 마차에서는 그의 알 수 없는 행태에 화가 났었다. 야트막한 호감을 다 비워 내고, 일만 마치면 다시는 상종하지 않겠다고 다짐했다. 그러나 어머니의 일이 드러나며, 감정은 미안함으로 바뀌었고 다시 미미한 짜증이 됐다. 인간적인 호감이 차올랐기에 드는 마음이다.

당연하지 않은가. 곱지만은 않게 굴어도, 그는 내 어머니를 도왔다. 나를 잡아 준 것보다도 훨씬 고마운 일이다. 그러나 그는 앞서, 내 모든 호감을 거부했었다. 누가 절 잡아먹기라도 한대? 자존심이 좀 상하기도 하고, 그래도 감정이 좋아졌는데 어쩔 거냐고 묻고 싶기도 했고.

고민은 길지 않았다. 본디 나는, 그렇게 배려심 넘치는 사람이 아니다. 호감이 있는데 싫어하는 척하라니, 이게 뭔 연애 소설 같은 이야기람. 어차피 제멋대로인 건 세시오 데이브릭이 더했으니까 껄끄럽지도 않다.

나는 당당히 입을 열었다.

"뭐라고 해도 말이야, 나는 당신이 마음에 들어."

"……뭐."

"연애 감정 말고 인간 대 인간으로."

그는 잠시 당황한 듯 두어 번 눈을 깜박였다.

"그쪽 사정이 뭔지는 몰라도, 나는 여러 번 도움을 받았어. 짐승도 그 정도 받으면, 당신을 좋아할걸."

"본인을 짐승에 비유하다니."

"그리고 나는 데이브릭을 주기로 한 거지, 당신 말을 다 들어주겠다고 하진 않았거든."

"……구태여 그렇게까지 할 필요가 있나."

"리한이 되기 전까지 충분히 참고 살아서, 이제는 그럴 생각이 없어."

지겹게, 또 정색하고 시비를 건다고 해도 무시하면 그만이다. 내 마인드가 좀 아버지 같다는 생각이 들었지만, 물러날 생각은 없었다.

"공연한 데 힘쓰고 싶으면 마음대로 해. 의미 없겠지만."

세시오는 내 저의를 알아보려는 듯 물끄러미 내 눈을 들여다봤다. 그러나 속에 든 말을 그대로 꺼내 놓고 있으니, 설사 독심술을 쓸 줄 안대도 의미 없을 것이다.

세시오는 곧, 웃는지 화내는지 분간하기 모호한 느낌으로 눈을 가늘게 떴다.

"손해 보는 성격이군."

"누가 할 소릴."

"단단히 오해하는 모양이야. 내가 한 일들이 선행처럼 보일 수 있겠지만, 필요해서 벌인 일이야. 내 힘을—."

"누가 물어봤어?"

"뭐?"

"토론하자는 거 아니야. 난 결론을 통보했고, 반론 들을 생각, 전혀 없어."

사실 조금 궁금하긴 했으나, 지금은 이렇게 끊어 내는 게 나았다. 나중에 또 이야기할 기회가 생기겠지. 세시오가 나를 떼쓰는 어린아이 보듯 했으나, 무시했다.

그러나 머릿속에 떠오른 어떤 생각은 무시할 수 없었다. 이제 마차 안에서의 갈등은 —내 맘대로— 해결했지만, 다른 문제가 남았다. 멱살을 잡고 마차의 벽면에 처박았었지. 차체가 흔들릴 정도니 충격도 제법 컸을 것이다. 옷에 가려져 보이지 않으나 등을 다쳤을지도 모른다.

나는 조금 머뭇거리며 물었다.

"그보다 등 좀 봐."

내뱉고 나니 변태 같아서, 나는 말을 정정했다.

"등 좀 보여 줄래?"

부드럽게 말하는 변태다.

그러나 다행스럽게도, 세시오는 바로 말뜻을 알아들었다.

"다치지 않았어."

"그러니까 말이야. 다치지 않은 거 확인하려고, 묻는 거야."

"……."

"부끄러워서 그래? 시종 불러 줄까?"

확인하지 않는다는 선택지는 없다.

그가 한숨을 내쉬었다. 괜찮다는 뜻으로 해석돼서, 나는 그가 앉은 소파로 옮겨 갔다. 그의 몸을 돌리고 옷을 걷어 내자 널따란 등이 보였다. 예상과 다르게, 조금도 다치지 않았다. 붉어진 흔적조차 없다. 다만 신경 쓰이는 건 있었다.

"뭔가 문제라도 있나."

"아니, 붓지도 않고 깨끗해. 그보다…… 도대체 어떻게 운동하는 거야?"

세시오의 키가 있으니, 체격도 큰 건 당연하다. 하지만 드러난 등은 생각보다 넓고 잘 발달했다. 가운데를 가로지르는 척추 기립근에, 양옆으로 과하지도 모자라지도 않게 근육들이 조형되었다. 조각가들이 정성 들여 빚어낸 토르소를 보는 기분이다.

"후작저에서 못 걷는 척했을 거 아니야. 몰래 운동해도 한계가 있을 텐데."

도대체 뭘 어쩌면, 이렇게 몸이 좋을 수 있는 거지. 생각해 보면 다리도 탄탄했다. 순수하게 궁금증이 솟구쳤다.

"혹시 언령으로 만든 몸이야? 자라나라, 근육아. 다리야 탄탄해져라, 그런—."

"말도 안 되는 소리."

그는 다소 빠르게 말하며 몸을 물렸다. 들쳤던 옷자락이 다시 토르소를 덮는다. 내 말이 당혹스러웠는지, 그의 얼굴은 조금 붉어져 있었다. 그제야 나는 내가 사내를 품평한 꼴이 됐다는 걸 자각했다.

"아, 미안해. 몸이 너무 좋아서. 아니, 당신 핑계를 대는 건 아니고……."

다급히 사과했으나, 그럴수록 말이 엉겼다. 그런 스스로가 바보 같고 상황이 창피해서 얼굴에 열이 몰렸다. 내게도 느껴질 정도니 보통 빨개진 게 아니겠군.

과연, 세시오의 얼굴에서 입꼬리가 움찔 떨렸다. 나는 재빠르게 말했다.

"이번엔 웃지 마. 여태 그런 것처럼 허리 잡고 웃으면, 반대 방향으로 접힐 줄 알아."

"노력하지."

머잖아, 그의 노력이 형편없다는 것이 증명되었다. 입을 다물면 뭐하냐고. 입만 빼고 온몸으로 최선을 다해 웃는데.

마땅찮아 그를 노려봤지만, 정말로 때릴 수도 없었다. 아무렴, 잘못은 본인이 해 놓고 트집 잡아 상대를 괴롭히는 건 리한 공작이나 하는 짓이니까. 다만 말로 따지는 정도는, 내 양심도 허락해 주었다.

"왜 그렇게 웃음이 많아. 세상일이 다 즐거워? 낙엽만 굴러가도 좋아 죽겠어?"

"할 수 없지, 그대가 날 웃게 하니까."

"그거야말로 웃기는 소리네."

타박을 들었지만, 웃음기는 가시지 않았다. 그래, 웃어라. 조금만 더하면 내 양심의 기준선을 넘을 것 같다. 나는 그를 노려보다가, 문득 그의 피부가 아직

붉다는 걸 알아차렸다. 부끄럼은 가신 것 같은데 왜…….

"잠깐만."

혹시나 해, 나는 손을 뻗어 그의 이마를 짚었다. 그러고는 내 이마도 만져 봤다. 내 체온이 좀 낮은 편이긴 해도, 차이는 제법 컸다.

역시.

"당신, 열 있는데?"

타니타르 공작저의 집무실. 저택의 주인은 수하에게 긴요한 건을 보고받고 있었다. 공작이 믿기지 않는다는 듯 되물었다.

"실패했다고?"

"예, 한순간에 저주가 사라졌습니다."

떨면서도, 그녀는 보고를 반복할 수밖에 없었다. 쾅, 공작이 책상을 강하게 내리쳤다.

"있을 수 없다! 7년을 모아 만든 저주야! 이클릿 리한은 마나를 익힌 것도 아니고 심지어 증상은 이미 발현되지 않았나!"

"저주를 거는 데는 분명 성공했습니다. 하지만—."

"정말로 해주됐다고? 확실한 얘긴가?"

"대신전에 심어 놓은 세작이 확인했습니다."

대신전에는 대신관이 있다. 그들이 내린 결론이라면, 착각일 리는 없었다.

"리한, 리한, 리한! 이 인간 같지도 않은 것들! 도대체 무슨 수를 쓴 게야!"

그는 있는 힘껏 소리치며, 몇 차례 더 책상을 내리쳤다.

타니타르 공작이 저주를 만들기 시작한 지는 어언 30년이 다 되었다. 수십 년 전의 거사가 실패하자마자, 그는 가문의 최상급 마법사를 끌어모아 저주를 만들기 시작했다. 그렇게까지 공을 들인 이유는 단 하나였다. 리한 공작을 죽이려면, 그것밖에 수가 없다고 생각했으니까.

하나 무기가 완성되어 가는 동안에도, 공작은 불안을 떨칠 수 없었다. 수십 년 전 본 라셰드 리한의 모습이 머릿속에 너무도 강렬히 남은 탓이다. 무슨 수를 써도 쓰러뜨릴 수 없을 것 같다. 간단히 파훼하고는, 제 목을 자를 것 같다.

신이 그런 타니타르 공작을 가여워한 걸까, 좋은 기회가 생겼다. 라셰드 리한이 수도에서 제 짝을 찾아갔다. 그리고 이즐릿 윈터글라스는 마나를 익힌 적도 없는 일반인이었다. 타니타르 공작은 곧바로 목표를 바꾸었다. 최상급 저주는 아직 완성되지 않았으나, 그에게는 다른 저주도 있었다. 일반인을 상대로 실패할 리 없다. 공작은 확신했고, 저주를 거는 데도 성공했다. 그러나 결과는 이 모양이다.

"공작을 노린 것도 아니고, 그 핏줄을 노린 것도 아닌데 어째서!"

나약한 일반인을 상대로 건 저주가 한순간에 사라졌다. 상식적으로 불가능한 일이었다. 하나 오래전부터, 리한은 상식을 따르지 않는 가문이었다.

공작은 실핏줄이 터져 붉어진 눈으로 앞을 노려봤다. 그곳에 있는 사람은 제 수하뿐이었으나, 그의 눈에는 라셰드 리한이 비쳐 보이는 듯했다.

"좋아. 돌려서 하는 수작질은 나도 이제 됐네. 그놈을 위해 만든 것도, 머잖아 완성될 테니까."

수하는 공작의 말에 동조하듯, 깊이 고개를 숙였다.

"최상급 저주는 얼마나 남았지."

"늦어도 반년 내로 완성될 겁니다."

"둘 다 살아남을 수 있겠나?"

열 명을 데려다 놓고 시작했으나, 여러 가지 이유로 실패하고 이젠 둘만 남았다. 그것도 운이 따라 준 결과였다. 일을 시작할 때는, 하나만 성공해도 다행이라고 여겼으니까.

"마무리 단계니 확실합니다."

"어차피 머지않았군. 그것만 완성되면 리한은 이제 끝난 거나 다름없어."

그는 그렇게 중얼거리며 제 감정을 달래려 했으나 치솟는 분을 견딜 수 없었다. 공작은 속에서부터 끓어오르는 화를 내지르며 책상에 있는 걸 다 쓸어 버렸다.

"반드시 그 씨를 말려 버리겠다!"

"몸살입니다. 일주일간 정양하시면 나을 겁니다."

의사는 그렇게 말하고 돌아갔다. 대단한 병이라 생각한 건 아니었으나 몸살은 의외였다. 북부인들은 기본적으로 체력이 좋아서 화이트폴에서는 몸살 환자를 좀체 볼 수 없었다. 어머니는 수도 출신이라서인지, 자주 앓으셨지만.

"정말 말 그대로, 몸에 부담이 간다는 거였나 봐? 그래도 몸살이면 양호하네."

열이 있다고는 해도 그렇게 심각한 상태는 아니었으니까. 능력을 생각하면, 아주 소소한 부담이었다.

"글쎄. 지금 상태는 그대로 치면 일주일간 쉴 새 없이 검을 휘두른 것과 비슷할까."

"무슨 소리야? 그 정도로 몸살에 걸릴 리가."

"음?"

"내가 어떻게 그 짧은 시간 내에 마스터가 됐는지 모르는구나."

진심을 담아 말하자, 세시오는 잠시 입을 다물었다. 그러더니 한순간, 그의 눈에 빛이 반짝였다. 마나가 느껴지지는 않았으나 뭔가 전에도 봤던 것 같은…….

"설마 방금 천리안이야?"

"걱정 마, 실패했으니. 역시 그대의 일은 보이질 않아."

"아니, 사생활 같은 도덕적인 이야기는 관두더라도, 뭘 보겠다는 건데."

"말하지 않았나. 미래의 일이 아니라면, 대부분 볼 수 있다고."

미래가 아닌, 그러니까 과거까지도 가능하다는 이야기지. 들을수록 어처구니가 없었다.

"잘 쓰진 않아. 시간대가 어긋날수록 많이 힘들어지니까."

"뭐, 그래. 한 석 달은 몸살로 앓아눕나 보네."

"지금은 쉬운 일을 과도하게 해서 몸이 나빠진 정도지. 더 가면 몸살에 그치진 않아."

"어려운 일을 과도하게 하면 어떻게 되는데?"

"쓰러지거나, 피를 토할 수도 있고."

"각혈한다고?"

"눈이 멀 수도 있고."

"뭐?"

"목소리를 잃을 수도 있고."

거기까지 들었을 때, 나는 무언가 이상함을 느꼈고 세시오는 묘하게 눈을 휘었다. 뭐라고 할까, 나를 놀리고 있는 듯한.

"목숨은 무사한가 보네?"

"물론 목숨을 잃을 수도 있지."

떠보듯 던진 질문을 그가 옳다구나 받았다. 역시, 떠오르는 대로 다 내뱉고 있는 게 분명했다. 진지하게 들은 내가 바보지.

내가 눈치챘다는 걸 알았는지, 세시오의 표정도 달라졌다. 그는 갑자기, 침대 헤드에 몸을 기대고는 눈꼬리를 처연히 늘어뜨렸다. 목소리에도 심히 아픈 척이 배었다.

"아무튼, 일이 이렇게 됐으니 책임져 줘야겠어."

좀 전까지 멀쩡히 말하던 이는 어디 갔는지, 힘을 잔뜩 뺀 소리는 공기가 달라붙어 속삭임처럼 변했다. 그 속을 훤히 알면서도 넘어갈 듯한 연기력이었다. 그 때문에, 말의 내용을 알아차리는 건 조금 늦었다.

"무슨 책임. 내가?"

"그대를 위해 비를 내리고 천둥을 치고 브루넬 멀든을 살리고 응접실에서 연주를 틀지 않았나."

"몰랐는데, '테릴 리한'을 위하는 방법이 되게 다양하구나."

"그러고 보니, 리한 공작부인의 목숨을 구하기도 했지."

"마지막 것만 이야기해. 쓸데없는 거 끼워 팔지 말고."

왜 우리 어머니의 목숨이, 그사이에 끼어 있어야 하냐고.

"원하는 게 뭔데."

"일단은……."

일단? 그 심상찮은 시작에 딴지를 걸고 싶은 걸 겨우 참았다. 세시오는 망설이는 건지, 아니면 내가 안달을 내길 바라는 건지 한참을 머뭇거렸다. 그러다가 내가 성질을 못 참을 것 같을 때 겨우 그 입술이 열렸다.

"무화과 수플레가 필요해."

원래대로 돌아온 세시오의 목소리는 낭랑하기까지 했다. 그리고 그 입에서 나온 말은, 너무 얼토당토않았다. 뭘 먹고 싶어?

인상을 팍 일그러뜨리자, 세시오가 소리 내어 웃음을 터뜨렸다.

"먹고 싶으면, 그냥 그렇다고 말을 해."

"별로 먹고 싶은 건 아니지만, 그렇다고 해 두지."

대체 어쩌라는 거지. 한창 말꼬리를 잡을 때의 어린아이 같았다. 나는 상대가 환자라는 사실을 되새기며, 말다툼에 참전하고 싶은 생각을 조용히 내려놓았다. 조금 이를 악물기는 했다.

"……알았어, 오늘은 힘들겠지만."

"그대와 함께하는 저녁에, 디저트로 올라오면 좋겠군."

"그래, 많이 드십시오. 곧 신전에 갈 귀한 몸이시니, 다 맞춰 드려야지."

"신전?"

"모처럼 기적이 일어났잖아. 이왕 이렇게 된 거, 좀 써먹어야지."

예로부터 민심 잡는 데 종교만 한 게 없었고, 영주가 되는 데는 영지민들의 지지만 한 게 없었다. 세시오 데이브릭이 걸을 수 있게 되었다. 실상은 사기 행각이지만, 겉만 보면 기적과 다름없다. 정통성이 부족한 세시오를 후작으로 만들려면, 이용할 수 있는 건 최대한 이용해야 한다.

수도에서 이미지를 좀 끌어올린 다음 후작령으로 가면 괜찮겠지. 거기까지 소문이 퍼져 줄지는 확신할 수 없었으나, 뭣하면 의도적으로 퍼뜨려도 괜찮으니까.

"신관들은 신을 이용하는 걸 좋아하지 않아."

"당신한테 기적이 일어난 건 맞잖아?"

"에아네브렐리아라는 학자가 실존하지 않았단 건 간단한 조사로도 알 수 있지."

"구체적인 방법을 다시 이야기하진 않을 거야."

어차피 후작 부부도 그 이름을 기억하지 못할 테니, 조사할 수도 없을 것이다. 애당초 그런 걸 한 번 듣고 외워 버린 세시오가 이상한 거다.

"그러지 않아도, 신전에서 동조만 해 주면 간단히들 믿을 테니까."

"쉬운 이야기처럼 들리진 않는군."

"아니, 아주 간단하지. 리한에는 돈이 많거든."

아무리 선량하고 청렴한 집단이라도 이 시대를 살아가는 이상 돈은 필요하다. 그리고 불우한 이들을 돕기 위해서는, 더 많은 돈이 필요하다. 설사 사기란 걸 눈치채더라도, 내가 그 사실을 악행에 이용하지만 않는다면 신전은 눈감을 것이다. 여태 리한과 신전은 사이가 나쁘지도 않았으니까.

"……그렇게까지 말한다면 좋아, 그대를 믿도록 하지."

그는 좀 알 수 없는 표정으로 눈매를 휘었다.

세시오에게 방 하나를 내어 주고, 나는 어머니의 방으로 향했다. 피로가 깊었는지 그녀는 잠들어 있었고, 그 곁을 아버지가 지키는 중이었다. 나아가 몸살에 걸리지만 않으시면 좋겠는데.

"할 말이 있어요."

어머니를 향한 안타까움을 뒤로 하고, 나는 아버지를 모셔 응접실로 향했다.

막 본론을 꺼내려는데, 그의 입이 먼저 열렸다.

"타니타르는 어찌할 생각이냐."

"글쎄, 저한테 순번이 돌아오긴 하나요?"

타니타르가 범인이라는 건 아버지도 이미 알고 계셨다. 이젠 세시오를 의심하지도 않으시니까. 그리고 범인의 정체를 아는 한, 아버지가 그를 내버려 둘 리는 없다. 내가 침 한 번 뱉을 겨를도 없겠지. 그렇게 생각했는데.

"네가 알아서 해라."

"네?"

"3년이나 배웠으면, 그 정도는 할 수 있겠지. 이왕 이렇게 된 거, 이걸 후계 시험으로 내주마."

"……진심이세요?"

평소 언행과 너무 달랐다. 어머니의 저주가 풀린 걸 확인하자마자 타니타르로 쳐들어가 그 목을 들고 와도 이상치 않은데, 그걸 나한테 넘긴다고? 혹시 사람이 바뀌었나. 의심스레 쳐다봤으나, 아버지는 담담했다.

"물론 그놈을 산 채로 데려와야 통과야."

"……혹시나 해서 묻는데, 제가 시험에 떨어지면 공작이 안, 아니 못 되는 건가요?"

"헛소리. 그땐 재시험이다."

"붙을 때까지 계속 치르는 게, 도대체 무슨 시험이죠?"

"어렵게 생각할 건 없다. 잠입해서 멱살만 잡아끌고 와도 되니까."

"간단하긴 한데 그건 너무 허무한데요. 언제라도 할 수 있잖아요."

"고통이 모자라긴 하겠군. 그럼 30년 전의 일을 공론화해서, 보내 버리든가."

30년 전의 일이 뭔데?

눈을 멀뚱히 깜박이자, 아버지가 한쪽 눈썹을 찡그렸다.

"모르나?"

"짐작도 안 가요."

"타니타르와 데이브릭이 협심해서 반역을 일으키려던 거."

"……지금 저 바보 취급하시는 거죠?"

"정말 몰랐나 보군."

"말이 안 되잖아요. 반역을 일으키려다 실패했으면 가문이 무너졌을 텐데, 멀쩡하던데요."

"선황제가 덮어 줬거든."

그는 심드렁한, 그러나 농담 같지는 않은 투로 말했다. 제법 진지해 보이기도 했다. 거짓말이 아니라 진짜라고?

"대를 내려올수록, 황권은 빠르게 약해지고 있지. 리한과 맺은 계약이 아니었으면, 진즉 황실도 바뀌었을 거다."

"갑자기 무슨, 아니, 계약이라니요?"

"초대에 거래가 있었지. 리한에 특혜를 주는 대가로 우리에게도 의무가 걸렸어. 그쪽에서 요청하면, 우리는 반역 진압을 도와야 한다."

"이것도 처음 듣는 이야긴데요."

"그렇겠지, 원래는 가주든 황제든 돼야 알 만한 이야기니까."

가주가 되고서야 알려 주는 조항이라니. ……사기 아니야?

"특혜라면, 황위 계승권이요?"

"황실의 승인 없이 작위 승계나 혼인이 가능한 것도. 몇 개 더 있긴 하다."

"그것 때문에 리한이 타니타르의 반역을 진압했다고요?"

"전전 대 황제가 요청해서 내가 움직였지."

"하지만—."

"역사에는 묻혔다. 약해진 황권을 되살릴 기회라고 판단한, 황태자가 타니타르를 감쌌으니까."

"선황제인 카트리예를 말씀하시는 거면, 얼마 전 타니타르에 암살당했잖아요."

"이용만 당하고 버려진 거지. 그래도 그 자매는 그렇게 멍청하진 않았는데."

선선한 긍정에 말문이 막혔다.

황제를 직접 본 적은 없었으나 그녀가 귀족파, 특히 타니타르에 끌려다녔다는 정도는 알았다. 나도 수도에 사는 귀족이었으니까. 그런데 그게 자초한 거였다니.

"당시도 만류하는 사람이 많았지만, 끝내 제 고집대로 저지르더군."

"황제라고 해도, 그게 가능한가요?"

"아니, 반역을 처벌하는 건 권리인 동시에 의무니, 말도 안 되는 일이지. 그래도 감수할 만한 위험이라고 생각한 거야."

"그런……."

"그래서 타니타르에 당할 때까지도 그 사실을 다시 무기 삼을 순 없던 거다."

스스로 판 무덤이었어. 아버지가 혼잣말처럼 중얼거린 소리에, 나는 고개를 끄덕였다. 그렇게 말할 수밖에 없는 상황이었다.

"지금에라도 드러내면 두 가문을 몰살시킬 수 있다. 타니타르는 모든 걸 잃게 되겠지."

"그러니까…… 데이브릭도 함께 말이죠."

"왜, 그놈이랑 한 약속 때문에 못 하겠냐?"

"약속이 아니라 계약이요. 심지어, 이쪽은 이미 대가를 받았고요."

"영 마음에 걸리면, 후작을 만들어 놓은 뒤 고발하면 돼."

믿을 수 없는 사고방식이다. 후작을 만들어 놓고, 반역죄로 같이 쓸어 버리라니. 도대체 아버지의 인성은 어디까지 내려가야 보일까.

"제가 복수하고 싶은 건 세시오 쪽이 아닌데요."

"또 이름으로 부르는군."

"아버진 또 쓸데없는 데 꽂히셨고요."

아버지가 살벌하게 나를 노려봤다. 가만히 있다가는 또 쓸데없는 이야기에 시간을 허비할 것 같아, 나는 화제를 돌렸다.

"그럼 자금줄을 좀 틀어막고 어떻게 나오는지 볼까요?"

"유감이지만 딸아, 내 상단이 그렇게 시장 장악력이 좋진 않아."

"네?"

"이즐릿이 떠나고 폐인이 된 동안 절반쯤 말아먹었지. 빌빌거릴 만큼은 아니지만, 타니타르를 압박할 정도도 못 돼."

"……그렇게 당당하게 할 소리예요? 정말 유능하시네요."

"너야말로 돈으로 압박할 생각이나 하다니 쩨쩨하기 짝이 없구나. 네가 리한이면, 힘으로 해결해야지."

가문 재산을 반이나 말아먹고 본인이 더 큰 소리야. 어이가 없었으나 따진다고 들어줄 사람도 아니다. 젠장. 할머님이나 할아버님 중 한 분은 살아 계셨어야 했는데.

치미는 안타까움에, 나는 크게 한숨을 내쉬었다.

"선황제를 죽인 걸 보면, 황위 욕심은 남은 것 같죠?"

"수도에 그 탐욕을 모르는 놈도 없을걸."

"다시 반역을 일으키도록 유도해 볼까요? 데이브릭과 엮이지 않게 조심해서요."

"리한이 무너지기 전엔 어림없지. 30년 전, 제 가문이 망가질 뻔한 걸 봤으니까."

"그래서 저주를 건 건가."

"사적인 원한도 있고, 황제가 되려는 욕망도 있겠지. 그래도 우리가 무사하면, 본인이 황제가 되려 하진 않을 거다."

"본인이 아니면요, 아들 쪽? 그러고 보니, 타니타르 소공작이 황녀와 약혼했었죠."

"다른 황족을 모조리 죽이면, 무난히 황제가 될 테지."

상상 이상으로 꼬인 문제였다. 비사를 몰랐을 때는 단순히 리한이 거슬려 선수 친 줄 알았는데. 리한과 황실의 계약, 반역, 복수, 황좌. 생각할 게 많기도 하지. 귀찮아질 게 싫어서, 복수만 정리하면 돌아가려 했는데 결국 엮일 운명이었다니. 머리가 지끈거려, 눈썹 부근을 꾹꾹 눌렀다.

"그럼 일단 좀 더 볼게요. 정 방법이 없으면, 그냥 끌고 오고."

"알았다. 타니타르를 데려오는 건 네게 믿고 맡기마."

진짜 관여하지 않으신다고? 진짜 정말 진짜로? 아까 이미 들은 말이긴 했으나, 그렇더라도 믿기지 않았다. 혹시 다른 사람이 아버지의 얼굴 거죽을 뒤집어쓴 건 아닐까. 그 얼굴을 벗겨 보려다가.

"나는 북부로 돌아가, 인간을 가장 고통스럽게 죽이는 방법을 연구하며 기다리지."

아버지가 할 법한 말이 돌아와 참았다. 뭐라 할 말이 없어 나는 적당히 대답했다.

"……예, 고생하시네요."

그런데 잠시만.

"돌아가신다고요, 벌써? 황제가 바뀌어서 얼굴 비추러 오신 거 아니었어요?"

"네가 했잖아."

"전 가주가 아닌데요."

"어차피 수년 내로 공작이 바뀔 텐데, 내 얼굴까진 필요 없어."

"제발요, 아버지. 아직 정정하신데 왜 풋내 나는 애송이한테 떠넘기시려 그래요."

"그럼 정정할 때 떠넘겨야지. 다 늙어 힘이 없을 때 떠넘기면 누구 좋으라고."

"와, 정말 무책임의 대명사야."

"일주일 내로 떠난다."

"진심이세요? 아버지의 머릿속에는 상의한다는 개념이 없어요?"

"상의는 이즈랑만 하면 충분해."

"저한테는 통보고요."

"그리고 죽어도 결혼은 안 돼."

"아, 이 와중에 진짜!"

"네 어머니도 안 된다고 했어."

정말? 순간적으로 당황했으나, 곧 나는 그게 거짓말임을 깨달았다.

"믿을 거짓말을 좀 하세요. 세시오랑 제대로 인사도 못 하셨는데 무슨."

"꼭 인사를 나눠야 반대할 수 있는 건 아니지."

"어머닌 보지도 않고 사람 판단하는 분 아니시거든요."

"……."

"혹시 어머니가 마음에 들어 할까 봐, 급하게 가신다는 건 아니죠?"

"뭘 먹길래 매일 헛소리만 느는지."

혀를 쯧 차더니, 아버지는 응접실을 나가 버렸다. 너무 자연스러운 태도라 몰랐으나, 뒤늦게 나는 그가 도망친 거란 사실을 깨달았다.

"사람이 대체 왜 저러지."

도대체 어떻게 하면 저런 사람이 될 수 있는지, 아버지의 유년이 궁금했다. 할머님은 어진 분이라 하셨으니, 할아버님의 유전인가. 그쪽 성격을 닮지 않아 다행이다. 나는 한숨을 내쉬었다.

조용하고 부드러운, 그러나 이따금 톡톡 튀어 오르는 소리. 오르골이 자장가를 연주하는 중이었다.

음악을 듣자마자, 세시오는 제가 꿈속에 있음을 알았다. 그에겐 아주 익숙한 일이었다.

그는 누군가와 춤추고 있었다. 세시오는 홀린 것처럼, 몸을 움직였다. 그의 앞에서, 밤하늘을 닮은 머리칼이 오로라처럼 흩날린다. 그들은 음악에 몸을 맡기고 춤추었다. 따뜻한 시간이었다. 그리 길지는 않았지만.

곧 춤이 끝났다. 여전히 오르골 소리는 계속됐으나, 세시오는 그리고 눈앞의 여성은 춤이 끝난 걸 알았다. 상기된 얼굴에서, 입꼬리가 시원스레 올라갔다.

"제 생일은 엉망진창이었지만, 그만큼 세시오의 생일은 멋지면 좋겠네요."

그녀는 하얀 상자를 가져와 그에게 건넸다. 오르골 연주는 그 안에서 흘러나오고 있었다. 상자 안에 무엇이 들었는지 이미 알면서, 세시오가 조심스럽게 선물을 열었다.

백금빛 갈기의 유니콘이 달을 중심으로 빙글빙글 돌고 있다. 가운데의 달 또한, 말보다는 한결 느린 속도로 자전한다. 특이한 모형의 오르골이었다.

마음에 들어, 그의 입가에 웃음이 떠올랐다. 그게 기쁜 듯, 상대의 얼굴에는 더 환한 웃음이 그려졌다.

"태어난 걸 축하해요."

가슴이 먹먹해질 정도로 아름답고 찬란한 웃음. 그러나 세시오는 그 뒤에 어떤 말이 이어질지, 이미 알고 있었다. 그의 미소가 일그러졌다.

"그럼 이제는 친구 자격이 되나요?"

따뜻하던 오르골 소리는 굉음과 함께 무너지고 새카만 어둠이 그를 삼켰다. 꿈에서 깨어난 이의 눈꺼풀이 느릿하게 올라간다.

춤을 추던 곳이 아닌 낯선 천장. 눈에 익지 않은 공간이었으나, 세시오는 놀라지 않았다. 제가 어디에 와 있는지 알고 있었으니까. 조금이나마 놀라운 것이 있다면, 몸을 짓누르는 피로감이 더 무거워졌다는 것뿐이다.

'이미 무리한 몸으로 연주까지 부른 건 과하긴 했지.'

황당해하던 테릴 리한이 떠오르자 입매가 허물어졌다. 충동적으로 저질렀으나, 후회하지는 않는다. 이제는 두 번 다시 못 할 일이었으니까. 그는 침대에 팔을 짚고, 누운 몸을 일으켰다.

세시오가 얼굴을 들자, 제 옆에 앉아 있는 사람이 눈에 들어왔다. 종전에 그런 꿈을 꿔서, 환상을 보는 걸까.

수그린 고개를 타고 흘러내리는 머리칼. 정갈하게 난 눈썹은 유독 짙어, 눈처럼 흰 피부와 대비된다. 우아하게 치켜진 눈꼬리의 끝은 깊게 팼고, 속눈썹은 힘 있게 휘어졌다. 어딜 가더라도 시선을 잡아끌 만한, 도회적인 미인. 몇 번 눈을 깜박여도 사라지지 않는 그녀는, 테릴 리한이다.

"왜 여기에……."

무심코 말했다가, 그는 손등으로 제 입가를 눌렀다. 주위에 누군가 있을지도 모른다는 염려 때문은 아니다. 그녀는 잠들어 있었다. 다리를 꼬고 팔짱도 낀 채, 고개를 푹 수그리며.

혹시 남은 이야기가 있어 온 건가. 불편해 보이는 자세에, 그는 좀 당황했다. 저도 모르게 웃음이 나오기도 했으나, 미소는 금세 사라졌다. 고개를 꾸벅이며 졸더니, 기어이는 그녀의 몸이 앞으로 기울어진 탓이다.

세시오가 다급히 허물어지는 몸을 받쳤다. 품에서 빠르게 온기가 번진다. 그의 얼굴이, 입매가, 어깨가 다 조금씩 굳었다. 가슴께가 조금 빠듯해졌다.

"아, 세시오."

그러다 깬 걸까, 테릴은 세시오의 어깨를 짚고 몸을 일으켰다. 그녀는 미간을 문지르며 눈을 깜박였다. 잠기운을 떨치려는지 고개를 가로젓기도 했다. 그야말로 잠에서 깬 고양이가 따로 없었으나, 세시오에겐 아직 웃을 여유가 돌아오지 않았다. 그는 애써 태연히 말했다.

"중요한 말이 남았으면 깨우지 그랬나."

"당장 급한 얘기는 없는데. 참, 최상급 무화과는 구해 오는 데 좀 시간이 걸린다더라."

"……그러면 왜 온 거지?"

"약 먹어야 한다고 말하러 왔어."

"그럼 깨우면 되잖아."

"조금만 더 자게 뒀다가 깨우려고 했지. 그런데 내가 잠들어 버렸네."

"사람을 시키면 될 일인데 굳이……."

말을 채 마무리 짓지 못하고, 세시오가 말끝을 흐렸다. 어느새 테릴의 얼굴에는 약간의 짜증과 감정을 애써 누르는 듯한 표정이 그려져 있었다. 아프다니 참자, 생각하는 게 훤히 들여다보인다. 그래서 세시오는 말을 바꾸었다.

"직접 해 주다니 고맙군."

"눈치는 빨라."

픽 웃고는, 그녀가 자리에서 일어나 기지개를 켰다.

"많이 늦어졌지만, 할 수 없지. 식사나 하자고."

의사는 일주일이라고 했으나 세시오는 사흘 만에 나왔다. 약혼을 치르기엔 무리 없는 상황이다. 문제는, 세시오의 건강 상태가 아니라 다른 데 있었다.

데이브릭 후작은 아직도 혼담에 답신하지 않았다. 거절한 건 아니었으나, 승낙도 아니었다. 이렇게 대놓고 뻗댈 줄은 몰랐는데. 차라리 거절한다면, 이유를 묻든 항의하든 해 보련만 곤란한 상황이다. 버틴다고 해결될 리 없다는 건 후작도 잘 알 텐데 무슨 꿍꿍이인지.

하는 수 없이, 나는 그를 압박할 겸 새로 짜 둔 계획을 시행하기로 했다. 그 때문에.

“어울리긴 하는데, 원하는 느낌이 아니야. 다음.”

“…….”

“어딘가 부족해. 다음.”

“…….”

“아, 괜찮은데 더 좋은 것도 있을 것 같아. 다음.”

「인형 놀이는 언제까지 해야 합니까.」

말대로, 나는 인형 놀이 중이었다. 세시오가 수첩에 적은 글을 보고 나는 일단 드레스룸에서 시종들을 내보냈다.

“시각적인 게 얼마나 중요한데. 이미 동의했잖아.”

“대단한 불만이 있는 건 아니야.”

“그럼?”

“혼자만 하려니 외로워서.”

세시오의 말에 나는 내 차림을 내려다봤다. 검은 셔츠가 보였다. 어때서.

“물론 그 단출하고 담백하고 아무것도 없이, 천을 이어 붙이기만 한 그 옷도 어울리긴 해.”

“……내 셔츠에 불만 있어?”

“매일 비슷한 차림을 하니 아쉬워서. 이왕 인형극이 벌어진 김에…….”

그는 내게 뭐가 잘 어울릴까 가늠하듯 고개를 기울이고 눈을 가늘게 떴다. 인형 놀이에 진심인 건, 이 남자 같았다. 까딱하다가는 인형극의 주인공이 바뀔 것 같아, 나는 다급히 입을 열었다. 그런 티를 내지 않기 위해, 겉으로는 진지한 체했다.

“오늘 주인공은 당신이잖아. 본인도 동의했으면서, 옷 갈아입는 게 뭐 어렵다고.”

“그럼 약속해 주겠나. 다음 무도회에서는 그대가 해 주겠다고.”

"내가 당신 생각을 못 했네. 옷 갈아입는 것도 보통 일은 아니지."

"테—."

"하물며 몸살도 나은 지 얼마 안 됐으니, 많이 힘들었겠어. 여기까지만 하자. 지금 옷도 아주 괜찮아. 정말 신이 강림한 것 같은걸."

반박할 새 없이 계속해서 주절거리자 세시오가 쿡쿡 웃었다. 옷 갈아입는 게 얼마나 귀찮은데, 나한테 무슨 짓을 하려고. 옷을 열심히 골라 봐야 나는 얻을 것도 없다.

그가 다른 말을 못 하도록, 난 자리에서 일어나 다시 한번 세시오를 살펴보았다. 금색 문양을 넣은 새하얀 제복이 맵시 좋게 그의 몸을 감쌌다. 워낙 체격이 좋아 뭘 걸쳐도 그럴싸해 보일 테지만, 흰옷이 주는 느낌은 확실히 달랐다. 우아하고 성결한 분위기. 흡사 성자처럼도 보이는 외관은, 기적이라는 말과 잘 어울렸다. 사기꾼이 되기 좋은 얼굴이야.

나는 만족하며 고개를 끄덕이고 그에게 손을 내밀었다.

"슬슬 출발할까?"

"내 님이 분부하시는 대로."

교황은 성지에 머무르나, 일곱의 대신관은 성지 밖에서 지내는 것이 원칙이다. 템그리아는 대륙 유일의 제국인 만큼 국토가 드넓다. 그 때문에 대신관 셋이 머무르는 수도의 대신전은 종교인들에게도 뜻깊은 장소였다.

가을이 무르익어 가는 한창, 수확제를 앞두고 신전에서 감사 기도를 여는 날이었다. 정작 농민들은 들어올 수 없었지만 신전을 찾은 귀족은 몹시 많았다. 그러나 그렇게 많은 사람이 있음에도 내 마차가 들어선 순간, 장내는 정적에 휩싸였다.

나는 일부러 세시오를 먼저 내리게 했다. 처음 들린 반응은 그 독보적인 외관에 대한 감탄사, 그리고 다음은.

"말도 안 돼."

있을 수 없는 일이 벌어졌다는 경악. 그 한 마디를 시작으로, 대신전 내의 정적은 손쉽게 조각났다.

"저 사람, 데이브릭 후작가의 장남이잖아. 분명 못 걷는다고 들었는데."

"소문이 아니라 진짜 못 걷는다고! 아드윈 공자가 의자를 넘어뜨릴 때도 못 걸었어."

"다른 사람 아니에요?"

"저 얼굴이 어디 흔한 얼굴이오."

"그러고 보니 저번에 리한 공작저 앞에서, 저 공자가 서 있는 걸 봤다는 소문이 있었습니다."

"헛소문인 줄 알았더니……."

혼란에 빠진 소리는 자못 감동적이기까지 하다. 충분히 우스울 만한데도 세시오는 웃지 않고 내게 손을 내밀었다. 이제 에스코트도 할 줄 아네. 나는 픽 웃으며 그의 손을 잡고 마차에서 내렸다.

"리한 소공작이다!"

"저번에 만티코어를 바치더니, 관계에 무슨 진전이—."

"흠, 흠."

두어 번의 헛기침이 사람들의 수군거림을 진정시켰다. 누군가 우리에게 다가왔다. 흰 사제복을 입은 중년의 여성. 대신관 중 하나인 아나타 닉스다. 얼마 전, 아버지가 다녀가시면서 막대한 성금을 기부한 덕인지, 그녀의 눈에 호감이 스며 있었다.

"언제나 신의 축복이 함께하기를. 찾아 주셔서 감사합니다, 리한 소공작님."

“처음 뵙겠습니다, 닉스 대신관님. 테릴 리한입니다. 이쪽은—.”

“세시오 데이브릭 공자님이시지요, 사정에 대해서는 알고 있습니다.”

말할 수 없다는 걸 안다는 뜻이다. 세시오는 입을 여는 대신, 고개 숙여 인사했다.

“별로 놀라지는 않으시는군요.”

“어느 부분을 말씀하시는 건가요?”

“그냥…… 제 약혼자가 얼마 전까지 걷지 못했으니 더 당황하실 줄 알았습니다.”

내가 자연스럽게 세시오를 ‘약혼자’라고 칭하자, 곳곳에서 숨을 들이켜는 소리가 났다. 실수한 것처럼 나는 입을 가렸다.

“아직 약혼식을 치르진 않았는데 실언했군요.”

“경솔하신 분이 아닐 테니, 머잖은 일이겠지요. 경사스러운 소식입니다.”

“좋게 봐주셔서 감사합니다.”

“그럼 신전에는, 그 일 때문에 찾아 주셨겠군요.”

“겸해서 왔지요. 세시오는 신께 감사 인사를 드리고 싶다더군요.”

내 말에 동조하듯 세시오가 옅게 웃었다. 지금의 차림새와 굉장히 잘 어울렸으나, 내숭인 걸 알고 보니 음. 대신관의 얼굴에도 미미한 감탄이 어렸다. 그러나 곧, 강렬한 호기심이 감탄을 뚫고 올라왔다.

“아직 사사로운 호기심을 비우지 못해 부끄럽습니다만, 어떻게 이런 경사가 찾아왔는지, 여쭤도 괜찮겠습니까?”

아나타 닉스의 말에 나는 비로소 확신했다. 데이브릭 후작은 그날 일을 한마디도 털어놓지 않았다. 사람들은 아직 세시오와 내 약혼도, 그가 걸을 수 있게 된 것도 모르고 있었다. 에아……. 이름을 잊어버린 그 물약이 사기라고 들킬 일도 없겠군.

하기야, 먼저 퍼뜨릴 일도 아니긴 하다. 소공작이 비약을 뿌렸더니, 세시오가 일어나 걷더란 말은 후작을 미치광이로 만들기 좋을 것이다. 그 사실이 알려진 지금 말하더라도, 후작이 그 수단을 숨겼다고만 생각하겠지. 우리에겐 잘된 일이다.

나는 묘한 느낌을 주기 위해, 다소 말을 늘이며 말했다.

"좋은 기회가 있었습니다, 신께서 제 약혼자를 어여삐 봐주신 게 아닐까요."

"그런……."

"자세한 사정을 말씀드리지 못해 유감이지만, 옳지 못한 수단을 쓰진 않았습니다."

"당연히 의심하여 물은 게 아닙니다. 혹, 다른 환자들에게도 적용할 수 있을까, 생각했을 뿐이지요."

"도움이 될 수 없어 안타깝군요."

완곡한 거절에 아나타 닉스는 할 수 없단 듯 끄덕였다. 그녀의 얼굴에 약간의 실망감이 떠올랐지만, 그렇다고 진실을 말할 순 없었다. 분위기를 돌릴 겸, 나는 표정을 바꾸며 말했다.

"저는, 세시오와는 다른 용무로 왔습니다."

"다른 용무라 하심은……?"

짝, 손뼉을 치자 마차 뒤편에 서 있던 기사들이 양손 가득 큰 상자를 가져왔다. 그들은 신전의 바로 앞에 물건을 일렬로 내려 두었다. 가볍게 손짓하자, 기사들은 일제히 뚜껑을 열었고 사방이 황금빛으로 물들었다. 닉스 대신관의 얼굴에 경악이 번졌다.

"소소한 성의입니다."

나는 되도록 온화하게 웃었다. 물론 말이 그럴 뿐, 소소한 액수는 아니다. 이만한 금괴면 수도에서도 대저택을 몇 개나 사들일 수 있을 테니까. 타니타르를 압박할 돈이 없다는 거지, 리한에 이 정도 푼돈도 없을 리가. 신전이 아니라 다른 단체였다면, 일대일로 비밀스럽게 줬을 것이다. 하나 신관은 개인적인 곳에서 성금을 받는 걸 꺼려 했다. 폐쇄적인 곳에서 오가는 돈에 검은 의도가 있지 않을까, 의심해서이다.

그렇다면 평판 올리는 데나 써먹지, 뭐. 내 이미지는 아무래도 좋았으나, 지금 세시오는 이야기가 좀 달랐으니까.

“세상에, 저게 얼마야! 리한이 부자는 부자군.”

“저럴 돈이 있으면 나나…….”

“신전에서 그게 할 소린가!”

“세시오 공자의 일로 그렇게 기뻤던 걸까요?”

웅성거리는 소리가 사방으로 퍼진다. 딱 내가 원하던 반응이다. 경악을 수습한 대신관의 얼굴에 강렬한 기쁨이 들어찼다.

“얼마 전, 공작 전하께서도 막대한 성금을 기부해 주셨는데.”

“아버지의 감사와 제 감사는 다르니까요. 모쪼록 좋은 곳에 써 주시길 부탁드립니다.”

“감사합니다. 많은 사람을 돕는 데 쓰겠습니다. 신께서도 리한의 베풂에 크게 기뻐하실 겁니다.”

신은 괜찮으니, 인간들이나 기뻐해 주면 좋겠다.

신전의 기도실. 세시오 데이브릭은 신관이 지시해 준 절차대로, 신상 앞에 무릎을 꿇고 두 눈을 감았다.

그러나 잠시였다. 그를 기도실로 안내해 준 신관이 나가자마자, 그는 도로 눈꺼풀을 들어 올렸다. 침잠한 눈동자에 경외라고는 조금도 비치지 않는다. 세시오는 꿇어앉은 채 신상을 올려다보며 물었다.

"왜 제게 언령을 주셨습니까."

낮은 목소리가 공간 전체를 울렸으나 답은 돌아오지 않는다.

그는 재차 물었다.

"왜 저를 태어나게 하셨습니까."

마찬가지로, 답은 없다. 당연했다. 신은 실재하지 않았으니까.

세시오는 두 다리를 펴고 일어났다.

언제부터였을까, 사람들은 신을 믿기 시작했다. 전지전능하며 인간에게 자비로운, 절대적인 존재를. 처음에는 그저 허상이었으나, 그 믿음은 그 실체를 만들어 냈다. 세상 만물에는 마나가 깃들어 있고 인간의 믿음에도 약하게나마 그 힘이 섞여 있었다. 많은 이들의 믿음을 에너지로 삼아, 실재하되 실재하지 않는 존재가 태어났다. 인간의 믿음으로 태어났기에, 신은 인간이 그리는 이미지를 고스란히 닮아 있었다. 그 이미지에 가까운 신관이 신의 힘을 나누어 쓸 수 있게 된 건 그런 이치였다.

'나 역시도.'

세시오는 고개를 내려 제 모습을 내려다봤다.

언령 때문에 잉태되어, 그보다 더 큰 힘을 얻었으나 한 번도 원한 적이 없는 힘이었다. 세시오의 인생은 그 때문에 망가졌으며, 기껏 계획한 복수도 방해를 받았다. 신과 닮아야만 쓸 수 있다는 그 특성 때문에, 세시오는 선량함을 지켜야 했다. 언령이 사라지면 곤란했으니까. 퍽 우스운 말이지만, 그 때문에 그는 주기적으로 선행을 해야 했다. 적어도 황좌에 앉을 때까지는 그 힘이 필요했다. 비록 복수하기 전에, 선황제가 죽어 버렸더라도.

정말로 무엇이든 가능한 힘이면 얼마나 좋았을까. 애석하게도, 언령은 죽은 이를 살리거나 시간을 되돌려 주지는 못했다. 허무함에 정신을 차릴 수가 없었다. 모든 게 끝나 버린 것 같았다.

그러던 때, 테릴 리한이 찾아와 제게 두 다리를 돌려주었다. 그러고 나자 거짓말처럼, 의욕이 조금 돌아왔다.

"고마운 일이지."

옛정으로, 그 복수를 조금 거들어 주고 싶었을 뿐인데 아이러니하게도 세시오의 마음이 자극을 받았다. 데이브릭 후작이 되면, 그는 다시 황좌로 나아갈 것이다.

그렇다고 그녀를 향한 감정이 되살아났다는 이야기는 아니었다. 힘들고 외로울 때, 방심으로 인해 생겨난 잠깐의 충동일 뿐이다. 사랑을 인지하는 순간 곧바로 끊어 냈으니 이제 와 다시 세시오를 위협하지는 못할 것이다.

기도실을 나서며, 세시오 데이브릭은 그렇게 생각했다.

기도실로 들어간 세시오를 기다리는 동안, 나는 내게 달라붙는 이들을 쳐내지 않았다. 무도회장이나 사냥대회에서는 되도록 보지 못한 척했으나, 오늘은 달랐다. 소문을 내 줄 사람이 필요했으니까.

귀찮음을 무릅쓰고 함께해 줬으니 아마 하루가 지나기 전에 수도 전역에 소문이 돌 것이다. 테릴 리한이 세시오 데이브릭과 약혼을 앞두었다는 것. 그리고 세시오가 걸을 수 있게 되었다는 기적. 그쯤 되면, 데이브릭 후작도 마냥 입 다물고 있을 수는 없겠지.

얼마나 지났을까, 세시오가 기도를 마치고 나왔다.

"약혼을 축하드립니다. 두 분의 앞날에 행복이 가득하시길."

막대한 성금에 감동한 아나타 닉스는 우리에게 축복을 내려 주었고 나는 거절하지 않았다. 대신관이 행복을 빌어 주기까지 했으니, 혼담을 거절하긴 더 곤란해지겠군.

"약혼이 성사되면, 몇 번 더 찾아오겠습니다."

얻게 된 결과에 만족하며 우리는 신전을 나왔다.

막 계단을 내려가는데, 누군가 내 쪽으로 다가왔다. 그리 화려하지는 않으나, 비싼 재질의 옷을 깔끔이 차려입은 노년의 여성. 잘 단련된 칼과 같은 기세가 느껴졌다. 내 기사들이 노인을 저지하려 했으나, 나는 손을 들어 만류했다. 의외라는 듯, 그녀의 눈이 잠깐 빛났다.

"안녕하시오, 리한 소공작. 잠깐 시간을 내주었으면 하는데 괜찮으시겠소?"

"상대가 백작님이라면 안 될 건 없지요."

"……나를 아시오?"

"유명 인사들의 얼굴은 외워 두는 편이라."

제국 근위기사단장의 얼굴을 모를 리 없지. 이런 거물이 내게 접근한 이유가 뭘까, 나는 호기심을 누르고 웃었다.

그레텔 공작저.

코스모스가 흐드러지게 핀 정원의 가운데, 테이블을 두고 두 사람이 앉아 있다. 제몬은 롭티나와 담소를 나누는 중이었다. 정확히는, 그녀가 일방적으로 떠들어대고 그는 성의 없이 맞장구칠 뿐이지만.

한참을 이야기하다, 롭티나가 문득 눈치챈 듯이 물었다.

"괜찮아요, 젬젬? 안색이 창백해."

"아니에요, 롭티나. 그냥 꿈자리가 사나워서요."

"하지만 며칠째 계속 그러잖아요."

저를 걱정해서 하는 말이지만 그녀의 말이 그리 달갑지는 않았다. 제몬은 적당히 대답하며, 부산스럽게 찻잔을 달그락거렸다.

며칠 전의 일이 통 잊히지 않는다.

"그럼 내가 약혼을 약속한 사람 편을 들어야지, 네 편을 들 이유는 뭔데."

"후작부인의 정신이 건강하지 않은 걸 이해하니까, 보호자한테 사과받겠다는 거잖아, 머저리야."

"당분간 세시오 데이브릭 영식이 리한 저택에서 지냈으면 합니다."

그 말을 하던 테릴의 표정, 눈빛, 분위기. 세시오를 데리고 사라지던 그 모습까지. 어느 것이라 특정할 수 없이, 그때의 모든 것이 제몬의 머릿속에 생생히 새겨졌다.

테릴이 세시오의 편을 들었다. 그자와 약혼하겠다고 말하고는, 제가 사는 저택으로 데려갔다. 그 충격에 비하면, 세시오가 걸을 수 있게 된 정도는 생각할 여유도 없었다.

'도대체 무슨 생각이야.'

일이 왜 이렇게 된 거지. 테릴이 저를 미워하고 증오하는 건 이해할 수 있다. 각오한 일이었으니까. 하지만 그녀가 세시오와 가까워지는 건 도무지 받아들일 수 없었다. 가진 것 하나 없고, 남의 자리나 탐내는 그 주제 모를 인간을 대체 왜.

"이유도 말하지 못하면서, 누명을 뒤집어씌우는 꼴이 우스워서."

갑자기 떠오른 말에, 제몬이 입술을 짓씹었다. 그때 좀 더 제대로 말해야 했는데. 댈 수 있는 명확한 이유가 없어 입을 다물었더니, 그 때문에 단단히 오해한 모양이다. 그게 세시오가 영악하다는 증거였다. 불쌍한 척, 순전한 피해자인 척, 속마음을 까맣게 숨겨서는. 하루라도 빨리, 테릴의 마음을 되돌려야 한다.

그러나, 순간적으로 제몬은 이상한 생각이 들었다. 그녀가 한순간의 연민 때문에 감정도 없는 이와 약혼할 만큼 마음이 여린 사람이던가.

'설마 그 자식을 사랑하게 된 건…….'

말도 안 된다. 절대 있어서는 안 될 일이다. 그렇게 생각하면서도, 제몬의 생각은 주인의 통제를 따르지 않고 멋대로 뻗어 나갔다.

'그러고 보면, 전에도 테릴이 그 자식과 가까이 지내던 때가 있었어.'

저를 기다리는 응접실에서, 언제부턴가 그녀는 세시오와 대화를 나누기 시작했다. 그녀에게 세시오의 험담을 해도 제대로 반응하지 않았고 제 앞에서 그에게 인사를 건네기도 했다. 그것이 신경 쓰여, 수업도 제대로 받지 않고 응접실로 내려간 때가 많았다.

친구라 할 정도도 못 되는, 그냥 아는 사이 정도의 친분이었지만. 그것만으로도 참아 줄 수 없는 지경에 이르렀을 때, 테릴이 돌변했다. 갑자기 그자를 남처럼 대하기 시작한 것이다. 드디어 그 실체를 알았구나 싶어 한동안 잊어버렸는데. 저와 헤어진 뒤에, 그때의 정이 되살아나기라도 한 걸까? 도대체 그 자식이 뭐라고 꾀어냈길래, 약혼 같은 걸.

제몬이 이를 악물었다.

"젠장."

"나한테 하는 소리예요?"

혼잣말을 중얼거리다가, 제몬이 퍼뜩 놀라 고개를 들었다. 롭티나의 표정이 좀 차가웠다.

"나한테 욕한 거죠?"

"아니에요, 롭티나. 잠시 다른 생각을 하느라!"

"나랑 있는 동안 다른 생각을 했다고요?"

"그게, 그 미안해요, 나는……."

그가 허둥지둥 변명을 늘어놓았으나, 그녀는 듣는 척도 안 했다. 롭티나는 상체를 앞으로 빼고 테이블에 팔꿈치를 올리며 턱을 괴었다.

"요즘 젬젬, 마음에 안 들어요. 약혼했다고, 나를 잡은 물고기 취급하는 거죠?"

"그런 서운한 말이 어딨어요."

"혹시 요즘 다른 사람이 눈에 들어와요? 최근 리한 소공작님께 관심이 많던데."

"마, 말도 안 되는 소리 말아요. 나한텐 롭티나뿐인 걸요!"

다급히 부정했으나, 롭티나의 눈빛은 조금도 풀어지지 않았다.

'의심하고 있어.'

이러면 곤란하다. 롭티나는 고집이 세서, 한 번 의심이 들면 남의 말을 좀체 듣지 않았다. 이러면 테릴을 설득하기 곤란해지는데.

제몬은 초조해졌으나, 당장은 지금 상황을 넘기는 게 급했다. 그는 그녀의 두 손을 붙잡고 애절하게 말했다.

"믿어 줘요, 롭티나. 내가 사랑하는 사람은 롭티나뿐이에요."

"……알았어요, 믿어 줄게요. 믿을 테니까 이제 리한 소공작님께 먼저 말 걸지 말아요."

"네? 아니 그게 무슨! 어쩔 수 없는 상황이 있을 수도 있고……."

"어쩔 수 없는 상황이 뭔데요?"

그녀의 물음에, 바로 떠오르는 장면이 있었다.

테릴과 세시오의 약혼이 성사된다면, 두 사람은 지금보다 가깝게 지낼 것이다. 어깨에 팔을 올리거나 머리칼을 쓸어 넘기는 등의 스킨십이 자연스레 떠올랐다. 만약 그러다 키스라도 하게 된다면.

상상하는 순간, 배 밑에서 새까만 불길이 들끓었으나 그런 말을 할 수는 없는 노릇이었다. 초조함과 짜증으로 마음이 엉망이었지만, 그는 애써 제 불안을 짓눌렀다.

'롭티나가 모르게 하면 돼.'

"……그럴게요."

"잘 생각했어요."

그녀의 눈이 초승달처럼 휘었다.

제몬이 안도하며 한숨을 삼켰다. 롭티나의 그 표정이 비웃음이란 건 미처 알아채지 못하고서.

엔하르트든, 리한이든 저택까지는 거리가 제법 된다. 그렇다고 밖에서 이야기를 나누기도 곤란해서, 우리는 일단 마차로 들어왔다.

내 마차가 큰 편이라고는 해도 저택만큼 넓진 않다. 성인 셋이 들어오자 공간은 몹시 비좁아졌고, 그런 만큼 묘한 긴장감이 돌았다.

"단도직입적으로 말하겠소. 내 손자가 몹시 아프다오."

적막을 가르고, 엔하르트 백작이 입을 열었다.

"선천적으로 몸이 유약한 아이야. 후천적인 병이나 부상이 아니다 보니, 대신관을 찾아도 방도가 없구려."

"몸이 약한 정도는—."

"특히 폐가 나빠지고 있소. 조금만 더 시간이 지나면 장담할 수 없다더군."

"……다 좋은데요, 백작님. 왜 저를 보고 말씀하시는 겁니까?"

마차에 들어온 이후로도 줄곧, 그녀의 눈은 내게 고정된 채다. 정작 기적이 생긴 —걸로 알려진— 세시오는 한 번 쳐다보는 일도 없었다.

"기적이 일어난 건 제가 아니라 세시오입니다. 상대가 틀렸습니다."

"나를 바보로 아나. 기적을 일으킨 건 소공작이잖소."

"그렇게 생각하시는 근거는요."

"스스로 기적을 만들어 낼 수 있었다면, 그 오랜 시간 동안 다리를 잊고 살진 않았겠지."

잘만 잊고 살던데. 백작의 얼굴에 강한 확신이 떠올랐으나, 그 때문에 내가 민망해졌다. 아무런 말도 못 하고 입을 다무니, 그녀에게는 그게 긍정으로 보였나 보다.

"원하는 게 있다면 뭐든 내주지. 전 재산을 달래도 그럴 수 있소. 부디 그 아이를 도와주시오."

곤란한 부탁에, 나는 세시오를 쳐다봤다. 내가 할 수 있는 일이 아니었다. 그러니 제일 중요한 건 그의 의사였다.

그는 무슨 생각을 하는지 모를 눈으로 백작을 빤히 쳐다보고 있었다.

"하지만 다리를 쓰게 되는 것과 엔하르트 공자의 경우는—."

"선천적으로 몸이 제 기능을 하지 못한다는 데 무어가 다르단 말이오."

말 잘하시네.

"솔직히…… 힘들 겁니다. 가능하다고 장담할 수도 없고."

"그 말은 시도해 볼 수는 있다는 이야기시오?"

"음……."

"그거라도 좋소. 어차피 지금 할 수 있는 건 아무것도 없으니. 다만 시도라도 해 볼 수 있다면, 그거로 만족한다오."

눈물을 내비친 것은 아니었으나, 그녀의 분위기는 충분히 절박했다. 엔하르트 백작이 고개를 숙이며 혼잣말처럼 중얼거렸다.

"내겐 그 아이밖에 없단 말이오."

그 말에, 나는 백작의 사정을 떠올렸다.

유명한 일화였다. 그녀의 하나뿐인 자식은 기사였고, 기사의 아내 또한 검을 들었다. 그 때문에 비극이 벌어졌다. 제국의 우군인 탄하트 왕국에서 내전이 벌어진 적이 있었다. 황실에서는 그들을 돕기 위해 기사를 차출했고 그중엔 백작의 아들 부부도 있었다. 그들은 폭발에 휘말려 목숨을 잃었다. 그게 십수 년 전의 일이다. 백작에게 남은 가족은 정말로 손자 하나뿐인 것이다.

몰랐으면, 차라리 덜 찝찝하련만. 마음이 안 좋아 세시오를 쳐다본 순간, 그가 고개를 끄덕였다. 잘못 봤나 싶어 백작 쪽을 눈짓하자 세시오는 살짝 웃었다. 이유는 모르겠지만, 그렇다면야.

"전 재산은 필요는 없습니다. 차후, 말씀드리겠지만 일단은 백작님의 지지가 필요합니다."

"뭐……?"

백작에게는 반가운 대답일 텐데, 그녀는 무겁게 얼굴을 굳혔다.

"지지라니. 소공작은 황제가 될 셈이오?"

"아니, 무슨 무서운 말씀이세요."

난데없는 말에 나는 빠르게 반박했다. 공작 후계도 도망가고 싶어 죽겠는데 무슨 소리야.

"저 말고, 제 약혼자요. 세시오 데이브릭이 후작이 되도록 지지해 달라는 말입니다."

아. 백작은 김이 샌 얼굴로 어깨를 으쓱였다.

"어쩐지 별 쓸모도 없는 사내를 주웠기에 외모에 홀린 철부진 줄 알았는데, 데이브릭을 삼키려는 거였군."

당사자를 앞에 두고 저렇게까지 말하다니. 이래서 무지가 무섭다. 제 손자를 고칠 수 있는 유일한 사람은 내가 아니라 세시오인데도.

나는 좀 불쾌해졌으나, 세시오는 기분이 상한 얼굴은 아니었다. 오히려 재미있다는 듯 조금 웃기까지 했다.

"나중에 한다는 부탁은 뭐요."

"머잖아 말씀드리겠습니다."

있는 척하며 말했지만, 사실 당장은 아무런 생각도 나지 않았다. 그래도 근위기사단장의 손자를 살렸는데 지지 정도로 끝낼 수는 없으니까.

"본론을 숨기다니 수상하군."

"전부를 거신다면서, 말뿐이셨습니까?"

"아니, 나는 허언을 하지 않소. 뭘 바라든 내 들어드리리다."

그녀는 깔끔히 말했으나, 말의 무게는 살아온 인생으로 증명할 수 있었다. 오히려 너무 선선히 답해서 이상할 정도였다. 내가 정말 반란이라도 요구하면 어쩌려고.

"그럼 언제가 괜찮겠소? 되도록 이른 시일 내에—."

"바로 가시죠."

내 말을 알아듣지 못한 듯, 백작이 눈을 깜박였다.

어차피 할 일도 없는 데다가, 지금 이야기를 나누는 곳은 마차였다. 그리고 마차는, 타고 움직이라고 있다.

"시간 끌 거 없잖습니까?"

머지않아, 우리는 백작저에 도착했다. 엔하르트 백작이 손자에게 사정을 설명하는 동안, 세시오와 나는 응접실에서 그들을 기다렸다.

차를 내온 사용인이 응접실을 나가고 내가 입을 열려던 때, 세시오가 한숨을 내쉬었다.

"큰일이군."

"뭐? 갑자기 왜?"

"거사에 꼭 필요한 걸 두고 왔어."

언령을 쓰는 데 도구가 필요하던가?

"뭔진 몰라도 사람을 시켜서 가져오면 되잖아."

"그럴 순 없지. 에아네브렐리아의 눈물 같은 귀중품을 어찌 다른 사람 손에 맡기겠나."

아 진짜. 이런 상황에서까지 나를 놀리고 싶나.

어이가 없어 세시오를 째려보다가, 문득 찻물이 눈에 들어왔다.

"걱정할 것 없어, 세시오. 내가 그 선생의 취지를 다 이어받았거든."

나는 품에서 —포션이 들어 있던— 빈 병을 꺼낸 다음, 마개를 열었다. 그러고는 찻잔을 기울여 병 안에 찻물을 부었다.

"완성. 심지어 전의 눈물보다 냄새도 좋은걸."

"병을 가지고 다니나?"

"버려야 하는데 잊었어."

"에아네브렐리아의 이름이 유명해지겠군."

"시험해 볼래? 뿌리기만 하면 되잖아."

"난 그대의 말을 의심하지 않아. ……그 병에 뭐가 들어 있었는지도 모르고."

"이거, 그냥 포션 병이야. 독이 들었던 병을 쓴 건 저번 한 번뿐이거든."

"독이 들었던 병……?"

"위만 녹이는 독액이랬나? 그리넬 경이 그 병을 줬었지."

"독액……?"

"이런 삼류 사기 행각이 저 할머니한테 먹힐 리는 없을 테니, 안타깝게도 선생은 퇴장이군."

나는 도로 찻물을 잔으로 되돌리고, 마개를 닫아 빈 병을 품에 넣었다.

"……혹시 그 병이 내 다리를 낫게 할 때 썼던 병인가?"

"응. 왜?"

"……."

세시오는 미묘한 표정으로 입술을 달싹이다가 눈꼬리를 늘어뜨렸다.

"에아네브렐리아가 싫어졌어."

그러니까 왜. 정말 이해할 수 없는 사람이다.

"방식은 적당히, 내가 알아서 할게. 이런, 삼류 사기만 아니면 뭐든 상관없어. 중요한 건 결과니까."

그러니까 내가 아니라, 당신 역할이 중요하다고. 뒷말을 잇지는 않았으나 그는 알아듣고 웃었다.

"실망하게 하지 않을 테니, 걱정 마."

확고한 답이다. 세시오는 정말, 엔하르트 백작을 도울 생각이었다.

이야기할 판을 깔아 준 건 나였으나, 그럼에도 이해할 수 없었다. 도대체 어떤 기준으로 행동하는 걸까? 이 남자가 언령을 쓰는 기준은 영 대중없다. 제 목숨이 걸린 와중에 아끼지 않았다면, 내키는 대로 아무렇게나 쓴다고 생각하련만.

"내가 한 일들이 선행처럼 보일 수 있겠지만, 필요해서 벌인 일이야."

아무래도 그때 들은 말을 다시 물어볼 때가 된 것 같다.

막 입을 열려는 때, 노크 소리가 내 말을 막았다. 나는 소리를 차단하던 마나를 거두어들이고 말했다.

"들어오세요."

엔하르트 백작과 그녀의 손자가 들어왔다. 백작이 정정해 보여서 손자도 어릴 줄 알았는데 의외로 제법 나이가 있었다. 10대 후반에서 20대 초반 정도. 몸시도 말랐으나 키는 컸고, 그런 만큼 골격은 부실했다. 숨소리가 약하고, 가만히 서 있을 뿐인데도 팔과 다리가 희미하게 떨린다. 폐가 약해졌다는 게 정말인지, 그 짧은 시간 동안 몇 번이나 기침하기도 했다. 확실히, 들은 대로의 인상이었다.

"인사하거라, 네빗. 리한 소공작님이다."

여전히 세시오는 무시하는군.

"안녕하십니까, 리한 소공작님. 네빗 오로시 엔하르트입니다."

무가 출신이라 그런지 말투가 퍽 딱딱했다. 목소리는 크지 않았다. 그래도 손자 쪽은 할머니보다는 예의가 바른지, 세시오에게도 인사를 건넸다.

그들은 우리의 맞은편에 앉았다. 그러자 두 번째 사기극을 개막할 시간이 되었다.

아직 말 몇 마디 나누지도 않았는데, 백작은 벌써 조바심을 드러내고 물었다.

"어떻소, 조금이라도 나아질 수 있어 보이오."

"보기만 해서 어떻게 알겠습니까."

"그럼 뭘 해야—."

"지금부터 확인해 볼 생각입니다만, 그전에. 백작님은 나가 주십시오."

"뭐라?"

"가문의 비전이라, 노출되면 곤란하거든요."

한눈에 보기에도 물정 모르는 손자 쪽과 달리, 백작을 속이기는 쉽지 않다.

그러니 차라리 내보내는 게 나을 것이다. 어쨌거나 결과는 좋을 테니까.

"소공작이 돌아가면, 어차피 네빗이 내게 말해 줄 텐데도?"

"유감이지만, 손자분의 솜씨로는 알아볼 수 없을 겁니다."

"치료도 아니고, 단순히 알아보는 정도로……. 네빗, 너는 어찌 생각하느냐?"

"저는 괜찮습니다, 할머님."

본인이 괜찮다니 할 말이 없는지, 백작은 마지못해 고개를 끄덕였다. 떨어지지 않는 발걸음을 질질 끌며 그녀는 응접실을 나섰다.

"이제 어떻게 하면 됩니까, 소공작님."

네빗 엔하르트가 처분을 기다리듯 나를 쳐다봤다. 바싹 야윈 탓에 그의 녹색 눈이 유독 커다랗게 보였다. 피부는 희멀겋고 얼굴선이 섬세해서 사슴을 연상케 하는 인상이었다. 호랑이 밑에서 어떻게 사슴이 태어난 거지. 생명의 신비다.

"소공작님?"

"손목을 좀 주시겠습니까."

그가 얼떨떨한 표정으로 내게 손을 내주었다. 세시오는 내가 대단한 공연이라도 할 것처럼, 흥미진진한 눈으로 나를 보고 있었다. 재주는 본인이 넘을 거면서.

나는 뼈만 남은 네빗의 손목을 붙들고, 그 안에 마나를 밀어 넣었다. 바깥으로 발산할 때도 차가운 것이 몸으로 흘러드니 냉기는 말할 것도 없었다. 삽시간에 그의 낯빛이 파랗게 질리고 몸이 벌벌 떨렸다. 그럼에도 내 손을 용케 떼어 내려 들지는 않았기에, 나는 기특해하며 마나를 가속했다. 분명 이렇게 하면 슬슬 될 텐데.

생각과 동시에, 네빗 엔하르트는 추위를 참지 못하고 쓰러졌다. 스르륵 미끄러지는 몸을 받치며 나는 그제야 그에게서 손을 떼어 냈다.

"좋아, 기절시켰어."

"……오."

"이제 해결해 줘."

"그대는 리한이 아니라도, 어떻게든 살았겠어."

"웃기고 있네. 이 뻔뻔함은 거기서 배워 온 거거든."

아버지 옆에서 착실히 수행하지 않았다면, 결코 얻어 내지 못할 결실이다.

세시오는 끅끅거리며 웃음을 터뜨렸다. 크게 소리를 내진 않았으나, 그래서 금방이라도 숨이 넘어갈 것처럼 보였다. 몇 번을 독촉하고야, 그는 웃음기 어린 얼굴로 쓰러진 이를 쳐다봤다.

세시오의 입이 벌어졌다.

"네빗 오로시 엔하르트의 몸이 강건해지길."

전에 봤을 때와 마찬가지로 주문이라기보다는 개인의 바람 같은 말이다. 그러나 저 여상한 말 한마디로, 세시오는 많은 기적을 이루어 왔다. 시시한 일부터 도무지 믿기 힘든 일까지. 그리고 이번에도 마찬가지로, 네빗 엔하르트의 몸은…….

"……한 거야?"

아무 변화도 일어나지 않았다. 내가 알아보지 못하는 건가?

세시오를 돌아보자 그는 좀 굳은 표정으로 재차 말했다.

"네빗 오로시 엔하르트의 육체가 선천적인 병세를 지우고, 강건한 신체로 거듭나길."

뭐 하는 거야. 어휘력 자랑하나.

이번에도 소백작의 몸에서는 아무런 변화도 일지 않았다. 혹 장난을 치는 건가 싶었으나 그의 얼굴은 진지했다.

"네빗 오로시 엔하……."

그리고 세 번째 말은 채 맺기도 전에, 세시오의 입에서 핏물이 터져 나왔다. 턱을 타고 흐르는 붉은 색에 놀라 나는 그에게 다가갔다.

"세시오!"

"……이런."

그는 손등으로 피를 닦아 냈으나 낭패한 기색은 지워지지 않았다. 다행히, 몸 상태가 심하게 나쁜 것 같지는 않았다.

"갑자기 웬 각혈이야. 몸이 덜 나았어?"

"그런 것보다 언령이—."

"그런 거?"

제 몸을 뒷 순위로 미루는 모습에, 나도 모르게 목소리가 서늘해졌다. 세시오는 좀 당황했는지 눈을 깜박이다가, 곤혹스럽게 눈썹을 일그러뜨렸다.

"걱정해 주는 건 고맙지만, 일단 나보다 급한 쪽이 있지 않나."

"잠깐 기절시켰을 뿐인데, 뭐가……."

네빗 엔하르트를 돌아보다가, 나는 말끝을 흐렸다. 잠깐 기절시킬 생각으로 마나를 과하게 밀어 넣었고, 보통의 경우 그런 마나는 1분도 채 되지 않아 흩어진다. 그러니 이제는 추위를 느끼지 않아야 정상임에도, 그의 낯빛은 여전히 창백했다.

"언령이 통하지 않아."

"……뭐? 방금 실패한 거야?"

"그래."

세시오가 갑자기 피를 토한 게 이상하더라니, 실패한 거라고?

"설마, 언령을 못 쓰게 된 건."

"그럴 린 없지. 최근엔 제법 착한 아이로 살았으니. 아무래도 그대의 마나가 저자의 몸을 빠져나가지 않아, 문제가 생긴 듯해."

세시오가 말하는 문제는, 네빗 엔하르트가 추위를 느낀다는 것만은 아닌 듯했다. 내 마나로 문제가 생겼다고?

그 말에 짐작 가는 것이 있었다. 세시오가 내게 언령을 써 보다가 실패한 직후, 했던 그 말.

"리한에게는 먹히지 않는 힘이지."

"설마, 내 마나 때문에 언령이 안 통하는 거라고?"

"당사자도 아니고, 그대가 잠깐 불어넣은 마나로 이렇게 될 줄은 몰랐지만."

그 말에, 머릿속이 백지장처럼 질리기 시작했다.

나는 다시 네빗 엔하르트를 쳐다봤다. 그의 상태는 1초가 다르게 심각해져 이제는 시체라고 해도 믿을 것 같았다. 지금 신관을 불러와도 늦는다. 세시오가 언령으로 고쳐 내지 못하니, 이자는 결국…….

잠시 뒤를 추측해 본 순간, 손이 떨리기 시작했다.

"잠깐, 잠깐만."

은인이 되려 왔다가 원수가 되게 생겼다. 사람을 죽여 본 경험은 없다. 그런 날이 올 거라 각오하고 있었지만, 내 적도 아닌 이를 고의가 아닌 실수로 죽이게 될 줄은 몰랐다.

"진정해, 테릴."

간절하던 백작의 얼굴이 선명히 떠올랐다. 지금도 응접실을 떠나지 못하고 문밖에서 기다리고 있겠지. 하나뿐인 가족을 잃게 되면, 그녀는 어떤 얼굴을 할까. 화를 내는 건 차라리 괜찮다. 하지만 눈물은.

네빗 본인은 제가 이렇게 죽게 될 걸 알았을까. 이젠 살 수 있다는, 희망을 품고 왔을지도 모르는데 이렇게, 성인이 된 지 얼마 되지도 않은 것 같은데 어쩌면.

아니다, 아직 네빗 엔하르트는 죽지 않았다. 당장 가서 신관을 데려오면 어떻게든……!

"테릴!"

자리를 박차고 뛰어나가려던 순간, 세시오가 내 손을 붙잡아 당겼다. 그의 예상치 못한 행동에 나는 그대로 끌려가 소파로 풀썩 쓰러졌다.

그는 내 손을 강하게 붙든 채로, 내 눈을 똑바로 보고 말했다.

"진정해."

"……세시오."

"내 이름을 걸고 약속하지. 네빗 엔하르트는 죽지 않아. 그대는 아무도 죽이지 않아."

그 눈빛, 목소리, 의지. 위에서 쏟아지는 세시오의 모든 것들이 그대로 내 가슴으로 흘러들었다. 이상하게도, 그 말에 나는 안도할 수 있었다.

"다 괜찮을 테니까."

당혹감과 두려움에 요동치던 심장 박동이 천천히 가라앉고, 나는 겨우 이성을 되찾았다. 손은 여전히 떨리는 채였지만.

그제야 세시오는 내게서 몸을 비켜 주었다.

"고마워, 세시오."

나는 짤막하게 인사하고, 네빗 엔하르트에게 달려갔다. 조금 차분해진 것만으로, 나는 해 볼 만한 방법을 찾을 수 있었다. 그리고 그걸 알아차리기라도 한 듯이 엔하르트의 눈꺼풀이 밀려 올라갔다.

"엔하르트 소백작, 정신이 들어요?"

"아……."

흐리멍덩하게 풀린 눈빛. 누가 봐도, 제정신인 얼굴은 아니었다.

그는 벌벌 떠는 채로, 내 얼굴을 보고 입을 뻐끔거려 움직였다.

"천……사?"

"젠장. 천사가 보입니까? 아니면 내가 천사로 보입니까? 어느 쪽이든 위험하니, 되도록 정신 꽉 잡고 있어요."

"몸이…… 춥습니다."

"미안합니다, 실수였어요. 어떻게든 살려 줄 테니, 제발 죽지 마세요."

"아……."

그러나 내가 간절히 내뱉은 보람도 없이, 그의 눈은 다시 감겼다. 순간, 심장이 철렁했으나 죽은 건 아니었다. 돌이킬 수 있었다, 충분히.

"방금, 이 사람을 살릴 수 있다고 말했지? 방법이 뭐야, 세시오."

"아무리 특이 체질이라 한들, 그대의 마나를 그리 오래 붙잡을 순 없을 거야. 그러니 될 때까지 언령을 쓰면 돼."

세 번만으로 각혈까지 해 놓고 될 때까지 쓰겠다니. 정말 무모하고 위험했으나, 1초가 급한 상황에서는 어쩔 수 없다. 다른 방법이 떠오르지 않았으면, 사람을 죽이고 싶지 않다는 죄책감에 떠넘겼을지도 모르겠다.

그러나.

"아니, 그것보다 간단한 방법이 떠오른 것 같아. 내가 지금 머리가 제대로 안 돌아서 그런데 한 번만 확인해 줄래, 세시오."

"뭐지."

"비슷한 성질의 마나끼리 달라붙는 걸 이용할까 해. 네빗 엔하르트의 몸에 미세하게 마나를 넣어서, 내가 들이부었던 흔적들을 다 회수해 오려고."

혹 내가 머리가 돌지 않아, 상황을 악화시킬 악수를 해결책이라고 떠올린 건 아닐까. 나는 비교적 이성적인 세시오에게 확인했고, 그는 고개를 끄덕여 주었다.

"마나를 통제할 수는 있겠나?"

"내가 지금 돌아 버린 게 아니라니 다행이네, 안 돼도 해야지, 뭘 물어."

나는 다시 네빗 엔하르트의 팔목을 붙들고, 될 수 있는 한 가늘게 마나를 뽑아냈다.

화기나 수기보다는 냉기의 점성이 약했지만, 그의 몸에 흩뿌려졌던 마나는 다행히 주인을 알아보고 내 몸으로 되돌아왔다. 나는 되도록 조심스럽고 빠르게 냉기를 회수했다. 그럴수록, 소년의 얼굴에는 점차 혈색이 돌았고 떨리던 몸도 진정되었다. 물론, 원래 몸 상태가 별로다 보니 좋아졌다고 해 봐도 그리 건강해 보이지는 않았지만 당장 죽을 고비는 넘긴 듯했다.

안도하며, 손을 떼어 내려는 때.

"……뭐야, 이게."

그의 가슴 쪽에서 무언가 이상한 기운이 느껴졌다.

"다 뽑아냈나?"

"아니, 잠깐만."

단련하지 않은 몸에 흐르는 자연스러운 마나가 아닌, 인위적인 기운. 생명력을 갉아먹는 찐득한 이 흔적은.

"이거 독 같은데?"

확신할 수는 없으나, 그런 느낌이었다.

"독이라고?"

"장시간에 걸쳐 천천히 중독된 것 같아. 설마 폐가 급격히 나빠졌다는 게 이것 때문인가."

"불가능한 이야기는 아니군. 원래, 몸이 약했으니 중독됐어도, 그쪽을 의심하진 않았겠지."

"하나뿐인 백작의 후계니, 어디서 노렸어도 이상하지 않네."

"일단 독은 빼고 치료해 보도록 하지."

"잠시만, 세시오. 당장 급한 건 수습했으니, 당신 몸 상태 좋아지고—."

"중독을 제하고, 네빗 오로시 엔하르트의 몸이 다 나아 강건해지길."

말 진짜 안 들어. 하나 지은 죄가 있는 마당이라, 당당히 면박을 줄 수도 없었다.

그러나 금세, 내 신경은 다른 쪽에 쏠리게 되었다. 소년의 몸이 움찔거리기 시작했다. 조금 전, 추위를 못 이길 때와는 달랐다. 관절 부위에서 뼈마디가 움직이는 듯 뿌드득 소리가 나더니, 몸의 균형이 맞추어지고 피부에 혈색이 올랐다. 재색이라 더욱 푸석해 보이던 머리칼에 윤기가 돌고, 심장 뛰는 소리가 커졌으며 숨결도 또렷해졌다.

세시오는 거기서 그치지 않았다.

"더하여, 조모를 뛰어넘는 무골이 되면 좋겠군."

그 한마디에, 소년의 몸에서 일어나는 변화가 한층 극적으로 변했다. 겨울철 나뭇가지처럼 앙상하게 말라던 팔다리에 근육이 부풀고 뼈대가 튼튼해졌다. 구부려졌던 척추가 펴지면서 키도 더 자란 것 같았다. 밀랍인형에 영혼을 불어넣는 것처럼, 경이로운 광경이었다.

나는 잠시 말을 잃었다가, 뒤늦게 물었다.

"무골은 뭐야?"

"그대의 죄책감을 덜어 주기 위한 선물."

"뭐?"

"선천적으로 병약하여 검을 다루지 못한 이에게, 백작을 뛰어넘을 자질을 주었으니 이만하면 그대의 실수 정도는 잊어버릴 수 있겠지?"

세시오가 장난스럽게 웃으며 말했으나, 나는 그를 따라 웃을 수 없었다. 내가 한 실수를 남이 수습해 주었다는 창피함도 있었지만, 그것보다도 심장이 울렁거리고 가슴 안이 간질거렸다. 나는 입술 안쪽의 여린 살을 꽉 깨물었다.

"그래도 그거랑 이건 좀 다른 문제 아니야?"

"혹 그대가 기어이 죄의식에 시달리겠다면, 소백작의 몸은 원래대로 돌아갈 예정이야. 평생 검을 익혀도, 종자의 실력도 못 되겠군, 안타깝게도."

"지금 남의 몸을 가지고, 날 협박하는 건가?"

"그러면 안 되나?"

세시오는 천연덕스럽게 눈을 휘고 속삭였다.

"약혼한 사이니, 조금은 비도덕적이어도 괜찮잖아."

그 말에, 나도 비로소 웃고 말았다. 가라앉았던 기분이 두둥실 떠올랐다. 조금 높은 데까지.

"으음……."

건강해진 덕인지 깨어나는 것도 빠르다. 종전과 달리, 그가 정신을 차리는 모습이 퍽 달가웠다. 눈꺼풀을 느리게 들어 올린 소년은 정신이 흐린지 몇 번 눈을 깜박였다.

"정신이 듭니까?"

"리한…… 소공작님."

그가 나를 멍하게 바라보았다. 몽롱하게 풀린 눈동자는 아름다웠으나, 어쩐지 그 시선이 좀 집요하게 느껴졌다.

"조금 전의 천사는, 소공작님이셨군요."

"아니요, 아마 스틱스강에 다녀오셨던 걸걸요."

"하지만 남빛 머리칼에, 눈동자가 꼭 소공작님과 같은—."

그때, 쨍그랑, 날카로운 소리가 났다. 돌아보니, 세시오가 난감하게 웃으며 두 손을 들어 올렸다. 실수로 찻잔을 깬 모양이다. 역시 각혈까지 한 뒤, 언령을 써서 몸에 부담이 간 걸까. 안타까웠으나, 천산지 사신인지 모를 대화가 끝난 것만은 다행이었다.

"시간이 얼마나 지난 겁니까?"

"그렇게 오래 지나지는 않았습니다. 그래서 좀 어떻습니까."

맨눈으로 보기에도 차이가 확연할 정도니 체감하기론 어마어마하게 다르겠지. 확인해 보려는 듯 몸을 일으키다가, 네빗 엔하르트의 눈이 확 커졌다. 어떤 기분일지 궁금했다.

"어디, 이상한 데라도 있습니까?"

"몸이 너무 가볍습니다. 어떻게 이런……."

그는 벌떡 일어나 제 팔다리를 만져 보았다. 얼굴에 떠오른 경악이 점차 다른 빛으로 물들어 갔다. 환희, 기쁨, 희열. 가슴 벅찬 감동이 내게도 전해졌다. 그 행복을 나누고 싶었는지, 그는 내게로 훽 고개를 돌린 채 눈을 반짝였다.

"감사합니다, 리한 소공작님. 정말, 정말로 감사드립니다."

"뭐……. 네."

나는 오히려 당신을 죽일 뻔했다는 자백이 턱밑까지 올라왔으나, 그 말을 차마 입에 담을 수는 없었다. 그 이야기를 하려면, 세시오의 언령까지 말할 수밖에 없었으니까.

나는 답을 얼버무리며, 이 결과를 만들어 낸 장본인을 쳐다봤다. 조금 전까지 웃고 있던 이의 낯빛이 밝지 않았다. 기분이 가라앉아 보이기도 했다. 몸이 많이 안 좋은가.

그때, 노크 소리가 요란히 났다. 부산을 떠는 분위기가 바깥에도 전해진 모양이다.

"무슨, 무슨 일이오! 나도 들어가 봐도 괜찮겠소!"

엔하르트 백작이다. 허락을 구하듯 소백작이 나를 쳐다보기에, 나는 고개를 끄덕였다. 그는 곧바로 달려가, 벌컥 문을 열었다.

"할머님!"

목소리부터 활기가 남다르다. 그녀는 단박에 제 손자의 몸 상태를 알아보고는, 네빗을 와락 끌어안았다.

"오, 신이시여. 감사합니다, 감사합니다."

주름진 눈에서, 방울져 흐르는 눈물이 아름다웠다.

"내, 오늘 일은 절대로 잊지 않을 것이오. 정말 고맙소."

"부탁드린 일이나 잊지 마십시오. 독 문제도 꼭 알아보시고."

"그야 당연한 일이고."

"저도 거듭 감사드립니다. 소공작님의 은혜를 영원히 기억하겠습니다."

처음에는 뻔뻔하게 버텼으나, 계속 그러기는 힘들었다. 슬슬 얼굴이 뜨거워진다. 나도 모르게 세시오 쪽을 쳐다보자, 그는 아무렇지 않게 어깨를 으쓱였다.

"저 공자가 후작이 되는 것도 지지해 드리리다. 물론, 생각이 바뀐다면 얼마든지 말씀하시오."

"네?"

"근위기사단장은 대대로 우리 집안에서 나왔소. 군권이라면 부족하지 않거든."

"그러니까…… 데이브릭 말고 엔하르트라도 삼키라는 말씀입니까?"

감동해 울 때는 언제고, 금세 그녀는 가주의 얼굴을 하고 있었다. 인상 좋을 때 끝내지, 하여튼. 덕분에 죄책감은 상당히 희석됐다.

"막 건강을 회복한 손주분의 마음도 좀 헤아려 주십시오. 좋아지자마자 혼담이라니."

"글쎄, 내 손주도 딱히 다른 생각 같지는 않구려."

그 말에 네빗 엔하르트를 보자, 그는 마냥 웃고 있었다. 어리고 사회 경험이 적어선지, 백작의 말을 알아듣지 못한 모양이다. 나는 속으로 혀를 차고 말했다.

"저는 다른 생각입니다."

백작이 은근히 질척거리는 걸 떨쳐 내고, 우리는 마차에 올랐다.

그러자마자, 아까 고민하던 것이 떠올랐다.

"네빗 엔하르트를 도와준 이유가 뭐야?"

이제 와 묻는 것도 조금 이상하긴 했지만.

"선행을 베풀어야 하는 이유가 있다고 했었지."

"그때는 궁금하지 않다고 했던 것 같은데."

"그땐 그랬는데 지금은 궁금해."

사람 생각이 사시사철 같으면, 그게 더 이상하지. 나는 당당하게 말했으나 세시오의 눈은 조금 가늘어졌다. 그러나 표정과 달리, 그의 입은 순순히 벌어졌다. 전부터 제법 거리낌 없이 말해 준단 말이야.

"언령은 가장 신을 닮은 이에게 주어지는 힘이라 했지. 그 기준은 품성이야."

"선량해야 한다고?"

그러고 보니, 신이라고 말하면 제일 먼저 떠오르는 인상이긴 하다.

"사용자가 타락하면 쓸 수 없게 되지."

"신관의 신성력과 비슷하군."

"저주와도 닮은 구석이 있지."

갑자기 저주라고? 뜬금없는 소리에 눈을 깜박이자 그가 설명을 덧붙였다.

"저주의 본질은 특정한 형태로 마나를 계속 결집해, 신성력이 간섭하기 힘든 고통을 만드는 거야."

"대충은 알아. 그래서 수준 높은 저주를 만들려면, 막대한 양의 마나를 통제할 수 있는 마도사가 필요하다고."

"언령도 선행을 쌓아 쓰는 힘이지."

"잘 이해가 안 되는데."

"선행이 곧 돈이라고 생각하면 간단하지 않나."

"쌓아 둔 만큼만 기적을 쓸 수 있다는 거야? 그러면 강대한 마나에 간섭할 수 없다는 건."

"너무 비싼 건 살 수 없으니까. 리한 정도가 아니라도, 마나는 신성력과 상극이라 힘이 많이 들지."

뭐라고 해야 할까. 생각보다 경제적인 개념이다. 어쩐지 신성한 이미지가 사라졌다.

"그럼 나를 도와준 것도 선행의 일환인가?"

"그쪽은 좀 달라."

"뭐가?"

"그냥, 그대가 곤란해하는 게 싫었으니까. 달리 말하면, 내 욕심이로군."

차라리 놀리는 투로 말하면 좀 나으련만. 그의 목소리는 지나치게 담담해서 나는 반응할 타이밍을 놓치고 말았다.

답을 기대한 건 아니었는지, 다행히 그는 곧 다른 물음을 던졌다.

"리한 전하께서 물어보셨던 말, 기억하고 있나?"

"……어떤 거."

"리한이 악인이냐 여쭈셨지."

아아, 생각났다. 그건 마지막 순간, 아버지가 세시오를 믿게 만든 질문이었다. 선행과 악인이라, 이것과 관련된 이야기였나.

"다시 상품에 비유해 이야기하자면, 그쪽은 비매품인 거지. 힘의 본질이 선량함이다 보니 선인에게는 함부로 쓸 수 없거든."

그건 악행이 되어 버리니까.

"어떤 의미로는 되게 비현실적이네."

"골치 아픈 능력이야."

사용자야 그렇겠지만, 나는 좀 마음에 들었다.

현실에서 힘이란, 더럽고 비겁할수록 많이 쥐고 있다. 당장 데이브릭 후작이나 타니타르 공작이 하는 짓만 봐도 그렇다. 보통은 더 많은 힘을 갖기 위해서 더 더러운 짓을 해야 했고 악행을 한다고 잃는 것도 없었다. 그런데 반대로 선량해야 가질 수 있는 능력이라. 신선하고, 조금은 유쾌하기도 했다.

"그러면 당신을 의심하는 데, 힘 쏟지 않아도 되겠네."

최소한 더러운 꿍꿍이를 쓰지는 않을 테니까.

"당신, 황좌를 염두에 두고 있다고 했던가."

"그렇게 말한 적은 없는데."

"없긴. 대회 때 말했잖아."

"원하는 걸 말해."

"데이브릭."

"황좌가 아니라?"

"그건 지금 생각할 문제는 아니지."

그 말을 직접 들었는데, 모르쇠가 통할 리 없지.

그의 미래에는 분명히 황좌가 있었다. 그리고 아마도 가능할 것이다. 나는 그에게 후작위를 내어 주고 빠지겠지만, 세시오에게는 기적을 흩뿌리는 능력이 있으니까. 데이브릭 내에 심어 둔 세력이 있을 정도니, 나름대로 구축한 힘도 있을 것이다. 설사 없더라도, 언령으로 해결할 수 있겠지.

단기간에 황제가 여러 번 바뀌는 건 좋은 신호는 아니었으나, 괜찮을 것이다. 아무렴 타니타르의 꼭두각시보다야 낫겠지. 더욱이 세시오의 힘이 선행을 통해서만 유지될 수 있다면.

"선군이 되겠네."

그가 통치하는 세상이 어떨지, 조금 기대가 되었다.

그 말과 동시에 순간적으로 세시오의 얼굴이 굳은 것처럼 보였다. 때마침 마차가 멈추는 통에, 제대로 보진 못했다. 그러나 다시 본 순간, 그의 얼굴은 여느 때와 다르지 않았다.

"소공작님, 저택에 도착했습니다."

우리는 마차에서 내렸다.

평소와 하나 다를 것 없는 리한 공작저가 눈에 들어왔다. 이제는 익숙해진 모습에 편안함이 느껴졌다. 이 큰 저택이 편안하다니, 나도 제법 간이 커진 모양이다.

마중을 나온 집사가 내게 다가왔다. 어쩐지 미묘한 얼굴이었다.

"소공작님, 잠시 전할 것이 있습니다."

"뭔데 그래."

"전하와 공작부인께서 북부로 돌아가셨습니다."

"뭐?"

워낙 갑작스러워, 순간 잘못 들은 줄 알았다. 그러나 집사는 같은 말을 반복했다. 아니, 무슨.

"인사도 없이 가셨다고?"

"그게…… 얼굴을 보고 헤어지면, 괜히 미련만 남는다고."

"어머니가, 아버지가?"

"전하의 전언이셨습니다."

"전혀 웃기지도 않는 농담이네."

아버지의 머릿속에 미련이라는 단어가 담겨 있는 것만도 놀라웠다. 곧 가신다고 듣기는 했지만, 최소한 인사는 하고 돌아가실 줄 알았는데. 아버지는 그렇다 쳐도 어머니와는 제대로 말도 나누지 못했다.

하는 수 없지, 이미 떠난 사람들을 잡아 올 수도 없으니까. 다시 뵙는 건 아마 북부로 되돌아간 뒤일 것이다.

나는 크게 한숨을 내쉬었다.

"릴리가 너무 놀라지는 않을까 걱정이네요."

"부모는 내버려 두고 여기저기 싸돌아다니기 바쁜 녀석이 뭐."

"그 애가 놀려고 그러나요."

"시키지도 않은 약혼이나 하고 말이야."

라셰드의 서운한 말투가 귀여워, 이즐릿이 옅게 미소 지었다.

"내 말대로 해 줘서 고마워요, 라셰드."

"다시 말하지만, 테릴이 1년 내로 타니타르를 못 잡아 오면 직접 나설 거야."

"1년이면 충분하죠."

타니타르의 처분을 테릴에게 넘기자는 제안은 이즐릿의 입에서 나왔다. 이유는 간단했다. 그편이 테릴의 성장에 도움이 될 테니까.

첫째로 태어나지 않았기에, 이즐릿은 후계 수업을 들은 적은 없다. 그러나

작위를 계승받기 위해서 많은 경험이 필요하다는 정도는 알고 있었다.

잃어버린 세월 때문일까, 말뿐인지 진심인지는 몰라도 라셰드는 하루빨리 공작 자리를 넘기고 싶어 했다. 섣부르게 굴었다가는 테릴만 고생하게 될 것이 뻔하다. 그녀는 테릴이 가주가 되기 전 최대한 많이 성장하길 바랐기에, 지금이 좋은 기회라고 생각했다. 제 딸의 안위가 걱정되지는 않았다. 이 일로 테릴이 위험해질 가능성이 조금이라도 있다면, 애초에 라셰드가 허락하지 않았을 테니까.

"그 작자의 처분은 그렇다 쳐도 왜 이리 빨리 돌아가려는 거야. 테릴을 계속 걱정했잖아."

"왜긴요, 당신이 그 아이 연애를 방해할까 봐 그랬죠."

"뭐……?"

라셰드는 잠시 멍하니 굳었다가, 곧 치를 떨었다. 그의 얼굴에는 짙은 배신감이 떠올라 있어서, 이즐릿은 웃음을 참기가 좀 힘들었다.

"연애라니, 말도 안 돼."

그는 씨근덕거리며, 세시오 데이브릭이 테릴의 짝이 될 수 없는 백 가지 이유를 늘어놓았다. 백 가지씩이나 되는데도, 그 하나하나가 그럴싸하게 들리는 것도 재주라면 재주였다.

그 이야기를 사랑스럽게 들어 주다가, 이즐릿이 미소 지었다. 사실 56번째부터는 좀 지겨워졌다.

"조금 걱정했는데 다행이에요, 라셰드."

"나는 조금이 아니라 많이, 지금도 걱정돼. 그 얼굴만 반지르르한 놈팡이—."

"그거 말고요. 당신이 릴리를 어떻게 생각하는지 말이에요."

그녀는 멈칫한 제 남편을 다정히 끌어안았다.

"릴리를 사랑해 줘서 고마워요."

"……아비가 자식을 사랑하는 건 당연해, 감사 인사를 받을 일은 아니라고."
"그 말을 부정하지 않는 것도 고마워요."
"이즐릿."
"제겐 당연한 일이 아니었으니까요. 당연한 일에 감사하게 되네요."
새끼 양의 털처럼 보들보들하던 눈빛이 단번에 날카로워졌다. 라셰드는 누군가를 향한 살기를 불태우며, 차게 말했다.
"역시 윈터글라스를 내버려 둘 수는—."
"아버진 이미 돌아가셨는데, 그 무덤이라도 파헤치게요?"
"못할 건 없지."
"그러지 말아요, 라셰드. 의미도 없고, 당신이 사람들한테 험한 말을 듣는 것도 싫어요."
어린아이를 달래듯, 이즐릿이 라셰드의 등을 부드럽게 토닥거렸다. 조금 민망한 듯, 그의 귀가 붉어졌으나 사내가 할 수 있는 건 한숨뿐이다.
"나는 갈수록 당신한테 약해지는 것 같아."
"그래서 싫어요?"
"황송하다는 말이야."
라셰드가 아내의 이마에 입을 맞추었다. 이즐릿이 소리 내어 웃었다.
"걱정하지 말아요. 릴리가 얼마나 똑 부러진 아이인데요."
"흥. 똑 부러진 녀석이면, 진작 제몬 데이브릭의 목을 똑 부러뜨려 놨겠지."
"급하게 굴 거 있나요. 차차 하겠죠."
음?
"릴리는 조금 침착한 편이니까요."
온화한 목소리로 말하고, 이즐릿도 제 남편의 이마에 입을 맞춰 주었다. 라셰드는 조금 전 들은 말이 긴가민가했지만, 어쨌거나 그녀를 따라 웃었다.

평화로운 밤이었다.

하늘은 어느새 가장 어두운 색으로 물들었다. 수도의 리한 저택을 덮은 하늘도 마찬가지였다. 그 아래에서, 세시오 데이브릭은 거울을 앞에 두고 섰다.

밖에서 사람을 들여온다면, 뭘 하더라도 주인의 눈을 피할 수 없는 저택이다. 그래서 그는 보통은 상상하기 힘든 방법으로 외부와 소통하기로 했다. 제게 주어진 방의 거울에, 그는 언령으로 마법을 걸었다. 저택의 방과 멀리 있는 공간이 거울을 매개로 연결되었다.

성공한 순간, 그 표면에 세시오 본인 외에 다른 얼굴이 비쳤다. 파넬로 앵게스트, 그의 충실한 수하였다.

세시오는 제 세력에 대한 정황을 간단히 보고받았다. 그러고는 파넬로가 조심스럽게 입을 열었다.

"……계속 리한 저택에서 지내실 겁니까?"

"내가 무슨 생각인지는 알 텐데."

"굳이 데이브릭을 거쳐 갈 필요가 없습니다. 필요한 전력은 얼추 갖추었으니까요."

"갑자기 서두르는 이유를 모르겠군. 무슨 일이라도 있나?"

그는 조금 머뭇거리다 말했다.

"주제넘으나, 전하께서 바라시는 바를 조금은 알고 있다고 생각합니다."

"본론을 말해."

"아노비스 공작 부부라도 살아 있을 때, 일을 벌여야 하지 않겠습니까."

조용히 해야 한다는 걸 알면서도, 그 순간 세시오는 참지 못했다. 그는 소리

내어 웃음을 터뜨렸다. 테릴을 앞에 두고 웃을 때와 달리 탁하고 무거운 소리였다.

"숨넘어가기 직전인가 보군."

"……공작은 살아남을 수 없을 겁니다."

"그쪽은 좀 보기가 힘들어서 말이야. 독이던가, 저주던가."

"독입니다. 최상급 저주는 아직 완성되지 않았으니까요."

"그래도 마스터를 목전에 둔 자인데 독이라."

"폐에 자리 잡고 호흡 기능을 악화시키는 만성독입니다. 마나를 다루는 이라도 알아차리기가 쉽지 않다고 하더군요."

"폐라고?"

"왜 그러십니까."

"공교로운 우연이지. 엔하르트의 소백작이 같은 독에 당했던데 말이야."

그렇다면 그쪽도 타니타르의 소행이라는 걸까. 알 만했다. 황위를 노리는 작자이니 대표적인 친 황실 세력이 꼴 보기 싫었겠지. 해독제가 있다면, 그걸로 백작을 포섭하려던 계획이었을지도 모르고. 어느 쪽이든, 타니타르에는 안된 일이었다.

그건 그렇고.

"공작부인의 힘으로 해결 못 할 정도의 독이던가."

"여태까지의 상황으로 봐선 그런 것 같습니다."

아무래도 제가 생모의 힘을 과대평가했던 모양이다. 그는 여전히 웃음기가 남은 입매를 비틀었다. 누군가를 향한 적의와 분노가 비소에 따라붙는다.

그렇다면.

"기적이라도 일어나지 않는 한, 내 아버지는 죽겠군."

"……."

"유감스럽게도, 기적은 일어나지 않을 텐데 말이야."

저를 죽이려 한 기사에게도. 생전 처음 보는 이에게도. 얼굴을 보지 못한 사람에게도. 누구에게나 기꺼이 나누어 줄 수 있는 기적이었으나, 그 사람은 아니다. 그들을 위해 쓸 생각은 조금도 없었다.

세시오 데이브릭은 선인이 아니었으니까.

"선군이 되겠네."

"정말 아무것도 모르는 말이지."

"예?"

"더 할 말은."

"……없습니다."

"시기와 절차는 내가 정한다. 설사 공작이 고꾸라지더라도 그 슬픔은 내가 감당하지. 그러니 시키는 일만 해. 더 이상의 첨언은 사양할 테니."

"명심하겠습니다."

파넬로가 고개를 푹 수그리며 답함과 동시에, 공간의 연결이 끊어졌다. 거울에는 도로, 세시오 데이브릭이 비쳤다. 그는 얼굴을 일그러뜨리며, 다시 한번 중얼거렸다.

"정말 아무것도……."

감정이 고스란히 드러난 얼굴은 한편으로는 고통스러워 보였으나, 눈을 한 번 감았다 떠올리는 순간 감쪽같이 사라졌다.

세시오는 다시, 평소와 다름없는 표정을 지을 수 있었다.

열아홉이 되던 해의 여름날.

나는 살면서 가장 크게 놀랐다. 계단에서 미끄러질 때 한 번. 누군가가 붙들어 줬을 때 또 한 번. 그리고 도와준 사람의 얼굴을 확인했을 때 한 번. 나는 세 번이나 놀랐으나, 가장 충격적인 건 마지막이었다.

특수 제작된 의자를 팽개치고, 세시오 데이브릭이 서 있었다.

"당신이 어떻게……."

여태 걷지 못하는 척을 해 온 걸까? 하지만 제몬은 선천적인 장애라 말했는데. 머릿속이 혼란으로 엉망진창이다.

그러나 고민할 시간은 충분하지 않았다. 누군가 근처 방을 정리하고 있었는지, 먼발치의 문 하나가 열렸다. 아차, 이러고 있을 때가 아니야.

나는 다급히, 바닥을 구르는 의자를 일으켜 세우고 세시오의 팔을 붙들었다. 그 또한 당황했는지 내게 순순히 끌려오지 않았다. 답답해서, 나는 소리를 죽여 외쳤다.

"어서요! 들키고 싶어 그래요?"

그제야, 그는 내가 도와주려 한다는 걸 알아차리고 의자에 앉았다. 바로 다음 순간, 방을 나온 하인이 우리 앞을 지났다. 다행히 세시오가 서 있는 걸 보지는 못한 모양이다.

그러나 나와 이 사내가 함께 있는 것만으로 수상했는지, 그의 눈이 조금 가늘어졌다. 제몬에게 뭐라고 속삭일지 알 만하군. 속상한 마음이 들었지만, 나는 되도록 태연히 말했다.

"이젠 대놓고 노려보는구나. 전에 나를 주제 모르는 쥐새끼라고 말한 아이였지? 왜, 바로 앞에서도 말해 보고 싶니?"

"……아닙니다, 실례했습니다."

"실례란 걸 알면, 두 번은 안 그러면 좋겠네."

잘못한 건 본인이 먼저면서 화는 나는지, 그가 이를 아득 갈았다. 하인의 눈빛에 공격성이 번졌다.

"그건 그렇고 왜 세시오 님과 함께 계십니까? 공자님이 아시면, 싫어하실 텐데요."

"너는 왜 우리와 함께 있니?"

"예? 함께 있다니요. 저는 그냥 지나가는 길에—."

"맞아, 나도 그냥 지나가는 길이야."

나는 하인의 대답을 듣지 않고 그냥 계단을 내려가 버렸다. 제몬을 들먹이면 내가 겁먹을 줄 알았나 보지. 어림없는 소리.

머릿속은 여전히 복잡했으나, 하인을 향한 괘씸함 때문에라도 나는 티 내지 않았다. 세시오 쪽은 한 번 쳐다보지도 않고, 계속해서 계단을 내려갔다.

꿈은 거기까지였다. 나는 천장을 보며 중얼거렸다.

"……개꿈이 이어진다."

아니, 마냥 개꿈은 아닌가. 전에 꾼 꿈은 실제로 있던 일이라고 들었으니 그럼 이것도……? 생각은 길어지지 못했다.

문을 두드리는 소리가 났다.

"소공작님, 일어나셨습니까?"

모리나의 목소리에 시계를 보니, 보통 일어나던 시간보다 조금 지나 있었다. 나는 침대에서 일어나며 기지개를 켰다.

"들어와."

그녀가 세숫물을 들고 들어왔다. 세수 정도야 혼자 할 수 있었지만, 모리나는 그걸 용납하지 않았다.

내 얼굴을 조심스레 닦아 내면서 그녀가 입을 열었다.

“데이브릭 후작에게 서신이 왔습니다.”

“소문이 벌써 돌았나 보네. 그래, 혼담을 수락한다는 얘기야?”

“아니요, 오늘 중 공작저 방문이 가능하겠냐는 연락이었습니다.”

약혼을 수락한다는 서신 한 통만 보내면 될걸, 뭐하러 얼굴을 본대. 불쾌한 소식이었지만, 계속 버티는 것보다는 나았다.

“브루넬 멀든은 잘 숨겨 놨지?”

“염려하지 않으셔도 됩니다.”

“좋아, 그럼 식사 시간은 피해서 잡아. 그 재수 없는 얼굴 보며 식사하긴 싫으니까.”

꼴 보기 싫은 시간이 빨리도 찾아왔다. 브루넬 멀든의 신병을 다시 확인하고, 나는 응접실로 향했다.

“오래간만입니다, 후작님.”

마음고생을 좀 했는지, 그는 제법 얼굴이 수척해져 있었다. 나는 그 얼굴을 제대로 기억해 두었다. 일을 진행할수록 후작의 상태가 어떻게 변하는지 비교해 보고 싶었으니까.

가식적인 웃음도 아까워 건조하게 인사를 건네자, 그는 피곤한 얼굴로 고개를 끄덕였다.

“시간을 내주어 고맙네.”

“아신다니 다행입니다.”

한 조각의 겸손도 없는 말에, 그의 뺨이 잘게 떨렸다. 그러나 내게 따지는 대신, 후작은 찻물 한 모금을 들이켰다.

진정 성분이 필요한가 보네.

"내가 여기까지 온 건 이상한 소문을 들어서네. 자네가 신전에—."

"막대한 성금을 기부했죠. 각하께서도 그럴 돈이 있으면, 데이브릭에 달라고 오신 겁니까?"

"소공작."

농담한 걸로 정색하기는.

"그게 아니라면, 세시오를 약혼자라고 칭해서 화가 난 거겠군요."

"대체 왜 그 아이와 약혼하겠다는 건가."

후작이 짜증을 겨우 삼켜 낸 투로 말했다.

"자네가 제몬과 안 좋게 헤어졌다는 건 알아. 하지만 사람을 복수 수단으로 이용하는 건 아니지 않나."

"세상을 너무 제몬 중심으로 보시네요. 전 제몬에게 복수하려고 세시오를 택한 게 아닙니다."

"그러면 뭔가. 설마 사랑에 빠졌다는 말은 아니겠지."

"불가능한 일은 아니잖습니까."

"정신 차리게, 소공작. 리한 전하께서 그 아일 받아 주시기나 하겠는가?"

아버지가 반대하시긴 했지. 좀 지겨울 만큼이나 많이. 그러나 후작이 그 사실을 알 리는 없으니, 내 입은 자유분방했다.

"괜찮다고 하시던데요."

"그럴 리가……."

"어차피 아버지의 눈에 찰 만한 사람은 적으니까요. 제가 좋다면 아무래도 괜찮으시댔어요."

"그렇더라도 다시 생각하게. 내 자식이지만, 세시오는 자네가 그리 정성을 쏟을 만한 가치가 없어. 분명 후회하게 될—."

"아. 가치가 없어서 죽이려 하셨구나."

내가 심드렁하니 내뱉은 말에, 데이브릭 후작의 얼굴이 무겁게 굳었다.

그가 테이블을 내리치며 자리에서 일어났다. 두 눈에 분노가 이글거렸으나, 생쥐만큼도 무섭지 않았다.

"그게 무슨 소린가. 농담이라도 입에 담을 말이 있고, 담아선 안 될 말이 있어."

아직도 내게 증거가 없다고 생각하는 모양이지. 그렇다면 브루넬 멀든을 빼돌린 게 들키지는 않았다는 뜻이군.

나는 따라 자리에서 일어나며, 어깨를 으쓱였다.

"뭐, 마냥 농담은 아닙니다만 실언이었던 걸로 해 두죠."

"소공작!"

"중요한 건, 각하께서 모르는 세시오의 가치를 저는 안다는 겁니다."

"그렇게까지 단언하다니 외려 궁금하군. 도대체 자네가 생각하는 그 가치가 뭔가. 설마 데이브릭을 탐내는 건—."

"글쎄요. 외모라든가……."

"뭐, 자네 지금 뭐라고?"

"제국 제일, 아니 어쩌면 대륙에서 제일 잘생겼을지도 모르죠."

말하다 보니 진심이 담겼으나, 후작의 얼굴은 황당하기만 했다.

외모뿐만이 아니라도, 세시오의 가치야 충분했다. 제몬의 속을 뒤집어 놓는 데도 좋고, 데이브릭을 뒤엎기도 좋고, 타니타르도 엮어 괴롭히기 좋고. 황족이니, 언령이니 하는 이야기도 있었지만. 어쨌거나, 지금 내가 후작 앞에서 할 수 있는 이야기는 그의 잘난 얼굴뿐이었다. 내가 아는 걸 전부 털어놓았을 때 후작의 반응이 어떨지 궁금하기는 했지만 말이다.

황당함을 수습하고 그가 재차 테이블을 내리쳤다. 찻물이 넘쳐흘러, 바닥으로 뚝뚝 떨어졌다.

"그래서 기어이 그 아이와 약혼하겠다는 건가! 얼굴 말고는 볼 것도 없는 세시오와?"

이 상황에 할 만한 생각은 아니었으나, 새삼 그런 생각이 들었다. 세시오의 얼굴은 누구나 인정하는구나.

"대답하게, 소공작!"

"다 가진 마당에, 얼굴만 보고 배우자를 고르는 것도 나쁠 건 없잖아요."

원하던 답이 아니었는지, 후작이 나를 있는 힘껏 노려봤다. 같잖아서, 나는 기세를 실어 그를 마주 노려봤다. 머잖아 그가 시선을 피했다.

"그래서 결국 혼담을 거절하러 오신 겁니까?"

"……아니, 자네 뜻대로 해 주지."

자존심이 상했는지 그는 짓씹듯 말하고 돌아섰다. 성큼성큼 걸어간 후작이 문고리를 잡고 고개를 틀었다. 벌게진 두 눈에 진한 앙심이 서렸다.

"반드시 후회하게 될 걸세."

"맞아요, 누군가는 후회하게 되겠죠."

이를 아득 갈고는, 그가 거세게 문을 닫고 나갔다. 쾅 소리가 요란하다. 나는 후작이 나간 자리를 바라보며 얼굴에서 웃음기를 걷어 냈다.

"그건 데이브릭이 되겠지만."

"후작이 다녀갔다고."

"응, 혼담을 받아 주겠대."

데이브릭 후작이 돌아간 저녁 시간, 나와 세시오는 식사 중이었다. 그는 고기를 썰었으나, 나는 딱히 식욕이 없어 빵에 잼을 발랐다.

이러고 있으니 옛날 생각이 난다. 어머니랑 둘이 살 때는 식사를 그저 빵으로 때우는 일이 훨씬 많았는데. 원래 고위 귀족들은 잼을 바르는 것도 사용인이 대신한다고 들었다. 손에 끈적한 게 묻으니 싫은가 보지. 나는 잼을 바르는 걸 좋아해서 스스로 했다. 근처에 사용인이 없기도 했지만.

세시오를 저택에 들여온 순간부터, 식사 시간 때의 다이닝룸은 몹시 조용했다. 파트너의 입을 트여 주기 위해서는 주위에 아무도 없어야 했으니까. 그 때문에 이상한 생각을 하는 사람도 있었으나, 약혼한 마당에 무슨 생각을 하든 상관없었다.

"대단한 인심 쓴 건 아니지. 어차피 그쪽 진영에서는 리한이나 당신이나 치워 버릴 생각이니까."

"리한을 치운다라."

"정신 나간 소리지만."

흰 빵에 잼이 빈틈없이 채워지자 마음에 안정이 찾아온다. 나는 기분 좋게, 빵을 한 입 베어 물었다.

그러다가 세시오와 눈이 마주쳤다. 그 얼굴을 보니, 새삼스럽게도 아침에 꾼 꿈이 다시 떠올랐다. 갑자기 후작이 오는 바람에 잊어버리고 있었지만, 그냥 흘릴 일은 아니지. 전에 꾸었던 것과 이어지는 꿈. 이전의 꿈이 현실이었으니, 오늘 꾼 것도 마찬가지일 가능성이 컸다.

"내 기억을 지운 거, 한 번뿐이야?"

반응을 보려 대뜸 묻자, 그는 의아한 표정을 지었다.

여러 번 지우진 않았나 보네. 그럼 특정 시기를 통째로 지운 건가.

"그래."

"언제 지웠어?"

"알잖나."

"아니. 계단에서 떨어지려던 거 잡아 준 직후 지운 건 아니잖아."

"……어떻게 확신하지?"

"꿈에서 봤거든."

나이프를 쥔 세시오의 손이 한순간 멈칫했다. 그의 분위기가 조금 바뀌었다. 얼굴은 다를 바 없이 무표정했으나, 조금 당황한 것처럼 보였다.

"뭘 봤는데."

"뭘 봤을 것 같아?"

"테릴 리한."

"이해가 안 되네. 기억을 지운 것도 들킨 마당에 무슨 일이 있었는지 숨기려 한다? 나한테 약점이라도 들켰었나 봐."

"기억을 지운 것 외에 해가 될 일은 하지 않았어."

"그러면 그 그림은."

"그림……?"

"후작저에서 본 거 말이야. 나를 왜 그렸냐고."

"대답은 들었잖아."

"아름다워서? 농담이겠지."

그때 당시에야 그와 아무런 접점도 없다고 생각해 믿었지만, 지금에서는 다른 이야기다.

"당신이 그린 내 그림들. 잠깐 보고 그렸다고 믿기에는 굉장히 세세했어."

그 그림은 이제 기억에 남아 있지도 않았으나, 거짓말은 쉬웠다.

그리고 세시오의 굳은 표정이 나를 보람 있게 만들었다. 진짜가 보네.

"나를 충분히 관찰할 만큼 가까운 사이였거나, 나를 앞에 두고 그린 거 아냐?"

그림이 많았던 건 기억나니까, 아마도 후자보다는 전자일 것이다. 아니, 애당초 같은 말인가. 가까운 사이가 아니라면 그림의 모델이 되지 않았겠지.

세시오가 지워 버린 내 기억 속에는 뭐가 있는 걸까. 호기심과 답답함, 그리고 약간의 불쾌함. 여러 가지의 감정이 마음 밑바닥을 그슬리고 지났으나, 그때까지도 세시오는 답이 없었다.

그러나 나는 화내는 대신, 고개를 끄덕였다.

"대답하기 싫다면, 알겠어."

언령의 근원을 듣고 난 뒤라서, 그가 내게 나쁜 일을 하지 않았다는 약간의 믿음이 있었다. 어차피 묻지 않아도 알게 될 것이다. 내 꿈은 천천히 과거를 드러내고 있었고, 그게 단순한 우연 같지는 않았으니까.

"이상하게도, 리한에게는 먹히지 않는 힘이지."

"이번에도 리한처럼 강대한 마나는 엿볼 수 없으니까."

언령도, 천리안도 리한에 먹히지 않는다고 한 힘이다. 그러나 과거, 그는 내 기억에 손댈 수 있었다. 아마도 마나가 강성해지지 않은 상태여서겠지. 어쩌면 지금, 수련을 통해 강대해진 마나가 내 머릿속에서 언령의 흔적을 밀어내는 건지도 모른다.

기이하게도 확신이 들었다. 잃어버린 내 과거를 전부 알게 될 것이라는, 그런 날이 올 거라는 믿음이. 그러니 지금은 얼마든지 넘어가 줄 수 있었다.

"당신은 비밀이 참 많네. 그렇게 숨기는 게 많으면, 피곤하지 않아?"

"……살기 위해 숨겨야 하는 일도 있으니까."

"나한테 죽을죄 지었어?"

"그쪽 일은 아니야."

세시오는 즉답했다가 다시 말했다.

"그리고 죽을죄였으면, 털어놨을 리 없지 않나."

"그건 그렇지."

"그대의 기준으로 대단한 일은 아니야. 어쩌면 가만히 있었어도 잊어버렸을지 모르지."

"당신이 걸을 수 있는 걸?"

"……그것만 빼고."

왜 이렇게 혓바닥이 길지.

"내 앞에서 창피한 일이라도 있었어?"

"어떻게 생각하든 좋아. 그러니 되도록 기억하지 말아 줬으면 해."

"뭐라는 거야."

"리한은 모든 신체를 자유로이 다룬다던가. 가능하다면, 뇌도 통제해 주면 좋겠군."

"혹시 독 먹었어?"

갈수록 이상해지는 말에 짜증스레 되묻자 세시오가 웃음을 터뜨렸다. 도대체 어디부터가 농담인지 모르겠다.

"뇌를 통제할 수 있다면, 진작 기억해 내고 당신을 놀리고 있을걸."

"글쎄, 오히려 생각난다면 너무 시답잖아 실망할 텐데."

"그럼 감상은 생각해 낸 뒤에 말해 줄게."

말하다 보니 허기가 져서 나는 다시 빵을 한 입 베어 물었다. 힐긋 보니, 세시오는 여전히 식사를 멈춘 채였다.

"더 안 캐물을 테니, 그만 식사해."

"……관대하기도 하지."

그러나 그는 식사를 재개할 수 없었다. 누군가 다이닝룸에 다가오는 기척이 느껴졌다. 일반인이라 알아보기 힘들었는데, 그녀는 저택의 주방장이었다.

주방장은 내게 꾸벅 인사하고는, 세시오의 앞에 우아한 손짓으로 접시를 내려놓았다.

"드디어 완성했습니다. 일생의 혼을 실어 만든 무화과 수플레입니다."

아, 이거 잊고 있었다. 조금 신경을 써 달라고 했을 뿐인데, 일생의 혼까지 실었을 줄이야. 그러나 만드는 데 열심이었을 뿐, 반응이 궁금하지는 않은지 주방장은 수플레만 내려놓고 뿌듯한 걸음으로 사라졌다. 그 뒷모습을 보다가, 나는 다시 세시오에게 고개를 돌렸다.

"데이브릭의 주방장보다는 솜씨가 좋군."

"먹어 보지도 않고서."

"괜찮아, 내가 먹을 건 아니니."

그렇게 말하고 세시오는 내 쪽으로 접시를 밀었다. 뭐야, 만들어 달랄 땐 언제고.

"생긴 게 마음에 안 들어?"

"처음부터 그대가 내 부탁을 오해했던 거야. 내가 바란 건, 그대가 무화과 수플레를 먹는 거라서."

이건 뭔 해괴한 핑계일까 싶었으나, 그의 두 눈은 고집스러워 보였다. 이해할 수 없는 괴행이었지만 그래, 최근에 여러 번 도움받았으니 좀 져 준다.

"먹어 본 적 없는데. 단걸 즐기는 편도 아니고."

나는 투덜거리며 한 스푼을 떠 입에 넣었다. 그런데.

"어……."

희한하게도 맛있었다. 과장하자면, 살면서 먹어 본 디저트류 중 제일 입에 맞았다.

"입에 맞나 보군."

세시오는 그럴 줄 알았다는 듯 웃고는, 노골적으로 내가 먹는 걸 구경했다.
그래서 나는 내가 기억하지 못하는 과거가, 조금 더 궁금해졌다.

2권에서 계속.

신데렐라는 내가 아니었다 1

초판 1쇄 인쇄 2022년 9월 15일
초판 1쇄 발행 2022년 9월 28일

지은이 과앤
펴낸이 김선식

경영총괄 김은영
IP개발 심미리 **상품개발** 윤세미
엔터테인먼트사업본부장 서대진
웹소설1팀 최수아, 김현미, 심미리, 여인우, 장기호
웹소설2팀 윤보라, 이연수, 주소영, 주은영
웹툰팀 이주연, 변지호, 윤수정, 임지은, 채수아, 최하은
IP상품개발팀 윤세미, 송임선
디지털마케팅팀 김국현, 김선민, 김호애, 김희정, 이소영
지식교양팀 김선욱, 김혜원, 백지은, 석찬미, 염아라, 이수인
저작권팀 한승빈, 김재원, 이슬
재무관리팀 하미선, 김재경, 안혜선, 윤이경, 이보람 **제작관리팀** 박상민, 김소영, 김진경, 양지환, 이지우, 최완규
인사총무팀 강미숙 김혜진 황호준 **물류관리팀** 김형기, 김선진, 민주홍, 양문현, 전태연, 전태환, 한유현
외부스태프 크리에이티브그룹 디헌(디자인) 영수(일러스트)

펴낸곳 다산북스 **출판등록** 2005년 12월 23일 제313-2005-00277호
주소 경기도 파주시 회동길 490
전화 02-702-1724 **팩스** 02-703-2219 **이메일** dasanbooks@dasanbooks.com
홈페이지 www.dasan.group **블로그** blog.naver.com/dasan_books
종이 한솔피앤에스 **출력·인쇄** 민언프린텍 **코팅·후가공** 평창피앤지 **제본** 다온바인텍

ISBN 979-11-306-9376-7 (03810)